추락

추락

초판 1쇄 인쇄 | 2020년 11월 13일
초판 1쇄 발행 | 2020년 11월 20일

지은이 | 정명섭
펴낸이 | 박영욱
펴낸곳 | (주)북오션

편 집 | 이상모
마케팅 | 최석진
디자인 | 서정희 · 민영선

주 소 | 서울시 마포구 월드컵로 14길 62
이메일 | bookocean@naver.com
네이버포스트 | post.naver.com ('bookocean' 검색)
전 화 | 편집문의: 02-325-9172   영업문의: 02-322-6709
팩 스 | 02-3143-3964

출판신고번호 | 제313-2007-000197호

ISBN 978-89-6799-558-4 (03810)

이 도서의 국립중앙도서관 출판예정도서목록(CIP)은 서지정보유통지원시스템
홈페이지(http://seoji.nl.go.kr)와 국가자료공동목록시스템
(http://www.nl.go.kr/kolisnet)에서 이용하실 수 있습니다.
(CIP제어번호: CIP2020044948)

추락

정명섭 장편소설

북오션

추락

차례

프롤로그 :

마지막으로 평온했던 날

꿈이라는 이름의 질주
목요일 오후 11 : 02

　살다 보면 꿈과 현실이 잔혹하게 뒤엉킬 때가 있다. 현실이라고 생각하고 버둥대다가 어느 순간 눈을 떠 버리고 만다. 아니면 꿈이라고 간절히 생각했지만 이미 눈을 뜨고 있다는 끔찍한 사실을 깨닫거나. 비스듬하게 기울어진 제네시스의 앞 유리창으로 세상의 모든 것들이 미끄러져 들어온다. 밤거리를 밝히는 네온사인은 길게 늘어지고, 우중충한 가로등 불빛은 하나의 점처럼 찍혔다가 사라졌다.

　- 응, 여기? 나이트 영화사 노 대표 알지? 같이 밥 먹고 들어가는 길이야. 자기도 그 영화 봤나? 형사의 길. 노 대표가 시즌 영화사 잘리고 울며 겨자 먹기로 영화사 차리고 처음 찍은 게 그 영화였어. 작년인가 코스닥에 우회상장해서 돈 좀 만졌다고 한 턱 쏜다고 오라고 해서 가니까 누구였더라. 카인가 케인가 하는 놈도 앉아 있더라고, 아, 걔랑 무슨 영화 찍는데. 빠

순이들 호주머니 털 생각인 것 같은데, 내가 어림없는 소리 하지 말라 그랬지. 그렇게 해서 성공했으면 긴급조치 19호가 천만 들었겠다. 우리 미진이도 그렇게 생각하지? 요즘 같으면 사업 다 때려치우고 돌아가고 싶기도 하다가 그 똥통에 또 들어갈 생각하니까 아찔하기도 하고, 이런 전화 왔다. 좀 있다 전화할게. 자기야.

   - 야, 독거미! 잘 지내고 있어? 나? 나야 뭐 사업 때문에 정신없지. 옛날 팬클럽 아줌마들이 꼭 보자고 하잖아. 그래서 내가 좀 놀아 줬지. 옛날에는 나랑 눈 한 번만 마주쳐도 눈물 줄줄 흘리던 것들이 이젠 은근히 달라붙어서 비비적거리는 거 있지. 데리고 놀까 하다가 어떤 입 싼 년이 인터넷에 올릴까 봐 꾹 참았어. 그중 한 년이 부장검사 마누라라고 얼마나 으스대던지, 얘는 또 잘나가다가 삼천포로 빠져. 내가 언제 돈 떼어먹는데? 나 강형모야! 강형모! 내가 2003년도에 청룡영화상, 대종상, 영평상 남우주연상을 싹 쓸었던 거 몰라? 그전에도 없었고, 앞으로도 안 나올 대기록이란 말이야. 썹할, 사업하는 놈들 중에 빚 없는 놈 있으면 나와 보라고 해. 사업이라는 게 안 풀리다가도 한 방에 빵! 터지면 끝이야. 내가 설마 네 돈 떼어먹고 튀겠냐? 풀리면 이자에 이자까지 다 갚는다. 자꾸 재촉하면 녹취록 터트린다. 우리는 한 배를 탄 거야. 내가 꼬르륵 하면 너랑 네 뒤에 있는 그 국회의원 놈도 함께 쓸려 들어가는 거야. 내 말 무슨

뜻인지 알겠지? 사실 요즘 나 작업하고 있어. 돈 많고 어리숙한 이혼녀 하나 물었다니까? 서미진이라고 하는데 남편이 고혈압으로 뒈지면서 한 밑천 남겨 놨나 봐. 그걸로 땅 사고 상가 사서 불려 놨는데 장난이 아니더라고. 엊그제도 마두역 뒤편에 주상복합 빌라 짓는 데 갔다 왔어. 내가 설마 헛다리 짚겠어? 지난번 작업도 성공할 수 있었는데 어떤 놈이 이상한 사진을 보내는 바람에 틀어졌잖아. 난 한 년한테 만족 못 해. 이 짧은 인생을 살면서 한 여자한테만 매달리는 건 인생을 낭비하는 죄악이야. 그러고 보니까 재작년에도 그런 적이 한 번 있었네? 하여튼 어떤 놈인지 걸리기만 하면 내가 갈아 마셔 버린다. 미안. 형이 잠깐 흥분했다. 미안해. 그래, 전화 온다. 끊자.

  ─ 응, 자기야. 저녁 먹었어? 아이 나야 뭐 대충 먹고 다니지 뭐. 우리 슬기 요즘 일하느라고 바쁘지. 난 좀 풀릴 기미가 보인다. 내가 뭐 그때 뭘 알고 그랬겠어? 다 얼굴마담 노릇하다가 엮여 들어간 거잖아. 오늘 고소인들 대표 만나고 오는 길이야. 마침 또 옛날 내 영화 팬이더라고. 그 영화 있지. 사십육 계단. 사실 그때 봄이라서 은행잎을 못 구해서 다른 나뭇잎 일일이 잘라다가 라카로 칠했다고 하니까 깜짝 놀라더라고. 처음에는 고소를 한다느니 어쩌니 으르렁대다가 내가 한마디 하면서 풀어 주니까 좀 녹더라고. 그래서 고소를 좀 풀어 줘야 내가 사업을 하든지 아니면 영화를 찍어서 돈을 갚을 거 아니냐고. 사

정 찬찬히 설명하니까 지가 다른 사람들을 설득해 보겠다고 하잖아. 뭐, 형 동생 하기로 하고 잘 끝냈어. 어, 이번 주는 쫌 바쁘고 다음 주에 갈게. 우편취급소 일은 할 만해? 나중에 돈 벌면 아예 우체국을 차려 줄게. 알았지. 응. 사랑해. 다음 주에 봐.

시커먼 아스팔트 언덕길을 올라간 차는 골목길 초입에 섰다. 차에서 내린 강형모의 시선은 헤드라이트 불빛이 비추는 간판으로 향했다. 향수라는 이름과 그 옆에 비스듬히 기울어진 칵테일 잔 모양의 네온사인이 껌뻑거렸다. 간판과 같은 글씨체와 로고가 새겨진 유리문이 바깥으로 열리고 녹색 원피스를 입은 여인이 헤드라이트의 불빛에 보였다. 여인과 함께 나온 느릿한 샹송이 어둑한 가을밤 하늘로 흩어졌다. 젖은 혀끝으로 입술을 살짝 핥은 강형모는 칼칼해진 목에서 부드러운 목소리를 뽑아냈다.

"유란아. 아직 가게 문 안 닫고 뭐 했어?"

세상이라는 거대한 무대에서 살아남으려면 아직 내 재능이 필요해. 강형모는 그녀의 카페 안쪽에 있는 간이침대를 떠올리며 속으로 중얼거렸다. 삐걱대는 정도가 아니라 벽까지 밀려나 버리는 침대. 강형모는 다정하게 웃는 그녀의 허리를 감싸 안았다.

특별한 아이
목요일 오후 11:34

  신촌의 밤은 술과 사람들로 가득했다. 항상 뭔가를 굽거나 지지는 종로빈대떡 안은 벽지 대신 붙인 신문부터 유리창까지 어디나 기름기가 자리 잡았다. 원준은 반쯤은 억지로 낀 영화 동아리 모임 뒤풀이 자리에서 내내 기회를 노렸다. 선배들은 오늘 본 구로자와 아키라의 옛날 영화를 가지고 이런저런 얘기를 나누는 중이었다. 재미없고 지루한 이야기를 피해 밖으로 나온 원준은 먼저 나와 있던 다슬이를 보고는 침을 꿀꺽 삼키고 말았다. 원래는 시간을 두고 천천히 고백할 생각이었지만 그는 불쑥 튀어나온 용기를 믿기로 했다.

  "나랑 사귈래?"

  갑작스러운 그의 사랑 고백에 다슬이가 슬픈 표정으로 대답했다.

  "나, 평범하지 않아."

"나도 평범하진 않잖아."

원준의 말에 다슬이가 웃었다. 혼혈인 원준은 어디가나 마주치는 호기심 어린 눈길에 끝도 없이 익숙해져야만 했다. 상처가 담긴 미소를 본 다슬이가 손을 뻗어 그의 뺨을 어루만졌다.

"바보같이, 고백하는 사람이 울면 어떡해."

"그래. 미안. 다시는 네 앞에서 울지 않을게."

"좋아. 그 약속 지키면 네 여자 친구 할게."

"약속할게."

"그럼 내일 경민 선배 빼고 우리끼리 만날래?"

"알았어."

원준은 하늘을 찌를 것 같은 기쁨을 애써 감추며 대답했다. 수줍은 표정으로 다슬이가 말했다.

"사실 나도 너 좋아해."

양팔로 그녀의 어깨를 잡은 원준은 그대로 키스를 했다. 달짝지근한 그녀의 혀가 입 안으로 밀려들어 왔다. 그렇게 한참을 키스하던 둘은 약속이나 한 듯 흐흐거리며 웃음을 터트렸다.

"왜 웃어?"

"그러는 넌?"

"좋아서. 내일 내가 집으로 데리러 갈게. 목동에 있는 영화아파트 맞지?"

"응, 근데 진짜 집은 개봉동에 있어. 언덕 끝 교회 옆."

"진짜 집?"

원준의 반문에 다슬은 고개를 흔들어 댔다.

"그런 게 있어. 그냥 잠실역에서 만나서 영화 보러 가자."

"응, 몇 시에 만날까?"

"두 시 어때?"

"좋아."

원준이가 고개를 끄덕거리자 그녀가 손을 내밀었다.

"네 휴대폰 줘 봐."

원준은 호주머니에서 잽싸게 휴대폰을 꺼냈다. 액정화면의
번호를 꾹꾹 누른 그녀가 그의 귓가에 휴대폰을 갖다 댔다. 오
페라의 유령 주제가가 잠깐 흘러나오고는 곧장 그녀의 목소리
가 들렸다. 자기 휴대폰을 꺼내 입가에 댄 그녀가 말했다.

"내 전화번호니까 잘 간직해."

"그럴게. 어서 들어가자."

"잠깐만."

아직은 쑥스러운 원준은 빈대떡 가게 안에 있는 선배들이 눈
치챌까 봐 조마조마해서 채근했지만 다슬이는 그의 팔짱을 낀
채 휴대폰을 머리 위로 들어올렸다.

"웃어 봐. 하나, 둘, 셋."

뺨을 맞댄 원준은 그녀가 번쩍 치켜든 휴대폰을 향해 씩 웃
었다. 찰칵거리는 소리가 들렸다. 액정을 들여다보던 다슬이가

웃으며 그에게 휴대폰을 보여 줬다.

"이따가 카톡으로 보낼 테니까 잘 간직하고 있어."

"그럴게."

"내가 먼저 들어갈게. 나중에 전화해. 알았지."

원준은 종로빈대떡 안으로 들어가는 그녀의 뒷모습을 쳐다
보았다. 알루미늄 새시로 만든 문을 열고 안으로 들어가던 그녀
가 잠깐 뒤를 돌아보고는 살짝 윙크를 했다.

월요일:
모든 일의 시작

뜻밖의 부탁

금요일 오전 11 : 51

IME SCENE   CRIME SCENE   CR

유란의 가게에서 밤을 보내고 나온 강형모는 목동으로 차를 몰고 갔다. 그러다 조수석에 던져 놓은 휴대폰에 카톡이 왔다는 표시가 뜨자 내용을 확인하고는 통화버튼을 눌렀다. 상대방은 전화를 받지 않았다. 형모는 갓길에 차를 세우고 카톡을 날렸다.

- 갑자기 웬 여행? 오늘 나랑 마두역에 있는 상가 보러 가기로 했잖아.

답변은 카톡으로 바로 왔다. 딸과 함께 경주로 여행을 가려고 나왔다는 내용이었다.

- 아니, 그러니까 경주는 갑자기 왜? 어제까지 아무 얘기 없었잖아.

강형모는 바짝 말라붙은 입술을 지그시 깨물었다. 안 그래도 이번 달까지 막아야 할 돈을 어떻게 빌려 달라고 할까 고민하던 그로서는 청천벽력 같은 얘기였다. 그녀는 한술 더 떠서 집에 있는 여행용 캐리어를 마두역에 있는 상가로 갖다 달라는 부탁까지 문자로 날렸다. 화가 머리끝까지 치밀어 오른 그는 카톡으로 답을 날렸다.

─ 말도 안하고 훌쩍 여행 간 것도 열 받아 죽겠는데 너무한 거 아니야!

휴대폰을 조수석에 던져 버린 강형모는 핸들을 꽉 움켜잡았다. 잠시 후 조수석에 내동댕이진 휴대폰에서 카톡이 도착했다는 소리가 들려왔다. 내용을 확인한 그는 넥타이를 느슨하게 하고 관자놀이를 엄지손가락으로 지그시 눌렀다. 마음속에서 분노가 부글거렸다. 하지만 참아야 했다. 독거미한테 조금이라도 돈을 쥐어 주려면, 장기연체자라며 수시로 오는 문자들을 피하려면, 돈이, 그녀의 돈이 필요했다. 심호흡을 한 그는 카톡으로 답장을 날렸다.

─ 미안, 내가 심하게 화를 냈지. 요즘 일이 잘 안 풀려서 그랬나 봐. 마두역 뒤편에 새로 짓고 있는 그 상가 지하에 가방을 가져다 놓으면 되는 거지? 알았어. 여행 갔다 와서 보자.

아무도 없는 집

금요일 오후 1 : 12

목동은 처음 차를 가지고 들어오는 사람들을 늘 애먹이는 동네였다. 일방통행뿐인 도로를 따라가다 보면 전혀 엉뚱한 곳에 도착하곤 했다. 그도 처음 서미진의 집을 찾아갔을 때 한참이나 헤맸다. 경비실 앞 과속 방지턱을 힘겹게 넘은 제네시스가 주차장 안으로 미끄러져 들어갔다. 차에서 내린 강형모는 1342동으로 걸어갔다. 이른 오후라 아파트 단지는 조용했다. 주황색 타일이 깔린 계단을 성큼성큼 걸어 올라간 강형모는 아파트 입구에 있는 경비실을 향해 고개를 까닥거렸다. 머리에 맞지 않는 큼지막한 경비 모자를 쓴 늙은 경비는 졸고 있었던 건지 고개를 번쩍 들었다가 힘없이 수그렸다. 엘리베이터가 있는 좁고 긴 복도에 힘겹게 파고든 빛이 약하게 드리워졌다. 광고 전단이 주르륵 붙은 복도를 터덜터덜 걸어간 강형모는 엘리베이터 버튼을 눌렀다. 잠시 후 경쾌한 종소리와 함께 문이 열렸다. 그를 태운 엘리베이터는 14층까지 단숨에 올라갔다. 호주머니에서 열쇠고리를 꺼낸 강형모는 미진의 아파트 열쇠를 골라내면서 투덜거렸다.

"젠장 도어락으로 좀 바꾸라니까."

집 안은 지난주에 왔을 때와 똑같았다. 목이 긴 크림색 화분은 신발장 바로 앞에, 턱을 활짝 벌린 시커먼 하회탈은 현관 정면 벽에서 그를 맞이했다. 하얀색 벽지로 둘러싸인 아파트 안은 고요했다. 바퀴가 달린 큼지막한 샘소나이트 여행 캐리어 세 개가 자그마한 열쇠가 채워진 채 거실 한복판에 놓여 있었다. 다닥다닥 붙어 있는 여행 캐리어들을 본 강형모는 짜증 섞인 한숨을 내쉬었다. 한 손으로 끌기에 부담스러울 정도였는데 무려 세 개였다. 슬쩍 들어보자 무게도 만만치 않았다. 우선 하나를 가지고 현관문이 닫히지 않게 막아두고는 하나씩 밖으로 끌어냈다. 현관문을 막아 놓은 여행 가방까지 두 개를 양손으로 하나씩 잡고 남은 하나를 발로 밀면서 엘리베이터 앞까지 오자 절로 한숨이 터져 나왔다. 올라올 때와는 다르게 19층부터 한 층씩 멈춰서는 바람에 더 짜증이 났다. 드디어 14층에 도착한 엘리베이터 문이 열리자마자 샘소나이트 여행 가방들을 안에다 욱여넣었다. 잡담을 하던 아줌마 둘이 마땅찮은 눈길을 던졌다. 두 아줌마는 1층에 도착한 엘리베이터 문이 열리자마자 그를 밀치고 총알처럼 튀어나갔다. 샘소나이트 여행 가방들을 엘리베이터 안에서 끌어내 경비실 앞까지 도착하자 컵라면을 먹던 늙은 경비가 눈을 껌뻑거리며 쳐다봤다.

"아저씨. 이 가방들 잠깐만 봐 줘요."

턱 밑으로 수염처럼 면발을 드리운 경비가 고개를 끄덕거렸다. 제네시스로 돌아온 강형모는 트렁크 안을 대충 정리하고 차를 후진시켜 경비실 앞으로 갖다 댔다. 그 사이 면발을 다 먹어 치웠는지 컵라면 용기를 한 손에 쥔 경비가 국물을 마시는 중이었다. 아무 말 없이 나머지 여행 가방 손잡이를 움켜쥔 그의 귀에 익숙한 목소리가 들려왔다. 고개를 두리번거리던 강형모는 경비실 안에서 그 목소리를 찾아냈다. 경비실 책상 아래쪽에 박혀 있는 낡은 텔레비전에서는 분노한 주인공으로 나온 그가 복수전을 벌이는 중이었다. 사랑하는 여인을 겁탈하고 죽인 악당의 본거지로 쳐들어간 그는 수십 명의 부하들과 치열한 격투 끝에 모두 쓰러뜨린다. 두목은 부하들이 차례로 죽어 나가자 007 가방 안에 넣어둔 베레타 권총을 뽑아 들었다. 온몸이 피투성이가 된 그는 총을 겨눈 악당 두목에게 덤벼들었다. 그리고 총성. 약간 뜸을 들인 첫 번째 총성 이후 연거푸 들리는 총성이 정지한 화면을 가득 메웠다. 내일을 향해 쏴라의 마지막을 노골적으로 베낀 마지막 장면은 그해 코미디 프로에서 웃음거리가 되었다. 정지 화면 위로 엔딩 크레딧이 올라갔다. 그해 연말 한 시상식에서 가슴이 깊게 파인 드레스를 입은 여기자가 그에게 그 영화에서 그가 죽었는지 아니면 안 죽었는지 물어봤었다. 여기자의 풍만한 가슴에 온 정신이 팔려 있던 그는 대충 대답을 해 주었다. 사실, 대본이 워낙 엉망이라서 빨리 찍고 털어 버릴 생각뿐이었다.

"어, 혹시 영화배우 강형모 씨 아닙니까?"

넋을 잃고 경비실 안의 텔레비전을 바라보던 그에게 경비가 물었다. 자글자글한 주름살은 웃음이 얹어지자 더 심하게 헝클어졌다.

"네, 맞습니다."

강형모는 헤벌쭉 입을 벌린 경비에게 쑥스럽고 겸손한 척 미소를 지어 보였다.

"어쩐지 눈에 익더라고요. 이 영화 재미있어서 케이블에서 할 때마다 족족 봅니다. 어쩜 하나도 안 변했네. 안 변했어."

라면 국물이 묻은 마른 턱을 손등으로 쓱 훔친 경비가 호들갑을 떨었다.

"근디 웬 가방들이 이리 많대요?"

"아, 여행을 좀 가느라고요. 미진 씨랑 아이들이 어디 들렀다 간다고 해서요."

여행을 가는데 사람은 없고 여행 가방만 잔뜩 챙겨간다는 게 이상해 보일까 봐 조마조마했는데 다행히 바보 같은 경비는 그냥 넘어갔다.

"경주로 간다고 하던데 잘 다녀오십시오."

대충 대답한 강형모는 여행 가방을 하나씩 들고 계단을 내려
갔다. 트렁크에 하나 넣고 뒷좌석에 나머지 두 개를 넣고 곧장
차를 출발시켰다. 경비가 어설프게 경례하는 모습이 백미러에
잡혔다. 답례로 가운데 손가락을 올려 보인 강형모는 과속 방지
턱을 넘자마자 속도를 높였다.

머나먼 길

금요일 오후 2:11

일산은 더 막혔다. 서울처럼 버스전용차로가 도로 한 줄을 차지했고, 자가용들은 남은 도로 위에 옹기종기 모였다. 숨 막히는 정체를 벗어나 마두역에 있는 교보생명 앞 사거리에서 우회전했다. 멋대가리 없는 하얀색 사법연수원 건물이 아파트와 빌딩 사이로 보였다. 큰 도로에서 한 블록을 넘어가자 건물은 점점 낮아지고 길은 좁아졌다. 서미진이 새로 짓고 있는 8층짜리 건물은 기둥만 올리고 골조공사까지 끝난 상태지만 건축 자금의 절반을 대기로 한 동생, 서욱철이 돈을 못 구하는 바람에 중단되고 말았다.

개기름이 잔뜩 흐르는 서욱철의 얼굴을 떠올린 강형모는 코웃음을 쳤다. 돈 많은 누나한테 기대 단물을 빨아먹던 그는 강형모를 몹시 못 마땅하게 여겼다. 미완성된 상가 앞 도로에 차를 세우고 밖으로 나온 강형모는 지하실로 이어지는 계단을 내려다보았다. 바람과 발길에 휩쓸려온 온갖 잡동사니가 계단에 차곡차곡 쌓였다. 걸리적거리는 쓰레기들을 대충 발로 밀어 낸 강형모는 차로 돌아가서는 여행 가방을 모두 꺼내 놓고 그중 하나를 끌고 계단을 내려갔다. 낑낑대며 여행 가방을 끌고 내려 간 그는 아무것도 없는 지하실을 휘휘 둘러보았다. 그제야 누가 언제 와서 가방을 가져가고 돈을 건네주는지 물어보지 않았다 는 생각이 든 강형모는 혀를 차며 휴대폰을 꺼냈다. 하지만 계 단을 올라가는 내내 전화를 받지 않았다.

"염병할, 전화 좀 받아라."

두 번째 가방을 계단 입구에 내팽개친 그는 다시 통화버튼을 눌렀다. 신호가 갔지만 여전히 통화가 되지 않았다.

"이 씹할, 뒈지려고 환장했나."

짜증이 난 강형모는 먼지투성이 바닥에 침을 뱉었다. 그런데 낯익은 벨소리가 들려왔다. 놀란 강형모는 주변을 둘러보았다. 지하실 안에는 그와 여행 가방들뿐이었다. 천천히 휴대폰의 통 화버튼을 다시 누르자 텅 빈 적막을 깨고 벨소리가 울려 퍼졌 다. 강형모는 귓가에 붙였던 휴대폰을 천천히 떼어 냈다. 벨소 리는 그의 휴대폰 말고도 다른 곳에서 들렸다. 또 다른 벨소리 를 찾아 두리번거리던 시선이 멈춘 곳은 그가 방금 운반한 샘 소나이트 여행 가방이었다. 강형모는 보이지 않는 실에 당겨지 듯 끌려갔다. 벨소리는 여행 가방 안에서 그를 불렀다. 그가 통화종료버튼을 누르자 여행 가방 안에서 들려오던 소리도 잠시 후 끊겼다.

바닥에 굴러다니는 벽돌 조각을 집어든 강형모는 심호흡을 하고는 자물쇠를 내리쳤다. 굳건하게 버티던 자물쇠가 떨어져 나가자 지퍼를 열어젖혔다. 천이 찢어지는 듯한 소리와 함께 지퍼가 양쪽으로 열렸다. 맨 처음 느껴지는 것은 시큼한 젓갈 냄새였다. 그리고 피 묻은 비닐 사이로 갈고리처럼 굽어진 손가락이 불쑥 튀어나왔다. 강형모는 짧은 비명을 지르며 엉덩방아를 찧었다. 그 와중에 균형을 잃은 여행 가방은 그가 있는 쪽으로 쓰러졌다.

열린 지퍼 사이의 깊은 어둠 한복판에 서미진이 있었다. 부릅뜬 그녀의 눈에서 생명의 온기라고는 한 조각도 찾아볼 수 없었다. 뒤늦은 비명이 치솟았다. 미친 듯이 비명을 지른 강형모는 계단을 향해 엉금엉금 기어갔다. 한시라도 빨리 지하실을 빠져나가고 싶었지만 마음과는 달리 몸은 한없이 느렸다. 겨우 계단에 도달한 강형모는 눈을 꼭 감고 계단을 뛰어 올라가다가 삐죽 튀어나온 철근에 다리가 걸려 비틀거렸다. 길 건너편 테이크아웃 커피전문점에서 고개를 삐죽 내민 중년의 여성과 눈이 마주쳤다. 바람을 잔뜩 넣은 것 같은 파마머리를 한 그녀는 생크림과 초코 시럽으로 얼룩진 검은색 앞치마 주머니에 두 손을 찔러 넣은 채 의심스러운 눈으로 그를 바라봤다. 그 시선과 마주치면서 정신이 확 들었다.

지금 경찰에 신고하면 자질구레한 고소 고발 건들이 고스란히 드러날 것이고, 기사거리를 찾아 경찰서에 눌러앉은 기자들의 먹잇감이 되는 건 시간문제였다. 그건 둘째 치고 그 시신을 여기까지 운반해 온 것을 어떻게 설명해야 할지 몰랐다. 시신인 줄 모르고 운반했다는 말을 과연 믿어줄까? 자신을 탐탁지 않게 여기는 서욱철은 분명 자기가 그녀의 돈을 노리고 접근했다고 떠들어 댈 게 틀림없었다. 시체가 들어 있는지 모르고 여기까지 가지고 왔다는 말을 믿을 기자들이 얼마나 될까? 설사 믿는다고 해도 곧이곧대로 기사를 써 줄까? 아마 대뜸 묻겠지? 왜 죽였어요? 돈이 그렇게 궁하셨나요? 눈치 빠른 기자라면 아마 어렵지 않게 슬기나 성유란의 존재를 찾아낼 것이다. 돈 문제에 치정까지 얽혀 있다면 기자가 굳이 소설을 쓸 필요도 없다. 누구나 다 범인이라고 믿을 테니까 말이다.

천천히 몸을 일으킨 강형모는 이를 악물고 지하실 계단을 걸어 내려갔다. 계단을 하나씩 밟아 가면서 강형모는 차분해지려고 애썼다. 살인자가 서미진과 가족을 죽인 후 시신을 여행 가방 안에 넣고 자신에게 운반시킨 걸 보면 명백하게 자신을 함정에 빠뜨리려는 수작이었다.

"빌어먹을 제대로 걸렸군. 이제 어떻게 하지?"

지하실 입구에 팽개쳐진 또 다른 여행 가방이 그를 맞이했다. 발걸음을 멈춘 강형모는 발끝에 차인 뾰족한 돌로 가방의 열쇠를 부수고 지퍼를 열었다. 핏자국이 눌어붙은 베이지색 옷자락이 보였다. 얼굴은 안 보였지만 아마 미진이의 딸 다슬이일 것이다.

어두운 지하실에서 시신들과 뜻하지 않게 동거하게 된 강형모는 머리카락을 쥐어뜯었다. 갈피를 잡지 못하고 있는 그에게 또 다른 벨소리가 들렸다. 정신을 차린 그는 벨소리를 찾아 두리번거렸다. 소리는 다슬이의 시신이 든 여행 가방에서 흘러나왔다. 떨리는 손으로 지퍼를 닫고 가방을 입구에서 멀리 떨어져 있는 지하실 구석에다 갖다 놨다. 갑작스럽게 찾아온 오한이 온몸을 떨게 만들었다. 물주가 죽었다. 그것도 자신이 누명을 쓰기 알맞은 상태로 말이다. 두툼한 엄지손톱 끝을 질끈 깨물자 오도독거리는 소리와 함께 손톱이 뜯겨졌다.

"괜찮아. 더한 일도 겪어 봤잖아. 침착하자고."

견디다 못한 강형모는 주변에 가득한 어둠을 향해 버럭 고함을 질렀다. 끝없이 메아리친 목소리는 주변을 맴돌다 서서히 사라졌다. 문득 느껴진 냉기에 두 손으로 양쪽 어깨를 감싸 안은 그는 두려움을 쫓으려고 계속 중얼거렸다.

"꼭 영화 같군. 어떤 영화였더라. 맞아. 퍼즐, 살인자의 퍼즐이었지. 갑자기 눈을 뜨니까 시체들이 가득한 지하실에서 눈을 뜨고 영화가 시작되는, 쏘우 판박이라고 뒈지게 욕먹고 말았지만 나는 재미있었다고."

　그는 양팔로 어깨를 문지르면서 힘겹게 계단을 올라갔다. 손
님이 왔는지 아까 그 아줌마의 모습은 보이지 않았다.

받지 않는 전화
금요일 오후 3 : 56

신호는 영원히 계속될 기세였다. 원준은 힘없이 휴대폰을 주머니에 넣었다. 2시에 잠실역에서 만나기로 해놓고서는 벌써 두 시간이나 지난 지금까지 오지 않았다.

바람맞았다는 분노는 초조함으로 변했다. 수업이 끝난 여고생의 체크무늬 치마가 바람결에 살랑거렸다. 강 같은 도로에서 밀려온 바람이 제법 쌀쌀했다. 고르고 고른 푸른색 점퍼의 깃 위로 때 이른 저녁이 내려앉았다.

원준은 통나무를 잘라서 만든 벤치에 엉덩이를 걸치고 다시 휴대폰을 꺼냈다.

"제발 좀 받아라. 무슨 일 있는 건 아니겠지?"

그의 간절함에 응답이라도 하듯 휴대폰이 울었다. 씩 웃으며 액정을 들여다보던 원준의 표정이 금방 굳어졌다. 짜증 섞인 한숨과 함께 통화 버튼을 누른 원준은 잠자코 있었다.

"어디 밖이야? 왜 이렇게 시끄러워."

"예, 일이 있어서 잠깐 나왔어요. 어쩐 일이에요. 경민 선배?"

"너 혹시 다슬이랑 둘이서 어디 놀러 간 거 아냐?"

"아뇨. 어머니 친구 분이 나가신다고 해서 인천공항 갔다가 오는 길인데요."

"그래? 혹시 오늘 다슬이랑 통화했니?"

원준은 휴대폰을 바꿔 잡았다. 혹시 눈치챈 것 아닌가 하는 불안감이 더 없이 정중한 목소리를 만들어 냈다.

"아뇨. 왜요?"

"어, 오늘까지 국문과 주 교수님이 작성하라는 게 있었거든. 오후까지는 보내준다고 했는데 감감무소식이네."

"그래요? 주 교수님이라면 그 대머리 독수리잖아요. 제때 안 해 주면 부리로 인정사정없이 쪼아 버릴 텐데요."

원준은 시답잖은 농담을 던졌지만 점점 불안해졌다. 대체 무슨 일이 생긴 거지?

"농담할 기분 아냐. 아까도 전화 안 받으면 집으로 찾아가서 받아 오라잖아. 아, 짜증 나 못 살겠다."

경민 선배의 투덜거림을 듣던 원준은 어떤 생각이 떠올랐다.

"어, 걔네 집 목동이죠. 제가 잠깐 들러 볼까요?"

"정말, 그래 주면 나야 좋지."

"카톡으로 주소 찍어 주시면 찾아가 볼게요."

"알았어. 카톡으로 주소 보내 줄게."

천천히 몸을 일으킨 원준은 우뚝 솟은 롯데타워를 등진 채 잠실역으로 향했다.

과거로 가는 길
금요일 오후 4 : 04

장막 너머로 과거가 보였다. 대학 시절, 여학생들에게 인기를 끌려고 들어간 연극 동아리에서 햄릿을 만났다. 죽느냐 사느냐를 외치면서 그는 햄릿을 입었다. 왜 그랬는지 모르겠지만 햄릿을 입는 순간 그는 사람들의 시선을 두려워하는 소극적인 강형모가 아니라 열정적이고 에너지가 충분한 새로운 강형모가 되었다.

대학을 졸업할 무렵 그는 대학로의 조그만 극단에서 포스터를 붙였다. 춥고 배고팠지만 성공에 대한 열망, 아니 무대에서 빛이 되고 싶다는 갈망이 늘 그를 목마르게 했다. 연극판에서 몇 년을 전전하면서 빈털터리가 된 그는 아는 선배를 따라 영화판에 뛰어들었다. 조명줄을 잡다가도 큐 싸인이 떨어지면 지나가는 행인 역할을 했다. 열 시간이 넘게 추위에 덜덜 떨면서 단 한 장면을 찍었고, 그 장면이 나중에 잘려 나가는 걸 말없이 지켜봐야만 했다. 그리고 어느 날 찾아온 기회. 출연료 문제로 펑크를 낸 배우 대신 처음으로 대사가 있는 역할을 맡았다. 아주 짧은 분량이었지만 촬영이 끝날 무렵 감독과 스텝 모두 그에게서 눈을 떼지 못했다.

그는 단 5분만 모습을 드러낸 그 작품으로 대종상 남우조연상 후보에 올랐다. 그때부터 성공은 순식간에 찾아왔다. 그해가 가기 전 세 편의 영화에서 조연으로 나온 그는 다음 해 무리라는 남들의 우려 섞인 시선 속에서 첫 번째로 주인공을 맡았다. 영화는 초라한 성적을 내고 극장에서 물러났지만 자폐증을 앓는 역할을 맡았던 그에게는 찬사가 쏟아졌다. 몇 개의 계단을 오르고 그는 더 이상 오를 곳을 찾지 못했다. 그는 어려웠던 시절을 보상받고 싶었다. 주머니에 들어찬 돈을 마음껏 뿌리며 사람들의 환심을 샀다. 춥고 가난했던 연극쟁이 시절 그를 버리고 떠난 첫 사랑을 증오하며 닥치는 대로 여인들을 만났다. 수많은 사람들의 부러움 섞인 시선을 받고, 손을 뻗으면 닿는 여인을 탐닉했다. 시간이 흐르고, 그 모든 것들에서 균열이 생겼다. 처음에는 그도, 주변 누구도 알지 못할 정도의 미세한 균열이었다. 술에 취한 채 촬영장에 나타나고, 여배우들과 차 안에서 관계를 가진다는 소문이 사람들 입에 오르내렸다. 영화가 히트를 거듭할 때는 잠잠했지만 몇 편의 영화가 그의 무성의 탓에 손해를 보면서 상황이 달라졌다. 안 좋은 소문이 스포츠 신문에 오르내리고, 심기일전해서 출연한 미니시리즈가 참패하면서 저울추는 급격하게 기울었다. 그에게 성추행을 당했다는 엑스트라 여배우의 인터뷰가 실렸고, 대마초를 복용한다는 소문이 퍼졌다. 분위기를 반전해 보려고 그는 재벌 2세와의 염문설에 시달리던 여 가수와 결혼식을 올렸다. 초호화 결혼식은 모두의 입을 다물게 하는 데는 성공했지만 여 가수와 스캔들이 있었던 남자 가수의 축가가 채 사위기도 전에 문제가 불거졌다. 그 못지않은 스캔들 메이커였던 그녀는 결혼 후에도 옛날 애인들과 만나고 다녔다. 자기 것을 뺏겼다는 사실에 이성을 잃은 그가 정신을 차렸을 때는 모든 게 끝난 다음이었다. 아내를 폭행한 파렴치한이 되어 버린 것이다. 사람들은 그 즈음부터 그의 이름 앞뒤로 몰락이라는 말을 붙였다. 1년간의 기나긴 고소와 재판이 끝날 무렵에는 겨우 감옥을 피했다. 하지만 안도의 한숨을 쉰 그에게는 세상이라는 더 큰 감옥이 기다렸다. 광고계약은 줄줄이 파기됐고, 개런티를 절반으로 줄여도 그에게 영화나 드라마를 찍자는 제의는 들어오지 않았다. 빛나는 벌판에서 좁고 어두운 골목 같은 삶으로 빠져들었다. 그리고 갑작스럽게 밤이 찾아온 것처럼 세상 역시 갑자기 그를 집어 삼켜 버렸다.

　의식의 불균형이 서서히 사라지면서 섬뜩한 추위와 함께 오한이 찾아왔다. 꿈이기를 바라면서 시선을 돌려 봤지만 가방들과 굳어 버린 시신들은 그대로였다. 체념은 빨리 찾아왔다. 하지만 끝난 게 아니었다. 서미진을 죽인 진범을 찾아내지 못한다면 고스란히 살인죄를 뒤집어쓸 참이었다. 여배우들을 건드리고, 빌린 돈을 갚지 않는 것과는 차원이 다른 문제였다. 직접 범인을 찾아내야만 했다. 입고 있던 양복에 달라붙은 먼지를 털어내면서 중얼거렸다. 범인을 찾아서 누명을 벗어야 했다. 도망이라는 두 글자가 잠깐 떠올랐지만 대한민국 안에서는 신문과 방송에 대문짝만 하게 얼굴이 나오면 숨을 곳이 없었다. 숨을 내쉴 때마다 등줄기가 따끔거렸다.

"진범을 잡는 거야. 잡아서 경찰서에 끌고 가면 모든 게 잘 끝날 거야. 혹시 알아? 누가 이걸로 영화 찍자고 할지."

강형모는 피식거리다 엄지손가락으로 관자놀이를 힘껏 눌렀다. 예전 형사의 길을 찍을 때 진짜 형사한테서 수사기법 강의를 들은 적이 있었다. 그때 그 늙은 형사가 뭐라고 했더라? 집중, 집중하라고 했다. 어디? 현장에 모든 답이 있다고, 범인의 흔적이 고스란히 남아 있으니까 현장만 잘 조사해도 범인의 윤곽을 잡을 수 있다고 했었다. 현장, 서미진의 아파트로 돌아가는 거다. 돌아가서 살인자의 흔적을 찾아야만 했다.

"사냥을 할 시간이야. 친구."

연쇄살인마끼리의 싸움으로 오백만 관객을 모았던 살인게임에서 썼던 대사를 내뱉은 강형모는 관자놀이를 누르던 엄지손가락을 뗐다. 흔들리던 시선도 똑바로 고정됐다. 계단 쪽으로 걸어가려던 강형모는 여기저기 흩어진 가방들을 보고는 걸음을 멈췄다. 도로 차에 싣고 다니기에는 위험 부담이 너무 컸다. 고심하던 강형모의 눈에 그늘진 구석에 쌓인 합판과 빈 시멘트 포대가 보였다. 가방들을 질질 끌고 간 강형모는 가방들을 차례대로 포개 놓고 그 위에 빈 시멘트 포대와 합판 쪼가리들을 대충 올려놓았다. 몇 번이고 손질을 한 끝에 적당한 모양새를 만들어 낸 강형모는 몇 걸음 뒤로 물러서서는 자신의 작품을 감상했다. 누군가 여길 들어와도 일부러 끄집어내지 않는 이상 시신들은 눈에 띄지 않을 것 같았다. 이마에 흐르는 땀을 닦아낸 강형모는 천천히 계단을 올라갔다. 계단을 빠져나오자 펜스 너머로 아까 그 커피 가게가 보였다. 뒤편의 가게는 여전히 빈자리가 없었지만 그 가게에는 아직 아무도 없었다. 강형모는 무릎의 먼지를 털면서 빼꼼하게 쳐다보는 주인 여성한테 다가갔다.

"여기 시원한 아이스커피 한 잔 주세요."

조마조마한 표정으로 지켜보던 주인 여성의 표정이 부챗살처럼 펴졌다. 가게 안쪽에 걸려 있는 벽시계가 이제 막 오후 4시 17분을 넘어가는 중이었다.

황혼

금요일 오후 5 : 10

IME SCENE   CRIME SCENE   CR

어스름한 황혼이 자유로를 침범했다. 내비게이션은 연신 속도를 줄이라고 정중하게 권유했지만 강형모는 왠지 모를 흥분감에 경고를 무시했다. 임진강 건너편의 야경이 자유로에 짙은 그림자를 드리웠다. 강형모는 속으로 시간을 가늠하면서 핸들을 꽉 움켜잡았다. 속도를 더 내고 싶었지만 붉은 미등들이 장벽처럼 앞길을 가로막았다. 강형모는 시계를 흘끔거렸다.

5시를 막 넘길 무렵 큼지막한 광고판으로 가린 대전차 장벽을 지났다. 막힐 기미가 보이는 도로는 속도를 높이지 못해 안달을 내는 차들로 가득했다. 목동으로 빠지는 양화대교 위쪽 역시 차들이 드문드문 보였다. 강형모는 손가락 끝으로 핸들을 톡톡 치면서 생각에 빠져들었다. 살인자는 서미진을 협박해서 자기에게 카톡을 보내게 만들었다. 서미진이 시키는 대로 하자 죽였고, 큼지막한 여행 가방에 시신들을 집어넣었다. 혼자였을까?

세 사람을 혼자서 다 죽이지는 못했을 것 같았다. 그리고 목표는 서미진이 아니라 자기였다고 확신했다.

"지독한 놈들⋯⋯."

강형모는 불쑥 내뱉었다. 몰락의 길을 걸어 오면서 많은 일들을 겪었다. 처음에는 실패하고 있다는 사실을 인정하고 싶지 않아서 그리고 그 다음은 쓰던 대로 들어가던 돈이 필요했다. 얼굴마담 역할을 했던 사업들은 결국 막대한 빚만 남기고 끝났다. 그 다음부터는 자포자기와 변명과 외면이 찾아왔다. 결국은 조폭인 독거미의 자금까지 손을 댔다. 지금쯤 빚이 얼마나 늘었을까? 한때는 매일 매일 늘어나는 액수가 겁이 나 잠을 못 이룬 적도 많았지만 곧 무감각해져 버렸다. 아무리 발버둥을 쳐도 빠져나갈 수 없다는 사실이 워낙 명확했으니까 말이다.

이런 저런 생각에 빠져 있던 그의 눈앞에 목동 현대백화점이 보였다. 20층 높이의 아파트가 수두룩한 목동이지만 현대백화점은 단연 눈에 띄었다. 백화점 앞 사거리에서 우회전을 하고 일방통행 화살표를 따라 왼쪽으로 꺾은 뒤 직진하자 영화아파트가 보였다. 파란색 점퍼를 입은 젊은 사내가 고개를 땅바닥에 내리꽂은 채 길을 건너면서 앞을 막았다. 짜증이 난 그는 클랙슨을 세차게 눌렀지만 젊은 사내는 고개도 돌리지 않고 그대로 지나쳐 갔다. 입안에 머금은 욕설을 꿀꺽 삼키고는 야트막한 언덕을 넘자 영화아파트가 보였다. 정문을 지나쳐 서미진의 아파트 쪽으로 핸들을 돌리던 강형모는 곧 멈칫했다. 만약 아까 그 경비가 그대로 있으면 의심스러운 눈으로 쳐다볼 게 뻔했다. 다른 동 주차장에 차를 댄 강형모는 양손을 교복 주머니에 꾹 찔러 넣은 채 재잘거리는 한 무리의 여학생들 뒤를 따라 보도블록을 걸었다. 아파트 입구를 슬쩍 훔쳐봤지만 경비실 안에 누가 있는지 확인할 수 없었다. 놀이터 쪽으로 가는 여학생들에게서 벗어난 강형모는 나란히 서 있는 분리수거용 쓰레기통 뒤에 몸을 숨겼다. 뜻하지 않은 장애물을 돌파할 생각에 빠져 있던 그의 눈에 경비실에서 나온 경비가 보였다. 빗자루를 옆구리에 낀 경비는 계단을 쓸기 시작했다. 구부정하게 서서 계단을 쓰는 경비의 뒷모습을 바라보던 강형모의 머릿속에 한 가지 생각이 떠올랐다. 일단 쓰레기통 뒤에서 나온 강형모는 계단을 쓸어 내리는 경비를 멀찌감치 지나쳐 갔다. 아파트 모서리까지 쭉 걸어간 강형모는 재활용품 수집통 뒤에 숨어 경비를 훔쳐봤다. 보도블록으로 내려선 경비의 뒷모습을 쳐다보던 강형모는 바로 앞에 주차돼 있는 하얀색 코란도의 바퀴를 힘껏 걷어찼다. 신경질적인 경보음이 바로 터져 나왔고, 곧장 손길을 멈춘 경비가 고개를 돌렸다. 수집통 뒤쪽에 있는 와인색 뉴 소나타 바퀴까지 걷어차자 경보음들의 절묘한 화음이 어스름한 아파트 단지를 유령처럼 떠돌았다. 차체 뒤로 몸을 바짝 숙인 강형모의 귀에 타닥거리는 경비의 발소리가 점점 더 가깝게 들려왔다. 속으로 숫자를 세던 강형모는 경비의 발걸음이 코앞에 도달할 즈음 살짝 코란도를 끼고 옆으로 돌아 나왔다. 아슬아슬하게 엇갈린 경비의 옆모습이 멀어졌다. 강형모는 최대한 발소리를 줄인 채 아파트 입구로 걸어갔다. 태연하게 아파트 입구로 들어간 강형모는 마침 1층에서 기다리고 있던 엘리베이터에 냉큼 올라탔다. 숫자가 가파르게 올라가다가 14에서 멈췄다. 주머니 안의 열쇠로 문을 열고 들어섰다. 이제는 익숙할 정도로 드나든 곳이었지만 한 차례 스치고 지나간 죽음 탓일까? 모든 것이 그를 경계하고 낯설어하는 것만 같았다. 신발을 신은 채 마루로 올라선 강형모는 시체가 든 가방이 옹기종기 모여 있던 거실 한복판에 섰다. 대체 어떻게 마음을 먹으면 사람을 죽이고 좁은 여행 가방 안에 욱여넣을 생각을 할까? 대형 TV의 시커먼 화면에 거실의 모습이 잡혔다. 강형모는 양복바지에 두 손을 찔러 넣은 채 거실을 둘러보았다. 특별한 흔적은 보이지 않았고, 모든 것이 그대로였다.

"그럼 여기서 죽이지는 않았겠군. 부엌 아니면 안방인가?"

나비와 새를 수놓은 커튼으로 반쯤 가려진 부엌 역시 그대로였다. 한복판에 자리 잡은 식탁에는 의자 네 개가 보라색 커버를 쓴 채 옹기종기 모여 있었다. 우윳빛 대리석 문고리에 살짝 손을 대자 어렴풋한 진동이 느껴졌다. 허공을 발로 밟는 것 같은 뒤척임에 놀란 강형모는 안방 손잡이를 잡은 채 휙 돌아봤다. 이제 흐릿한 어둠이 허공에 떠도는 거실과 부엌이 입을 굳게 다문 채 그를 지켜봤다. 그렇게 한참 동안 서서 노려봤지만 더 이상 아무 소리도 들리지 않았다. 주저하던 강형모는 손잡이를 잡은 손에 힘을 줬다. 부드럽게 돌아간 문고리가 스르륵 열리면서 안방을 보여 주었다. 홈패션에 관심이 많던 서미진은 침대 시트나 식탁보를 직접 만들곤 했다. 노란색 시트를 씌운 침대가 덩그러니 그를 맞이했다. 침대 오른쪽에 있는 장미꽃 무늬 스탠드와 검은색 옷장까지 모두 그대로였다. 오른쪽에서 왼쪽으로 흘러가던 시선은 화장대에서 딱 멈춰 버렸다. 서미진이 화장대 가득 모아둔 샘플 화장품들이 어지럽혀져 있었다. 바닥을 굴러가다가 멈춘 샘플 화장품도 보였다. 강형모는 천천히 눈을 감았다. 침입자에게 쫓긴 서미진이 황급히 안방으로 도망쳐서 문을 잠그려 했다. 하지만 침입자 혹은 침입자들은 그럴 틈을 주지 않았다. 안쪽으로 열리는 안방 문에서 밀려난 서미진은 화장대 쪽으로 밀려났고, 그녀가 애지중지하던 샘플 화장품이 옆으로 넘어지거나 바닥에 굴러 떨어지면서 주인의 최후를 지켜봐야 했다. 그녀는 어떻게 죽었을까? 안방은 차분하게 정돈된 모습이었다. 침대 시트는 구김 하나 없었고, 화장대 위쪽을 제외하고는 평소와 똑같았다. 강형모는 조심스럽게 옷장을 하나씩 열어 보았지만 세탁소 비닐이 씌워진 겨울 코트들만 발견했다. 안방 화장실 역시 텅 비어 있었다. 거실로 나가려고 안방 문고리로 손을 뻗던 강형모는 손잡이에 묻은 피를 발견했다. 보석처럼 반짝거리는 우윳빛 문고리 위에서 발견한 핏자국을 말없이 쳐다보던 강형모는 천천히 안방 문을 닫았다. 안방 문이 가리고 있던 공간은 온통 핏자국으로 가득했다. 침입자는 아마 이곳에서 서미진을 죽였을 것이다. 문고리로 머리를 찍고, 다른 흉기나 줄로 이곳에서 그녀의 숨통을 끊은 것이다.

"그리고 내 운명도 끊어 버린 거지."

좁디좁은 곳에 몰린 그녀는 머리 위로 떨어지는 죽음의 손길을 어떻게 바라봤을까? 의연하게? 아니면 절망에 차 울먹거리며 쳐다봤을까? 갑자기 치솟은 눈물이 앞을 가렸다. 신천에 있는 골프 연습장에서 처음 만난 이후 그의 목적은 오직 돈이었다. 그런 강형모에게 미진은 가끔 인심 좋게 돈을 쥐어 줬고, 결혼을 암시하는 듯한 말도 여러 번 했다. 강형모는 불끈 쥔 주먹을 깨물었다. 의식하지 못한 사이 넘친 눈물이 단단히 뭉친 주먹 위로 흘러내렸다.

강형모는 형사의 길이 대히트를 치면서 다음 해 서둘러 찍은 두 형사라는 작품 때문에 연쇄살인범을 만났던 때를 떠올렸다. 연기를 위해서라기보다는 마케팅의 일환이었지만 면회실 너머의 연쇄살인범은 매우 평온해 보였다. 바짝 긴장한 강형모에게 연쇄 살인범은 교도소 담장을 따라 피어난 개나리에 대해 얘기했다. 강형모는 평온하고 부드럽게 이야기를 풀어내는 상대방을 보고 전율했다. 부드러운 그의 말소리 사이로 죽음의 이빨이 드러났다. 허둥지둥 이야기를 끝마치고 일어서는 그에게 연쇄살인마는 씩 웃어 보였다. 눈꼬리와 입 끝이 올라간 부드러운 웃음이었지만 강형모는 비명을 지를 만큼 두려웠다. 서미진을 죽인 살인자도 그랬을까? 평온함 속에 폭풍 같은 살의를 간직하고, 휘파람을 불면서 죽음을 바라봤을까? 강형모는 어설프게 손을 들어올려서 내리치는 시늉을 해봤다. 안방의 창문에 걸린 빛들이 지나간 살인을 재현해 내는 그의 몸짓에 암울함을 더해 주었다. 두 손을 내린 강형모는 안방의 문틀에 난 희미한 바퀴 자국을 따라 거실로 나갔다. 거실에 핏자국이 없는 걸로 봐서는 서미진은 안방에서 죽은 뒤 그곳에서 여행 가방에 넣어진 것 같았다. 거실로 나온 강형모는 그녀의 딸 다슬이가 사는 건넌방부터 살펴봤다. 방주인 다슬이는 어디 외출이라도 하려 했는지 옷가지들이 침대와 화장대 위에 어지럽게 널려 있었다. 강형모는 화장대에 붙은 둥근 거울 앞에 섰다. 시멘트 먼지와 얼룩이 달라붙은 양복은 넝마처럼 보였고, 반나절 사이 홀쭉해지고 창백해진 얼굴은 다른 사람의 얼굴처럼 낯설었다. 한참 동안 거울 속의 또 다른 자신을 응시하던 강형모는 거울 아래쪽에 튄 피들을 봤다. 조심스럽게 화장대 위에 쌓인 옷들을 들춰내자 생기를 잃고 바짝 말라붙은 피들이 보였다. 강형모는 한 손으로 존재하지 않는 상대방의 머리를 움켜잡았다. 그리고 다른 손으로 목을 긋는 시늉을 해봤다. 후드득거리며 쏟아졌을 피가 화장대와 거울에 달라붙는 상상을 해 봤지만 곧 고개를 저었다. 형사에게서 들은 기억대로라면 날카로운 흉기로 길게 상처를 내면 피는 옆으로 길게 퍼진다. 옷가지로 숨긴 핏자국들은 제멋대로 점점이 흩어져 있었다.

"둔기 같은데……."

조심스럽게 중얼거린 강형모는 손으로 뭔가를 쥔 것처럼 모양을 내서 머리를 내리쳐 봤다.

"한쪽 손으로 머리채를 잡고 머리를 친 거야. 화장대에 머리를 대고 쳤을지도 모르겠는데…… 꽝!"

그리고 의식을 잃은 몸은 힘없이 바닥으로 쓰러졌을 것이다. 시신은 여기서 가방에 넣었을까? 강형모는 반쯤 열린 문 밖의 거실을 쳐다봤다. 죽음을 닮은 것 같은 한숨이 내쉬어졌다. 거실로 걸어 나온 강형모는 그녀의 작은 아들이 머무는 문간방으로 들어섰다. 늘 컴퓨터게임에 몰두해서 말이 없던 성환이는 무관심과 무표정으로 그를 맞이했다. 늘어놓은 옷가지만 빼면 깔끔했던 다슬이의 방과는 달리 성환이의 방은 질펀하게 어질러져 있었다. 튜닝을 한 컴퓨터는 깔끔한 껍데기를 벗어던지고 시커먼 전선이 덩굴처럼 뻗어 있는 한가운데 자리 잡았다. 빛으로 가득 차 있던 다슬이의 방과는 달리 두꺼운 커튼을 친 성환의 방은 어두침침하고 눅눅했다. 이곳에서도 살인이 벌어졌을까?

바닥에는 이불이 널브러져 있었지만 핏자국은 보이지 않았다. 대신 방문에 붙어 있던, 성환이가 보물 1호라고 했던 리그 오브 레전드 포스터가 흉하게 뜯겨져 나갔다. 다시 거실로 나온 강형모는 나뭇결 무늬 장판을 내려다봤다. 성환이는 건넌방에서 도망친 것 같았다. 방에서 나와서 어디로 갔을까? 너무 놀라서 문을 열고 밖으로 도망칠 생각을 못 했던 듯하다. 그렇다면 어디로? 천천히 거실을 더듬던 시선은 부스럭거리는 베란다의 커튼에 꽂혔다. 살짝 열린 유리문으로 비집고 들어온 커튼이 바람결에 뒤척거렸다. 강형모는 곧장 거실을 가로질러 베란다로 향했다. 급하게 닫느라 힘을 잔뜩 줬는지 살짝 열린 베란다 유리창 너머를 슬쩍 훔쳐본 강형모의 심장이 가쁘게 뛰었다. 무지개 색 타일이 깔린 베란다는 온통 피투성이였다. 피를 안 보이게 하려 했는지 신문을 펴서 위를 덮었지만 피는 종이를 뚫고 밖으로 스며 나왔다. 헤드라인의 굵은 활자가 피바다에 두둥실 떠 있는 느낌이었다. 피는 생각보다 많이 고여 있었고, 양이 많은 탓인지 안방과 건넌방처럼 굳어 버리지 않았다.

"내가 왜 이걸 못 봤을까? 가방을 옮기기 전에만 봤어도 이 난리는 안 쳤잖아."

아쉬움을 삼킨 강형모는 아까보다 더 낮아진 해를 보고는 주머니에서 휴대폰을 꺼냈다. 시간은 5시 40분에 도달했다. 해가 떨어진 이후까지 아파트에 남아 있고 싶지 않았다. 바로 나가려던 강형모는 안방 쪽으로 시선을 옮겼다. 혹시 돈이 두둑하게 든 통장이나 카드가 있지 않을까 하는 생각에 몸을 돌려 안방으로 들어갔다. 서미진의 핏자국이 있는 쪽을 외면한 채 화장대 서랍을 연 강형모는 차곡차곡 쌓인 속옷과 장신구를 하나씩 들춰 보았다. 제일 아래쪽 서랍 밑바닥에서 작은 상자를 찾아낸 그는 은근히 기대하는 기분으로 상자를 열어 보았다. 몇 개의 통장을 본 강형모는 혹시나 하는 마음에 하나씩 봤지만 잔액은 별로 없었다. 잔뜩 실망해 통장을 도로 내려놓은 강형모는 굴러다니는 장신구 몇 개를 꺼내 봤지만 돈이 될 만큼 비싼 건 없었다. 상자 제일 아래에는 반석교회라고 인쇄돼 있는 너덜너덜한 서류봉투가 반으로 접혀 있었다. 제법 두툼한 서류봉투를 집어 든 강형모는 안에 있는 것들을 끄집어냈다. 제일 먼저 튀어나온 사진에는 슬기가 일하는 우편취급소로 들어가는 강형모의 뒷모습과 손을 잡고 나오는 모습이 박혀 있었다.

"이게 왜 여기······."

말을 잇지 못한 강형모는 나머지 사진도 하나씩 들춰 보았다. 양수리 카페에서 나란히 차를 마시는 모습과 철길 옆 으쓱한 곳에 차를 세우고 카섹스를 하는 장면까지 고스란히 보였다. 사진 오른쪽 아래 찍혀 있는 날짜를 보니 벌써 한 달 전쯤이었다.

"왜 한 달씩이나 잠잠했지?"

강형모는 사진을 하나씩 꼼꼼하게 살펴보면서 중얼거렸다.

그녀가 낌새를 채고 미행을 시켜서 사진을 찍었는지 누군가 몰래 사진을 찍고 그녀에게 보냈는지는 모르겠지만 미진은 강형모에게 싫은 내색 한 번 비치지 않았다. 사진을 이리저리 살피던 강형모는 차에 탄 두 사람을 찍은 사진 뒷면에 쓰인 글씨를 봤다.

"계획에 차질. 개봉동."

강형모는 사진을 도로 낡은 서류봉투 안에 욱여넣었다. 그 사이 슬금슬금 밀고 들어온 어둠은 이제 아파트 안을 온통 어둡게 만들었다. 그제야 장갑도 안 끼고 여기저기 집안을 들쑤시고 다녔다는 사실을 깨달았지만 곧 포기했다. 어차피 며칠 전에도 드나들며 무수히 많은 지문을 남겼을 것이기 때문이다. 사진이 든 서류봉투를 한 손에 쥔 채 안방을 빠져나온 강형모는 어둠에 쫓기듯 현관문을 열고 나왔다. 바깥 공기를 맡자 어지럽던 머리가 한결 가라앉았다. 어떻게 경비의 눈을 피해 밖으로 나갈까 고민하며 엘리베이터를 기다리던 강형모의 눈앞에서 경쾌한 소리와 함께 문이 열렸다. 무심코 고개를 든 강형모는 엘리베이터 내린 사람을 보고는 살짝 인상을 찡그렸다. 생각지도 못한 곳에서 마주치기는 서미진의 남동생인 서욱철도 마찬가지인 듯 멈칫거렸다. 텅 빈 엘리베이터가 문을 닫고 사라질 때까지 둘은 서로를 노려보기만 했다.

"여긴 어쩐 일이십니까?"

강형모보다 머리 하나는 작은 서욱철이 눈을 치켜뜨면서 물었다. 죽음을 들킬지 모른다는 조바심은 곧바로 딱딱한 껍질처럼 변했다. 조금이라도 수그렸다가는 서욱철이 당장이라도 집 안으로 밀고 들어갈 것만 같았다.

"왜 내가 못 올 데 온 건가?"

그의 곁을 휙 지나쳐 엘리베이터 버튼을 누른 강형모는 차갑게 대꾸했다.

"뭘 바라고 그러는지는 잘 알겠는데 꿈 깨시지."

"너야말로 꿈 깨. 누나한테 빌붙어 사는 놈이 누구한테 뭐라고 하는 거야."

서욱철은 늘 부담스럽고 조심스러운 존재였다. 항상 경어를 쓰고 인사를 하면서도 뚜렷한 적의를 보였고, 자기도 서욱철을 좋아하지 않는다는 사실을 굳이 숨기지 않았다. 어쨌든 서미진의 돈을 노리는 경쟁자니까.

최대한 태연한 척하며 올라올 엘리베이터를 기다리던 그의 귀에 열쇠가 짤랑거리는 소리가 들렸다. 강형모는 순간적으로 가슴이 철렁 내려앉았지만 자신도 놀랄 정도로 태연하게 내뱉었다.

"집에 아무도 없어."

그의 짧은 말에 열쇠를 돌리던 소리가 딱 멈췄다. 기다리던 엘리베이터가 마침내 도착하자 강형모는 뒤도 돌아보지 않고 엘리베이터에 올라탔다. 문이 닫히기 직전 주저하던 서욱철이 엘리베이터에 뛰어들었다.

"그러고 보니 아까부터 전화를 안 받던데 대체 무슨 일을 꾸민 거야?"

"너만 생각하면 머리가 지끈거린다고 해서 아이들 데리고 머리 식히러 여행 가기로 했어."

"그런데 당신은 왜 여기 있는 거야?"

"깜빡 잊고 가스를 안 잠갔다고 해서……."

강형모는 서욱철의 눈앞에서 열쇠를 짤랑거리며 대꾸했다.

"거짓말. 누나가 당신하고 여행을 갈 리가 없어."

"믿고 싶지 않으면 믿지 마. 네 목소리 듣기도 싫다며 휴대폰도 안 받고 있는 중이니까."

"이 새끼가 진짜."

서욱철이 강형모의 멱살을 틀어잡고는 벽에다 밀어붙였다. 밀폐된 엘리베이터 안에 쿵하는 소리가 작게 메아리쳤다.

"배짱 있으면 한 대 때려 봐. 그럴 자신 없으면 열받게 하지 말고 손 떼든가."

강형모는 서욱철의 얼굴을 향해 빈정거렸다. 화를 내고 울분을 토로하는 것은 구석에 몰렸기 때문이다. 얼굴에 드러나는 분노가 얼마나 빈약한 것인지 뼈저리게 느낀 적이 많았던 그는 여유를 찾았다. 예상대로 서욱철은 끝끝내 주먹을 날리지 못했다. 3층에서 엘리베이터가 멈추고 아줌마 서너 명이 우르르 타는 바람에 구석으로 몰리고 말았다. 엘리베이터는 아줌마들이 내뱉는 남편 흉으로 가득 차 버렸다. 1층에 엘리베이터가 멈춰 서고 여전히 남편 흉을 보면서 아줌마들이 몰려 나간 다음에야 강형모가 걸음을 옮겼다. 잠자코 있던 서욱철의 그의 어깨를 잡아당겼다.

"누나 어디로 데려간 거야. 혹시 감금해 놓고 재산 뺏으려고 하는 거 아니야."

"내가 너야? 조금 있으면 결혼할 텐데 그런 무리수를 왜 써?"

한결 여유를 되찾은 강형모는 서욱철의 손을 뿌리치면서 말했다.

"결혼? 웃기는 소리 하고 있네. 누가 너 같은 빈털터리랑 결혼한대?"

강형모는 어이가 없다는 듯 힘껏 코웃음을 친 서욱철에게 돌아섰다. 그가 갑자기 돌아서는 바람에 서욱철은 움찔하고 말았다.

"나중에 결혼식장에서 봐. 청첩장은 보내 줄게. 어디로 보낼까?"

한 걸음만 밀리면 끝없는 추락이라는 사실이 오히려 더 느긋하게 만들었다. 잃을 게 없으니 몽땅 걸어도 손해는 아니기 때문이다.

"누나한테 무슨 일이라도 생기면 가만 놔두지 않겠어."

"꼭 무슨 일이 생기기를 바라는 것 같군."

조명이 다 꺼진 1층 통로에 어둠이 고드름처럼 달라붙었다. 출입문까지 여유 있게 걷는 동안 뒤쪽에서 서욱철이 씨근대는 숨소리가 뚜벅뚜벅 따라왔다. 경비실 안에는 아까 본 늙은 경비가 멍한 표정으로 앉아 있었다. 걸음 소리가 들렸는지 경비의 시선이 당겨지면서 눈이 마주쳤다. 그를 보자 벌떡 일어난 경비는 어정쩡한 인사를 건넸다. 경비실을 지나쳐 계단을 내려가는 강형모에게 서욱철이 물었다.

"언제 돌아오는 거야?"

마음속에서 빠지직 금이 가는 소리가 들렸다. 뭐라고 대답해야 할지 주저하는 사이 발걸음이 멈춰졌다.

"설마 아이들 학교 빼먹게 할 생각은 아니겠지? 월요일에 상가 잔금도 치르기로 했어."

계단 위에 버티고 선 서욱철의 말 한 마디 한 마디가 가슴을 후벼 팠다. 서미진과 아이들은 돌아오는 월요일에도, 그 다음 월요일에도 영원히 집으로 돌아오지 못할 처지였다. 숨을 잔뜩 들이켠 강형모는 여유 있게 돌아섰다.

"일요일 저녁에는 돌아올 거야. 그러니까 그 전에 집에 함부로 들어가지 마."

계단 위에 선 서욱철의 미묘한 시선을 맞받아치느라 식은땀을 흘리고 있던 그에게 경비가 아는 척을 했다.

"아이고, 안녕하십니까. 근데 여긴 또 어쩐 일이래요? 아까 여행 가신다고 허시지 않았나요?"

"깜빡 잊고 지갑을 놓고 왔다고 하지 뭡니까. 없는 동안 집 좀 잘 봐 주세요."

"어이구, 여부가 있겠습니까? 철통같이 지키고 있을 테니까 염려 탁 놓으십시오."

강형모는 어설프게 경례를 하며 떠드는 경비에게 살짝 고개를 끄덕거려 주고는 곧장 몸을 돌렸다. 서욱철의 따가운 시선은 멀어져 갈수록 오히려 심해졌다. 당장이라도 서욱철이 아파트로 돌아가서 베란다와 안방을 샅샅이 뒤기만 해도 그는 궁지에 몰리고 만다. 하지만 초조함과 불안감 때문에 뒤틀리던 발걸음은 차츰 곧게 뻗어 나갔다. 서욱철은 결국 집 안으로 들어가지 않을 것이라는 확신 때문이었다. 그 역시 자신처럼 서미진의 돈을 노리고 있기 때문에 그녀의 심기를 불편하게 하는 일은 피할 것이다. 제네시스로 돌아온 강형모는 글러브박스에 사진이 든 서류봉투를 쑤셔 넣고는 시동을 걸었다. 차를 돌리면서 슬쩍 쳐다봤지만 서욱철은 어디론가 사라져 버렸다. 퇴근하는 차들 곁을 스쳐 지나 아파트 단지를 빠져나가고 나서야 뒤늦게 진득한 식은땀이 온몸에 돋아났다. 아파트 입구 옆에 있는 커다란 탑 꼭대기에 자리 잡은 바늘 시계가 6시 30분을 지나쳐 갔다.

발걸음

금요일 오후 6 : 32

영화아파트라고 쓰인 커다란 글씨를 본 원준은 다슬이에게 전화를 걸어 봤지만 아무 응답도 없었다. 전화를 끊은 원준은 아파트 입구 옆에 세워진 정체불명의 조형물 발판에 엉덩이를 걸쳤다. 퇴근하는 차들과 학원 버스들이 쉴 새 없이 아파트 단지로 들어섰다. 옆에 붙은 숫자로만 겨우 구분할 수 있을 것 같은 똑같은 아파트들이 끝도 없이 펼쳐졌다. 휴대폰을 열고 경민 선배가 찍어준 1342동을 찾아 두리번거리던 그는 비슷한 숫자를 찾아내고는 그쪽으로 걸어갔다.

"천삼백삼십구, 천삼백사십, 천삼백사십일, 천삼백사십이! 찾았다."

분홍색을 뒤집어 쓴 것 같은 아파트 입구에 선 원준은 까마득한 높이의 아파트를 올려다보았다.

"누구 찾아온 거야, 학생?"

넋을 잃고 바라보던 그의 귓가에 나지막한 목소리가 들렸다. 머리보다 한 둘레 큰 모자를 뒤로 비스듬하게 쓴 경비가 계단 위에서 구부정한 눈길로 내려다보았다. 황동으로 만든 호루라기가 축 늘어진 한쪽 어깨에 힘겹게 매달려 있었다.

"천사백오 호요. 여기로 가면 되나요?"

"천사백오 호? 거기 아무도 없을 겨."

늙은 경비는 흰색 머리카락이 소용돌이쳐 있는 모자 속 머리를 갈고리처럼 구부린 손가락으로 벅벅 긁으며 대답했다.

"예?"

감출 수 없는 실망감이 긴 한숨으로 터져 나왔다. 힘없이 일그러진 원준의 얼굴을 본 경비가 덧붙였다.

"가족들 죄다 여행 갔대."

"여행이요? 저랑 어디 놀러가기로 했는데……."

"그건 잘 모르겠고, 영화배우 강형모 알지? 그 사람이랑 여행 갔어."

"강형모요? 그럼 다슬이 아버지가 강형모예요? 둘이 안 닮았는데?"

"아버지는 무슨, 그냥 드나드는 거지. 옛날 같으면 고개 못 들고 다닐 일인디 요즘 세상이야 그런 거 따지나? 돈만 많으면 장땡이지."

혀를 끌끌 찬 경비가 뒷짐을 진 채 한 사람이 들어가면 꽉 찰

것 같은 경비실 안으로 들어갔다. 이대로 갈 수 없다는 생각이 든 원준은 단숨에 계단을 뛰어 올라갔다.

"저기, 죄송한데 혹시 그 집 주인 아줌마 연락처 아세요? 그 집 큰딸 학교 친군데 연락이 안 돼서 직접 찾아왔어요."

"아이고 말도 마. 요즘 사생활이네 뭐네 해서 그런 거 알려주면 난 모가지여. 모가지."

손사래를 친 늙은 경비는 삐걱거리는 의자에 몸을 파묻었다.

"아저씨. 부탁 좀 드릴게요. 오늘 같이 놀러가기로 했던 애가 갑자기 여행을 갔다는 게 말도 안 되잖아요. 거기다 전화도 안 받고요."

"안 된다니까. 아까 보니까 그 배우랑 아줌마 남동생이랑 으르렁거리던데, 그것 때문에 머리 식히러 간 것 같아. 그러니 전화 안 받을 수도 있제."

"다 여행 간 거 맞아요? 아줌마랑 그 아저씨만 여행 가고 다슬이는 남아 있을 수도 있잖아요."

"허어, 젊은 총각이 왜 이리 쇠심줄이여."

"제발요. 아저씨."

원준은 최대한 불쌍한 표정으로 경비실 안을 굽어보았다. 주름진 입가를 쫑긋거린 경비의 눈길이 조금 풀어졌다.

"그럼 옆집에서 뭐라고 하지 않게 조심해서 벨 눌러 보고 얼른 내려와. 알았지?"

"감사합니다."

고개를 꾸벅 숙인 원준은 곧장 엘리베이터를 향해 뛰어갔다. 엘리베이터를 타고 14층에 내린 원준은 굳게 닫힌 문 앞에서 심호흡을 했다. 살짝 초인종을 누르고 문가에 귀를 갖다 댔다. 집 안 구석구석을 떠돌던 초인종 소리는 차츰 작아졌다가 흔적도 없이 사라져 버렸다. 초인종 소리가 들린 후에도 집 안에서는 아무런 기척도 없었다. 원준은 문에 귀를 바짝 갖다 댄 채 휴대폰으로 다슬이의 전화번호를 눌렀다. 낮은 신호음이 울려 퍼졌지만 이번에도 문 안에서는 아무런 뒤척거림도 없었다. 초인종을 연거푸 눌러 봐도 아무런 반응이 없자 허탈해진 원준은 계단에 쪼그리고 앉았다. 휴대폰에 가득 찬 다슬이의 전화번호를 원망스럽게 바라보던 원준은 힘없이 일어나 엘리베이터 버튼을 눌렀다. 혹시 경민 선배랑 같이 어디 놀러 간 게 아닌가 하는 의심이 불쑥 들었다. 엘리베이터를 기다리는 동안 경민 선배에게 전화를 걸었다. 기다리고 있었다는 듯 경민 선배가 전화를 받았다.

"응, 어디야?"

"다슬이네 집에 왔는데요, 경비 아저씨 말이 다 여행 갔다는데요?"

"여행? 뜬금없이 웬 여행?"

"모르겠어요. 집에 올라와서 초인종 눌러봤는데 아무도 없어요."

"걔 뭐냐? 카톡도 계속 씹고 있던데 말이야."

"어떡하죠?"

"뭐, 기다려야지. 그나저나 괜히 헛걸음했네?"

"할 수 없죠. 뭐."

"월요일에는 나오겠지. 뭐. 그때 얘기하자고, 지가 무슨 톱스타도 아니고 잠수를 다 타네."

휴대폰 너머에서 이죽거리는 경민 선배의 말에 원준의 마음은 약하게 꿈틀거렸다.

"들어갈게요. 월요일에 학교에서 봐요. 선배."

"그래. 주말 잘 보내."

통화를 끝낸 원준은 고개를 갸웃거렸다. 경민 선배가 거짓말을 하는 것 같지는 않았다. 지칠 대로 지친 원준은 힘없이 몸을 일으켰다. 엘리베이터를 타고 내려온 원준은 경비실에 앉아 텔레비전을 뚫어지게 쳐다보는 늙은 경비에게 꾸벅 인사를 하고는 계단을 터덜터덜 내려갔다. 어두워진 아파트 단지 안으로 꾸역꾸역 밀고 들어오는 차들의 헤드라이트 불빛이 거미줄처럼 엉켰다.

알 수 없는 길

금요일 오후 7 : 20

"어디로 가고 있는 거지?"

지쳐 버린 강형모는 어둠을 향해 곧게 뻗은 도로와 그 위를 질주하는 불빛들을 바라보면서 흐릿하게 중얼거렸다. 시큼한 진공으로 가득 찬 차 안은 모든 것이 고요했고, 그래서 두려웠다. 전력질주를 하고 난 것처럼 땀으로 흠뻑 젖은 몸에 오한과 열기가 번갈아 찾아왔다. 핸들을 쥔 손에 땀이 흥건했다. 강형모는 바지 자락에 땀이 찬 손바닥을 번갈아 문지르면서 유리창 너머의 바깥세상을 바라봤다. 두려움에 밀려 허둥지둥 아파트 단지를 빠져나온 이후 어디로 가고 있는지조차 인식하지 못했다. 옆 차선에서 거슬러 가는 차들의 불빛에 어스름하게 드러난 원형 철조망들을 보고서야 시체들이 있는 곳으로 도로 돌아가고 있다는 사실을 눈치챘다.

"그래, 어쨌든 시체들은 치워야지."

법원 앞이라 덜하기는 하겠지만 만에 하나 부랑자나 불량청소년이 들어갔다가 들춰 보기라도 하는 날에는 악몽이 현실로 변하는 건 시간문제였다.

현실이 흐려져 가던 머릿속에 송곳같이 꽉 박혔다. 서둘러야겠다는 생각을 하면서 뒤통수를 지그시 눌렀다. 강형모는 장항 인터체인지로 접어들었다. 큰 원을 그리며 휘어지는 도로를 따라 돌아가던 제네시스는 당장이라도 뒤집어질 것처럼 휘청거렸다. 곧게 펴진 도로 끝의 지하도는 차들로 가득 찼다. 뜻 모를 초조함이 먹구름처럼 몰려왔다. 강형모는 다닥다닥 붙은 차들 사이에 갇혀 버렸다. 왼쪽으로 보이는 웨스턴돔은 주말 오후라 그런지 한잔하려는 사람들로 가득했다. 저 치들은 불과 몇 킬로미터 안 떨어진 곳에 시신이 세 구나 있다는 사실들을 알면 과연 목구멍으로 편안하게 술을 넘길 수 있을까? 뜻 모를 통쾌함이 그를 키득거리게 만들었다.

길쭉한 조명이 붙은 지하도 안을 느릿하게 통과하자 뉴코아 백화점이 자리 잡은 사거리가 보였다. 사거리로 들어가기 전 오른쪽 골목길로 미끄러져 들어간 제네시스는 법무사 사무실과 공증 사무실들로 가득한 거리를 질주했다. 주상복합 상가는 햇빛이 가득할 때와는 다른 느낌으로 다가왔다. 건너편 테이크아웃 커피숍을 슬쩍 살펴본 강형모는 그쪽에서 보이지 않는 반대편에 차를 댔다. 시동을 끄고 심호흡을 한 강형모는 숨을 골랐다. 지저분한 양복 차림의 사내가 짓다만 건물 지하실에서 큼지막한 여행 가방을 끌고 나오는 광경을 본다면 의심할 게 뻔했다. 제네시스 안에서 한참 동안 고민하던 강형모는 일단 차에서 내리기로 했다. 한 블록 떨어진 도로에서 질주하는 차들의 굉음이 채찍질처럼 등골을 파고들었다. 몇 걸음 걸어가자 문어발처럼 아래쪽이 갈기갈기 나뉜 전단지가 다닥다닥 붙어 있는 전봇대가 비스듬하게 서서 앞을 가로막았다.

전봇대에 가려진 테이크아웃 커피숍은 텅 비어 있었다. 좀 더 기다릴까 고민하던 강형모는 뭔가에 끌려가는 것처럼 걸음을 뗐다. 순식간에 펜스를 타 넘은 강형모는 뒤도 돌아보지 않고 계단을 내려갔다. 지독한 어둠이 안개처럼 드리웠지만 강형모는 개의치 않았다. 계단을 다 내려와서야 지하실의 어둠이 만만치 않다는 사실을 눈치챘지만 돌아가고 싶지는 않았다. 휴대폰을 꺼낸 강형모는 액정이 뿜어내는 한 움큼의 빛과 기억에 의지해 걸음을 옮겼다. 눈앞도 안 보이는 어둠 속에서 시신을 향해 걸어간다는 사실이 더없이 오싹했지만 눈에 띄지 않는 곳으로 시신을 옮겨야 한다는 생각이 두려움을 증발시켜 버렸다. 창백한 휴대폰 빛 아래로 아까 쌓아 놓은 잔해들이 보였다. 한 손으로 휴대폰을 최대한 높이 치켜든 채 남은 한 손과 발로 잔해들을 넘어뜨린 강형모는 먼지와 어둠을 흠뻑 뒤집어 쓴 여행 가방을 보고는 전율했다.

저 안에 죽음이 들어 있다는 사실을 믿고 싶지 않았다. 혹시나 하는 마음에 먼지투성이 구두로 가방을 흔들어 봤지만 시신이 주는 묵직함은 어둠 속에서도 여전했다. 손잡이를 잡고 여행 가방을 하나씩 질질 끌고 나왔다. 먼지투성이 여행 가방들은 그 사이 더 무거워졌다. 강형모는 지하실 계단까지 가방들을 끌어다 놓고는 하나씩 들고 계단을 올라갔다. 가지고 내려올 때보다 훨씬 더 무거웠지만 신음 소리조차 내기가 두려웠다. 서미진의 시신이 든 제일 큰 여행 가방을 끌고 겨우 밖으로 나온 강형모는 두 손으로 번쩍 들어서 펜스 바깥에 내려놨다. 사람들이 발걸음을 멈추고 한 번쯤 쳐다볼 정도로 먼지를 흠뻑 뒤집어 쓴 여행 가방을 끌고 전봇대를 돌아간 강형모는 트렁크를 열고 여행 가방을 쑤셔 넣었다. 그리고 조심스럽게 트렁크를 닫고 다시 지하실로 내려갔다. 별로 사이가 좋지 않던 남매는 죽어서는 꼭 붙어 있었다.

양손에 트렁크를 하나씩 움켜쥔 강형모는 계단을 올라갔다. 팔이 뽑혀나갈 것 같았지만 점점 더 짙어가는 지하실의 어둠이 그의 등을 떠밀었다. 중간에 한 번 쉬기는 했지만 결국 두 개를 다 끌고 지하실 문턱까지 다다랐다. 길 건너편 커피 가게에는 여전히 손님이 없었다. 펜스를 조심스럽게 타 넘은 강형모는 여행 가방을 끌고 차로 돌아갔다. 뒷문을 열고 트렁크를 좌석 위에 던져 넣은 강형모는 땀과 먼지로 범벅이 된 양복저고리도 벗어서 트렁크들 위에 던졌다. 차에 올라탔지만 홀가분한 마음보다 더 큰 짐을 얹은 느낌뿐이었다.

"씹할, 대체 여긴 왜 온 거지?"

스스로에게 물었지만 정말 적당한 답을 찾지 못하자 너털웃음만 삐져나왔다. 시동을 걸고 차를 출발시킨 강형모는 도로로 나오자마자 멀리서 보이는 경광등에 가슴이 철렁 내려앉았다. 음주 운전 단속인지, 사고 뒤처리인지 모르겠지만 도로 한편에 경찰차가 세워져 있었다. 점멸하는 경광등을 본 강형모는 마른침을 삼켰다. 침착해야 한다고 생각했지만 핸들을 잡은 두 손이 부르르 떨렸다. 옆으로 빠지는 차들을 따라 무작정 핸들을 꺾어 비닐하우스들이 옹기종기 모여 있는 도로로 접어들었다. 공터에는 레저용으로 쓰이는 요트들이 옆으로 기울어진 채 여기저기 흩어져 있었다. 녹슨 프로펠러가 스쳐 지나가는 바람을 못이겨 조금씩 돌아갔다. 곧게 뻗은 2차선 도로는 고가로 접어들었다. 강형모는 고가로 접어들기 직전 옆으로 빠지는 일방통행로 쪽으로 차를 돌렸다. 일방통행로는 다시 자유로와 연결되었다. 진행 방향이 북쪽이라는 사실에 강형모는 안도감과 불안감이 뒤섞인 감정을 중얼거렸다.

"어디까지 가야 하지?"

그러고 보니 시신들을 싣고 서울로 돌아가려던 생각이 더 우스웠다. 어디다 보관할까? 지하철 보관함에? 아니면 노숙자 사이에 던져 버릴까? 강형모는 키득거리다가 문득 자신이 살인을 저지른 것 같다는 느낌이 들었다. 살인자가 서미진과 가족을 죽인 이유는 단 하나 그를 곤경에 빠뜨리기 위해서였다. 대체 누굴까? 덧없는 중얼거림과 함께 강형모는 어둠 속으로 한없이 빨려 들어갔다. 거꾸로 뒤집혀진 세상이 비스듬한 앞 유리창을 따라 머리 뒤편으로 흘러갔다. 강형모는 차들이 드문드문해진 도로 주변을 둘러보았다. 오른쪽은 추수가 끝난 논들이 쭉 이어졌고, 왼편은 여전히 철조망이었다. 간혹 보이는 2층짜리 초소 안에서는 소총을 든 병사의 희미한 실루엣이 보였다. 도로 위쪽으로는 온갖 이정표가 담장 밖으로 뻗은 나뭇가지처럼 자유로 위쪽으로 드리워졌다.

"인쇄단지?"

오른쪽으로 갈라진 진입로를 본 강형모는 핸들을 틀었다. 야트막한 고갯길을 넘어가자 제법 넓은 사차선 도로가 어스름한 어둠속에서 보였다. 오른쪽의 논은 그대로였지만 왼편은 큼지막한 공장 건물들로 변해 있었다. 과속 방지턱을 몇 개 넘자 도로는 오른쪽으로 꺾어졌다. 멋대가리 없이 생긴 검은색 상가 건물이 불쑥 튀어나왔다. 중국집, 당구장, 분식집 같은 간판이 유령처럼 불쑥 나타났고, 키 큰 가로등도 황량함에 무게를 더해주었다. 아직 완성되지 않은 듯 중간 중간 이가 빠진 것처럼 풀이 자란 공터나 골조만 올라간 건물의 잔해가 보였다. 임진강에서 넘어온 어스름한 저녁 안개가 어둠과 더해지면서 으스스함을 더해주었다.

"뭐야?"

반쯤 연 창 밖으로 침을 뱉은 강형모는 핸들을 틀려고 하다가 쏟아져 나오는 불빛들을 발견했다. 상가가 있는 사거리 너머 한편에 자리 잡은 거대한 건물의 빛들이 어둠을 바다 삼아 너울거렸다. 강형모는 유리창 너머의 빛을 향해 부질없이 날아가는 벌레처럼 천천히 그곳으로 차를 몰았다. 자갈이 깔린 주차장 끝, 장애인 전용 표시가 있는 곳에 제네시스를 세운 강형모는 천천히 차에서 내렸다. 서늘한 공기가 이제 막 땀이 마른 강형모의 몸에 짝 달라붙었다. 불빛은 로비쯤으로 보이는 곳의 유리문과 그 옆의 커다란 통 유리에서 흘러나왔다. 인쇄 관련 행사를 알리는 전단지가 다닥다닥 붙은 유리문을 열자 따스하고 눅눅한 공기가 그때까지 그를 따라왔던 차가운 공기들을 밀어냈다.

안쪽의 회전문을 지나가자 회색 타일이 깔린 로비가 보였다. 경비실 같은 곳이 있을 줄 알고 잔뜩 긴장했지만 그를 맞이한 것은 억지로 꾸며 놓은 것 같은 화단, 그리고 쇼케이스와 싸구려 인조 대리석으로 꾸며진 바 형태의 카페였다. 몇 치수는 커 보이는 검은색 앞치마를 두른 뚱뚱한 종업원이 귀찮음이 가득 담긴 눈길을 던졌다. 강형모는 회색 타일에서 울려 퍼지는 발소리에 한쪽 눈을 찡그리면서 카페 쪽으로 걸어갔다. 청소를 하는 참이었는지 시커메진 행주를 한손에 쥐고 있던 종업원이 애매한 미소로 그를 맞이했다.

"어서 오세요. 근데 저희 아홉 시에 문을 닫는데 괜찮으시겠습니까?"

미소를 멈추지 않는 종업원의 시선을 따라 옆쪽 벽으로 고개를 돌리자 8시 25분을 막 넘긴 동그란 시계가 보였다.

"큰 도로 쪽에 열 시까지 하는 파스타 전문점이 하나 있긴 한데요."

강형모는 제발 가 달라는 염원이 담긴 종업원을 향해 찡긋 웃었다.

"금방 먹고 갈게요. 따뜻한 커피랑 뭐 배 채울 만한 거 없어요?"

"머핀이랑 샌드위치요. 머핀은 이천 원, 샌드위치는 삼천 원입니다."

입가에 걸린 미소가 일그러지지 않게 애쓰는 종업원이 빠르게 말을 뱉어 냈다.

"둘 다 줘요."

강형모는 뒷주머니의 지갑에서 만 원짜리를 꺼내 바 위에 올려놓고는 창가 쪽 자리로 향했다. 등 뒤에서 요란스럽게 접시를 꺼내는 소리가 들려왔다.

행주로 훔친 흔적이 역력한 은색 철제 테이블과 의자에 앉자 뜻 모를 편안함이 찾아왔다. 그제야 거의 열 시간 내내 시체를 발견하고, 그 시체를 옮기는 일에 열중했다는 사실을 깨달았다. 등받이에 몸을 기대자 팽팽하게 긴장했던 육체가 부들부들 떨렸다. 높다란 유리창 너머로는 가로등이 드문드문 빛을 뿌리는 도로와 이제는 윤곽만 남은 건물만 보였다. 심호흡을 하고 여유를 찾는 사이 김이 모락모락 피어오르는 하얀색 머그잔과 머핀과 샌드위치가 올려진 접시가 그의 앞에 놓였다. 다시 한 번 시간을 각인시켜려는 듯 벽걸이 시계를 흘끔거린 뚱뚱한 종업원이 맛있게 먹으라는 형식적인 말만 남겨 놓고는 돌아섰다. 어둠보다 더 어두워 보이는 커피가 담긴 머그잔을 들고 한 모금 들이켠 강형모는 정신없던 하루를 차분하게 곱씹어 보았다. 누명을 쓸지도 모르는 죽음을 덮어 버리느라 정작 누가 살인을 저질렀는지 생각해 볼 여유가 없었다.

"분명 나긴 난데, 대체 어떤 놈이야? 차라리 내 앞에 나타났으면 그대로 목을 분질러 버렸을 텐데……."

올드 보이의 이대수처럼 마음속에서 자신을 궁지로 몰아넣을 만한 사람을 떠올리던 강형모는 곧 피식 웃고 말았다.

"아서라. 차라리 원수 아닌 사람을 찾는 게 더 빠르겠다."

강형모는 카운터 쪽에서 행주를 들고 텅텅대며 청소를 하는 종업원을 흘끔 바라보며 중얼거렸다.

"살인자, 살인자라. 대체 누가 서미진을 죽인 거지."

자신을 죽이고 싶어 하는 사람이야 한도 끝도 없겠지만 서미진을 이용해 자신을 파멸로 몰고 갈 사람이라면 흔치 않을 것 같았다.

"그리고 하나 더 있지."

사진. 대체 누가 슬기와 함께 있는 사진을 찍어 그녀에게 보낸 걸까? 그리고 왜 서미진은 그 사진을 받고도 한 달 동안이나 아무런 내색도 하지 않았을까? 차분한 시간 속에서 실타래처럼 엉킨 생각을 정리할 수 있게 되자 생각이 한 걸음 더 나아갔다.

"누군가 나와 서미진 사이를 갈라놓으려고 사진을 보낸 거야. 그런데 무슨 이유에선가 서미진은 그 사진을 받고도 나와의 관계를 끊지 않았고, 사진을 보낸 사람은 자기 예상이 틀리니까, 직접 서미진을 살해하고 나에게 누명을 씌운 거야."

중얼거림이 너무 컸는지 한참 부산스럽게 움직이던 뚱뚱한 종업원의 손길이 느슨해졌다. 강형모는 짐짓 그의 시선을 외면한 채 쓰디쓴 커피에 입술을 담갔다. 그 사이 어둠은 더 심하게 내려앉았다. 시간이 점점 사라지는 중이었다. 서욱철은 월요일까지는 기다리겠지만 그 이후까지 서미진이 나타나지 않으면 의심할 게 뻔했다. 경비는 큼지막한 여행 가방을 가지고 나온 강형모를 봤고, 집 안에는 살인의 흔적이 고스란히 남아 있다.

노련한 형사라면 문을 열고 들어와 엷게 남은 피 냄새를 맡는 순간 바로 그를 범인으로 지목할 수 있는 상황이었다. 시체만 옮기지 않았더라면 어떻게 변명의 여지가 있겠지만 모르고 옮겼다는 말을 누가 믿어줄까? 시신이 발견되지 않는다면 일말의 희망을 가져 보겠지만 단순히 살인 누명을 쓰지 않는다는 것이 살아남는 건 아닐 것이다. 벌 떼같이 몰려들 기자들은 자신이 알거지에 빈털터리고, 돈 때문에 서미진과 만나고 있다는 사실을 알아내고 말 것이었다. 그렇게 된다면 그 후에 어떤 일이 벌어질지는 불 보듯 뻔했다.

굵은 침이 힘겹게 목구멍을 타고 넘어갔다. 설사 살인 혐의를 벗는다고 해도 사회생활은 끝이나 다름없게 된다. 차라리 감옥에 가는 게 더 나을 상황이 다시 펼쳐질 게 뻔했다. 지옥 같던 이혼소송과 그 와중에 터진 스캔들을 떠올린 강형모는 그대로 굳어 버렸다. 무슨 일이 있어도 일요일까지는 범인을 잡아서 경찰서에 끌고 가야만 했다. 무슨 일이 있어도.

"저……."

생각의 구렁텅이에 빠져 있던 강형모의 귀에 종업원의 목소리가 파고들어 왔다. 화들짝 놀란 강형모는 종업원을 쳐다봤다. 제대로 깎지 않은 수염이 듬성듬성 자란 턱이 개구리처럼 부푼 종업원이 벽시계를 조심스럽게 쳐다봤다. 55분을 넘긴 벽시계를 본 강형모는 아무 말 없이 절반 넘게 남은 커피를 쭉 들이켰다. 미지근해진 커피를 단숨에 마셔버리고 아직 포장도 뜯지 않은 머핀과 샌드위치를 손에 든 강형모가 일어서자 종업원은 한 걸음 옆으로 물러났다.

"여행 오셨나 봐요?"

"그냥, 머리 좀 식히러 왔어요. 여기 그런 사람들 자주 와요?"

"뭐, 혼자 오는 사람도 있고, 불륜커플도 의외로 많아요. 아까 손님 오기 삼십 분 전에도 그런 커플이 왔다 갔거든요."

"여긴 처음 왔는데 원래 이렇게 사람이 없어요?"

"일하는 사람들이 많아서요. 여섯 시 땡 하면 다들 일산이나 서울로 나가 버리거든요. 그래도 예전보단 많이 나아진 거예요."

"그럼 오늘이 금요일 저녁이니까 다음 주까지는 사람들이 별로 없겠네요."

"예, 토요일에 출근하는 데가 있긴 한데 거의 없어요. 계절도 좀 어정쩡해서 놀러 오는 사람도 없어요."

"그렇군요. 수고해요."

강형모는 대충 고개를 숙여 인사했다. 요란스럽게 인사를 한 종업원이 등 뒤에 숨기고 있던 트레이에 커피 잔과 접시를 옮겼다. 다시 차가운 대기와 마주치는 게 싫긴 했지만 몇 가지 중요한 사실을 알아냈다. 이곳이라면 시신을 숨겨 놔도 주말 동안은 안전할 것 같았다. 산 중턱에 땅을 파고 묻어 버리는 것도 생각해 봤지만 그러면 일이 설사 잘 풀린다고 해도 비난을 면치 못할 것 같았다. 거기다 한밤중에 땅을 파는 걸 누가 보기라도 하는 날에는 당장 경찰에 신고할 게 뻔했다. 두려움을 한 꺼풀 벗겨 내면 난감함이, 그 난감함을 털어 내면 비겁함이 모습을 드러냈다. 열심히 살아가고 있다는 믿음이 초라해지는 순간이었다.

"그래서 결국 여기까지 온 거잖아. 비겁하게 사느라고 말이야."

유리문 앞에 우뚝 선 그가 중얼거렸다. 그러고는 유리문을 힘껏 열어젖혔다. 한없이 식어버린 차가운 공기와 닿은 눈동자에서 눈물이 한 방울 녹아내렸다. 호주머니에 두 손을 찔러 넣고 천천히 걸어가면서 주변을 두리번거렸다. 주차장 건너편에 황량한 공터가 보였다. 왼편에는 이미 다 지어진 건물이, 오른편에는 콘크리트 골조만 올라간 건물이 자리 잡고 있었다. 그가 발걸음을 멈춘 곳은 왼쪽에 있는, 아직 완성되지 않은 건물 옆에 붙어 있는 쓰레기장이었다. 캔버스 천과 말뚝으로 만든 쓰레기장은 몇 개의 구획으로 나뉘어 있고 팻말이 하나씩 붙어 있었다. 주변을 둘러보며 쓰레기장 쪽으로 걸어간 강형모는 속으로 글씨를 더듬거렸다. 바로 앞에 켜진 가로등 덕분에 창백한 글씨가 어둠의 바다 위로 떠올랐다. 병이나 신문지같이 쓰레기 분리수거 방법을 알려주는 팻말 아래쪽에는 매주 화요일과 금요일에 쓰레기를 수거해 간다는 글이 적혀 있었다. 적어도 일요일까지는 안전할 것 같았다. 거기다 저곳이라면 지저분한 여행 가방을 갖다 놓아도 이상하게 생각할 사람은 없을 것이다. 열어 보기 전까지는 말이다.

"일요일까지만이다. 그때까지 진짜 살인범을 때려잡으면 되는 거야. 오케이?"

스스로에게 다짐하듯 쐐기를 박은 강형모는 제네시스로 돌아갔다. 완전히 어두워지긴 했지만 주변을 쉴 새 없이 돌아보았다. 운전석에 앉은 강형모는 아예 제네시스를 쓰레기장 앞에 대놓고 여행 가방을 내려놓기로 했다. 시동을 걸고 차를 뒤로 빼서 주차장을 빠져나왔다. 도로로 접어드는 턱을 내려오는데 옷을 갈아입고 두툼한 가방을 멘 종업원이 고개를 돌려 쳐다보는 것이 보였다. 좀 더 기다릴걸 하는 후회가 잠깐 들기는 했지만 상상력이 빈곤해 보이는 그의 외모를 믿어 보기로 했다. 헤드라이트 불빛 아래 드러난 황토색 자갈이 타이어에 깔리면서 새된 비명을 질렀다. 강형모는 시동을 끄고 차에서 내렸다. 앞뒤로 뿜어져 나오던 불빛이 사라지자 압도적인 어둠이 기다렸다는 듯 찾아왔다. 주변을 다시 한 번 살펴보고 트렁크에서 가방을 내렸다. 시신이 굳어 버렸는지 출렁거리는 느낌은 사라지고 대신 더 무거워졌다. 강형모는 조심스럽게 여행 가방을 내려 쓰레기 분리수거장 쪽으로 끌고 갔다. 제일 가까운 쪽이 종이, 그 다음이 병과 캔, 그리고 마지막이 기타라고 적혀 있었다. 잠시 고민하던 강형모는 제일 마지막 기타라는 팻말이 지키고 있는 분리수거장 쪽으로 여행 가방을 질질 끌고 갔다. 노란색 노끈이 함부로 들어오지 말라는 듯 가로로 쳐져 있었지만 한쪽 각목에 걸려 있는 노끈을 풀고 안으로 들어섰다.

기타라는 말에 어울리게 온갖 잡동사니가 벽을 따라 쌓여 있었다. 강형모는 출입문 오른쪽에 바짝 붙여서 여행 가방을 세워두었다. 제네시스 뒷좌석에 있는 나머지 여행 가방 두 개도 끌고 와서는 분리수거장 안에 넣고 이런 저런 박스 조각이나 신문지들로 위를 살짝 덮고 나자 갑자기 현기증이 찾아왔다. 기둥처럼 세운 각목을 잡고 한참을 서 있었지만 현기증은 사라지지 않았다. 겨우 한숨을 돌리고 운전석에 앉았다. 텅 빈 진공으로 온몸의 모든 것이 빠져나가 버릴 것 같았다. 그때는 술과 약 때문이었지만 지금은?

"죽음, 죽음 때문이야? 이 씹할 좆같은 세상!"

강형모는 고함을 지르며 발버둥을 쳤다. 양 손바닥으로 뺨을 때리고 운전석 시트에 뒷머리를 쿵쿵 들이받고 나서야 나른함을 쫓아낼 수 있었다. 강형모는 후끈거리는 두 뺨을 손바닥으로 쓸어내렸다. 하루 새 자란 턱수염이 가시철망처럼 손끝을 찔렀다.

"어떤 새끼인지 내 손에 잡히기만 해 봐. 다시는 걷지 못하게 만들어 버릴 테다.”

시동 버튼을 누르자 살아난 제네시스는 짧은 비명과 함께 후진했다. 차도를 넘을 때 속도를 줄이지 않은 탓에 범퍼에서 심하게 긁히는 소리가 났지만 개의치 않았다. 뒤뚱거리며 균형을 잡은 제네시스는 총알처럼 튕겨 나갔다. 홀가분하다는 걸 느껴보려고 애써 킬킬대 봤지만 기분은 조금도 나아지지 않았다.

“근데 어떻게 범인을 찾지?”

백미러에 비친 눈을 향해 물어봤지만 아무런 대답도 들리지 않았다. 결국 한숨을 쉰 강형모는 앞 차의 미등을 따라 꼬불꼬불한 진입로를 빠져나와 자유로에 올라탔다. 9시를 넘긴 시간이라 그런지 도로는 한적했다. 가끔 굉음을 내며 질주하는 차들의 불빛이 화살처럼 스쳐 지나갔다. 강형모는 충전기에 끼워둔 휴대폰을 집어 들었다. 휴대폰에 저장된 이름은 천사백 개가 넘었지만 이럴 때 전화할 수 있는 사람은 오직 하나뿐이었다. 잔잔한 피아노 연주로 설정된 통화 대기음이 끝나자마자 강형모는 쏘듯이 말을 내뱉었다.

– 어, 슬기니? 나야. 집에 있어? 저녁은? 지금 자유론데 한 시간쯤 걸릴 것 같아. 응, 투자자들 만났어. 파주에 무슨 큰 식당을 하는 놈인데 바쁘다나. 어쨌다나, 말이 어찌나 많든지 밥이 입으로 들어가는지 코로 들어가는지도 모르겠더라니까, 배고파 죽겠어. 우리 슬기가 해준 따스한 밥이랑 간장 게장이 생

각나서 전화했지. 지금 준비 좀 해 줘. 밥 먹은 지 삼십 분도 안 되서 배가 꺼지더라고.

정신없이 떠들던 강형모는 오지 말라는 예상 밖의 대답을 듣고는 화가 머리끝까지 치밀어 올랐다.

– 어, 뭐라고?

부족할수록, 그리고 두려울수록 침이 마르도록 말을 해야만 직성이 풀리는 강형모는 휴대폰 너머 슬기의 짧은 대꾸에 균형을 잃은 채 소리를 질렀다.

– 이 씹할! 뭐? 오지 말라고? 왜, 그새 바람 피우냐? 어떤 놈이랑 있는 거야! 대답해 보란 말이야!

강형모는 휴대폰을 부서져라 움켜쥔 채 악을 썼다. 숨이 끊길 정도로 분노하는 건 믿음을 배신당했다기보다는 더 이상 휴식을 찾을 수 없다는 절망감 때문이었다. 휴대폰 너머에서는 담담한 목소리가 들렸다. 상대방이 차분하다는 사실에 더 격분한 강형모는 휴대폰에 대고 절규했다.

– 거기 그대로 있어. 내가 가서 둘 다 가만히 안 놔둘 테니까! 알았어! 그 놈보고 어디 튀지 말라고 그래! 혼자 있다고? 혼자 있으면서 왜 오지 말라는 거야! 응? 그래 너도 내가 흔들거리니까 튈 생각하고 있지? 나 강형모야! 강형모! 지금 이 모양 이 꼴이라고 언제까지 그럴 줄 알아! 내일이라도 전화 한통이면 옛날로 돌아간다고! 알아? 불쌍해서 거둬 줬더니 주인을

물어! 뒈지고 싶어서 환장했구나. 필요 없어. 필요 없다고, 앞으로 연락하지 마!

휴대폰을 끊어 버리자 지글거리던 슬기의 목소리가 딱 끊겼다. 휴대폰을 조수석 시트에 던져 버리고 양손으로 핸들을 잡았지만 주체할 수 없는 분노 때문인지 차는 양 옆으로 기우뚱거렸다. 뒤따르던 차들의 클랙슨 소리가 파도처럼 밀려왔다. 따끔거리는 눈을 몇 번 끔뻑이자 시큼한 눈물이 쏟아져 나왔다. 비에 젖은 것처럼 흐려진 세상이 슬퍼진 그를 굽어보았다.

지친 밤
금요일 오후 9 : 34

  지친 몸을 이끌고 집에 돌아온 원준은 텔레비전을 보고 있던 외할머니에게 건성으로 인사하고는 방으로 들어갔다. 자식들이 결혼하면서 떠난 아파트는 터무니없이 넓었지만 낙천적인 성격인 외할머니는 모든 걸 잘 받아 삼켰다. 밥 먹으라는 말에 비로소 오후 내내 아무것도 먹지 않았다는 사실을 떠올린 원준은 서둘러 옷을 갈아입고 화장실로 향했다. 씻고 나온 원준은 미역국과 김이 올라간 밥상을 보고는 침을 꼴깍 삼켰다.

  "아까 어미한테서 전화 왔더라. 여자 친구 만나러 간다는 얘기는 안 했어. 데이트는 잘했어?"

  "못 만났어요."

  시무룩해진 원준의 대답에 외할머니는 의아하다는 듯 되물었다.

  "왜? 바람맞은 거니?"

"그냥 전화가 안 돼요. 싫으면 싫다고 할 것이지. 집까지 찾아갔는데 없더라고요."

"아이고, 조기 텔레비 앞에다가 빨간 다라 가져다 놓고 목욕했던 게 엊그제 같은데 벌써 여자 친구한테 차이는구나. 어이구, 우리 강아지……."

엉덩이를 토닥거릴 기세로 슬금슬금 다가온 외할머니를 피해 옆으로 간 원준은 얼른 화제를 돌렸다.

"어머닌 잘 지내신대요?"

"그럼, 너희 아비가 은퇴하면 크루즈 타고 세계일주 간다고 했잖아. 지금 스케줄 잡는다고 입이 찢어졌지 뭐니. 말 나온 김에 전화 한번 해 봐라."

함박웃음과 함께 외할머니의 말이 속사포처럼 쏟아져 나왔다.

원준은 벽에 걸려 있는 부모님의 사진 액자를 턱으로 가리켰다.

"얘기 안 해 줘도 매일 매일 보이는데요. 뭘."

바삭거리는 김과 미역국 안에서 푹 젖은 미역을 떠 먹으면서 외할머니의 수다를 듣는 동안 응어리진 기분이 풀어졌다. 그때 도어락 번호를 누르는 소리와 함께 문이 열렸다. 고개를 돌린 할머니가 고개를 푹 숙인 채 들어서는 외삼촌을 보고는 혀를 찼다.

"아이고, 이놈아! 어디 갔다가 이제 오는 거야?"

"작가들 모임 있다고 했잖아요."

신발을 벗은 외삼촌의 퉁명스러운 대꾸에 할머니가 폭발해 버리고 말았다.

"작가들 모임에 네가 왜 나가? 작가도 아니면서!"

"작가 지망생도 참석 가능해요."

"내일 모레 마흔 살인데 언제 정신 차릴 거야?"

"좀 만 기다리세요. 작품 대박 나면 호강시켜 드릴게요."

외할머니의 잔소리를 너스레로 받아친 외삼촌이 원준을 보고는 씩 웃었다.

"오늘 데이트 잘 안 된 모양이네?"

"바람맞았어요. 근데 어떻게 안 거예요?"

어리둥절한 원준이 묻자 외삼촌이 거실의 벽시계를 가리키면서 대답했다.

"아홉 시 반밖에 안 됐는데 들어왔잖아. 나 추리소설가라니까."

으스대며 말하는 외삼촌에게 할머니가 혀를 찼다.

"그 놈의 추리소설가 타령 그만하고 얼른 씻고 밥 먹어."

"밥은 먹었죠. 커피 한 잔 주세요."

"이 시간에 무슨 커피야!"

"밤은 창작의 신이 작가에게 준 선물이라니까요."

외삼촌과 할머니의 이야기가 길어질 기미가 보이자 원준은 눈치껏 방으로 돌아왔다. 그러면서 조금 나아졌던 기분이 또다시 우울해졌다. 책상 구석에 던져 놓은 휴대폰에 눈이 닿고 만 것이다. 휴대폰을 서랍에 집어넣은 원준은 발가락으로 책상 아래 있는 컴퓨터 본체의 스위치를 눌렀다. 윙 하는 소리와 함께 까만 모니터 화면이 눈을 깜빡이는 것처럼 살아났다. 어깨 뒤로 기지개를 켠 원준은 화면이 켜지자마자 뜬 카톡에 로그인했다. 동기와 선배들이 들어 있는 단톡방에 들어가자마자 경쾌한 벨소리와 함께 풍선 같은 이모티콘과 글씨들이 두둥실 떠올랐다.

최강 경민: 지금 들어온 거야?
다크나이트: 네. 방금 밥 먹었어요.
송송도사: 너 차였다며?

눈동자 안의 실핏줄이 꿈틀거렸다. 머리가 명령을 내리기 전에 손가락이 자판 위를 어지럽혔다.

다크나이트: 무슨 헛소리야?
송송도사: 어제 종로빈대떡 밖에서 둘이 키스하는 거 다 봤어.
배에다무쵸: 둘이 얼짱 각도로 사진도 찍었다며? 축하한다.

그래도 한국 와서 한 건 하는구나.

송송도사: 미리 찔러 본 사람으로서 말하는데 쉽지 않을걸? 얼마나 도도한지 몰라.

최강 경민: 그나저나 하룻밤 새에 맘이 바뀐 거야? 그렇다고 말도 안 하고 잠수 타다니 우리 원준이 불쌍타 ㅜㅜ

배에다무쵸: 진짜 잠수 탄 거야? 아니면…….

최강 경민: 월요일까지 교수님한테 리포트 내야 하는데 무슨 잠수야. 아까 애리랑 통화했는데 일요일에 같이 연극 보러 가기로 했다던데.

배에다무쵸: 애리? 아직도 걔랑 만나 선배? 나참! 그렇게 데이고도 정신 못 차렸어?

최강 경민: 애가 한 번만 봐달라고 해서 ^^;;;;

배에다무쵸: 걔 주말마다 학교 앞 카페에서 알바 하잖아. 블루문인가 뭔가 하는 데 말이야.

최강 경민: 어디? 병원 쪽?

배에다무쵸: 아니 굴다리 지나서 바로 왼쪽 지난번에 단대 애들이랑 소개팅 할 때 봤어.

송송도사: 농담이긴 한데 혹시 유괴나 납치당한 건 아니겠지?

최강 경민: 아마추어 사립탐정 본능 나오시네.

배에다무쵸: 너 내가 일본 야동 그만 보라고 그랬지. 맨날 납

치해서 약 먹이고 강간하는 거만 보니까 뇌구조가 그 따위지.

　　송송도사: 농담이라고 했잖아. 왜 다들 흥분하고 그래.

　　최강 경민: 넝담은 지랄..,,,, 여튼 분위기 못 타는 건 여전해.

　　송송도사: 선밴 만날 우리 애리, 우리 애리 하다가 뒤통수만 맞잖아. 이번에도 걔가 매달린 게 아니라 선배가 매달린 거지?

　　최강 경민: 야! 송유천! 너 죽을래 !!!!

　　배에다무쵸: 아이 진짜, 말로 하지 말고 그냥 현피 떠. 애들도 아니고 ＿＿;;;

　　원준은 조용히 단톡방에서 나왔다. 그러고 보니 어제 주말에는 아르바이트를 한다고 했다. 주말에는 아르바이트에 친구와 약속도 있고, 월요일에는 교수님한테 리포트까지 내야 하는데 뜬금없이 여행을 간다고 하면서 사라진 것이다. 혼란스러워진 원준은 침대에 누워 책을 몇 페이지 넘겼다. 소화가 덜 된 배에서 꾸르륵거리는 소리가 연달아 들렸다. 원준은 펼쳐진 책을 옆으로 던져 버리고 그대로 눈을 감았다.

종착지
금요일 오후 9 : 57

　자유로의 서울 종착점은 합정동이다. 사거리에서 남경장부터 시작해 러브호텔들이 눈길을 반짝거리며 소리 없는 호객을 했다. 강형모는 몇 번이고 두리번거리다 써클호텔이라는 곳으로 차를 몰았다. 깊숙한 곳에 위치한 주차장 끝에 제네시스를 대고 내린 강형모는 검게 선팅된 유리문을 열고 안으로 들어섰다. 붉은색 대리석으로 장식된 복도 끝에는 비싼 인테리어와는 어울리지 않는 옛날 목욕탕 스타일의 카운터가 보였다. 벽 위쪽에 달린 텔레비전을 보면서 키득거리던 남자 종업원이 의아한 눈으로 쳐다봤다.

　"혼자 오셨어요?"

　"자고 갈 겁니다. 조용한 방으로 하나만 주세요."

　"숙박은 칠만 원입니다."

　강형모는 지갑에서 말없이 만 원짜리 일곱 장을 꺼내 카운터에 내려놓았다. 길고 하얀 손가락으로 갈고리처럼 돈을 긁어 간 종업원이 705라는 숫자가 쓰인 키를 내려놓았다.

"엘리베이터는 왼쪽 끝에 있습니다."

키를 받아든 강형모는 붉은 카펫이 깔린 복도를 따라 엘리베이터 앞까지 걸어갔다. 그쪽에도 문이 하나 있는지 술에 잔뜩 취한 커플이 비틀대며 들어왔다. 겨드랑이 쪽으로 손을 집어넣어 여자의 가슴을 만지작거리던 안경잡이가 강형모를 보고는 얼른 손길을 내렸다. 옆으로 비켜선 강형모는 엘리베이터를 타고 7층까지 올라갔다. 705호는 복도 제일 끝에 있었다. 열쇠를 돌리고 안으로 들어선 강형모는 키홀더에 키를 꽂았다. 마술처럼 불이 환하게 켜진 방 안은 생각보다 넓었다. 강형모는 들어서자마자 땀과 먼지에 전 바지를 벗어서 벽에 붙은 옷걸이에 걸고 소형 냉장고를 열어 삼다수를 꺼내 들었다. 뚜껑을 열고 벌컥벌컥 들이켠 강형모는 크윽 하고 트림을 뱉어 냈다. 쉴 만한 곳에 안착하자 긴장이 풀린 몸을 침대에 누였다. 꼼짝도 하고 싶지 않았다. 배도 고프고, 머리도 지끈거렸지만 그대로 누워 있을 수만은 없었다. 억지로 몸을 일으킨 그는 속옷마저 벗어 버리고 욕실로 향했다. 입을 벌린 조개같이 생긴 둥근 욕조에 몸을 담그고 물을 튼 강형모는 그대로 고개를 젖힌 채 눈을 감았다. 오늘 겪었던 일들이 빠르게 돌린 영화 화면처럼 눈앞을 획획 스치고 지나갔다.

"열두 시쯤에 미진이한테 카톡이 왔었지. 아마 그때 살인자가 미진이를 협박했을 거야. 목에 칼을 갖다 댔을까?"

점점 타오르는 뜨거운 물이 만들어 낸 안개 같은 수증기가 욕실 안을 가득 채웠다. 아른거리는 연기 사이로 떨리는 손으로 전화기를 들고 있는 미진의 모습이 떠올랐다. 떨고 있는 미진의 목에는 날카로운 칼날이 닿아 있었다. 다른 손으로 잘게 접힌 흔적이 있는 쪽지를 미진의 눈앞에 들이대고 있던 살인자는 어서 빨리 문자를 보내라는 듯 목에 닿은 칼날을 슬쩍 흔들었다. 한 움큼 피어오른 수증기가 협박하는 그림자와 협박당하는 그림자를 지워 버렸다. 문고리를 잡고 필사적으로 버티던 서미진은 결국 힘에 못 이겨 안쪽으로 나뒹군다. 화장대 위에 쓰러진 서미진의 머리채를 잡고 옆으로 내동댕이치는 살인자, 그리고 흉기를 휘둘렀고, 피가 사방에 튀었다. 서미진은 얼마나 고통스러웠을까?

자기 방에서 죽은 다슬이와 베란다에서 죽은 성환이는 미진이 죽은 다음에 죽었을까? 아니면 그들을 죽인 다음 안방으로 도망친 서미진을 쫓아와서 죽인 걸까? 수증기가 자욱한 욕실 안은 피와 죽음의 상상으로 가득 차 버렸다. 욕조의 물이 목까지 차오르자 강형모는 느닷없이 물속에 머리를 담갔다. 꽉 찬 열기 속에서 눈을 뜨자 거품투성이 세상이 보였다. 강형모는 부유하는 물거품을 향해 있는 힘껏 비명을 질렀다. 목이 찢어질 것 같았지만 물속에 갇힌 비명은 거품처럼 흔적도 없이 녹아버렸다. 숨을 참을 수 있는 데까지 참던 강형모는 물 밖으로 머리를 내밀었다. 이마와 눈에 납작 달라붙은 머리카락에서 폭포수 같은 물줄기가 쏟아졌다. 수증기로 가득 찬 욕실을 비틀거리며 빠져나온 강형모는 커다란 목욕타월로 몸을 대충 닦고는 테이블 위에 놓인 목욕가운을 입었다. 한결 개운해진 몸을 침대에 뉘었지만 머리는 훨씬 더 복잡해졌다. 이제 남은 건 이틀, 토요일과 일요일뿐이지만 범인은 오리무중이었다. 서걱거리는 침대 위를 한 바퀴 뒹군 강형모는 침대 옆에 놓인 전화기를 집어들었다. 전화기에 붙은 음식점 스티커 중 중국집을 고른 강형모는 짬뽕밥과 소주를 한 병 시켰다. 통화를 끝내고 침대에 그대로 드러누운 강형모는 푸르스름한 조명으로 뒤덮여 있는 천정을 쳐다봤다. 모서리에 붙어 있는 조명등이 천정을 때리면서 만들어낸 간접 조명은 아름답기보다 욕망의 덧없는 명멸처럼 보였다. 그대로 깜빡 잠이 들었던 그는 신경질적인 벨소리에 눈을 떴다. 도어체인을 빼고 문을 살짝 열자 두툼하게 차려입고 야구모자를 뒤로 쓴 배달부가 밀고 들어와서는 비닐에 겹겹이 쌓인 짬뽕밥과 팩소주 하나를 바닥에 내려놓았다.

"만 원이요."

강형모는 만 원짜리를 꺼내 넘겨줬다. 꾸벅 인사를 한 배달부가 문을 닫자마자 도어체인을 건 강형모는 겹겹이 쌓인 비닐을 벗겨 내고 피같이 붉은 국물 안에 숟가락을 꾹 찔러 넣었다. 뱃가죽이 등에 닿을 것처럼 배가 고팠지만 몇 숟가락을 퍼 넣고는 더 이상 먹을 수 없었다. 답답함에 가슴을 치며 침대 쪽에 유일하게 있는 유리문을 열자 어둠에 가려진 세상이 보였다. 합정동사거리에 모여든 차들이 각양각색의 클랙슨 소리를 냈다. 기묘하고 불쾌한 화음을 내려다보던 강형모는 짬뽕밥 옆에 넘어져 있는 팩소주를 집어 들었다. 뾰족한 주둥이를 이빨로 잡아 뜯고는 단숨에 들이켰다. 매운 알코올이 목을 타고 흘러 들어가자 뱃속이 요동쳤다. 쉬지 않고 팩소주를 거의 다 들이마신 강형모는 주르륵 미끄러져서 벽에 기댔다. 자연스럽게 끌어당겨진 다리를 안자 오한이 발끝을 타고 넘어왔다.

"대체 왜 나한테 이런 일이 생기는 거지? 왜 나를?"

발버둥을 치고 싶었지만 대신 쓴 웃음만 흘러나왔다.

"그래, 나 같아도 죽이고 싶겠다. 한두 놈 가슴에 비수를 박았어야지."

보이지 않는 손이 머리를 빙그르르 돌린 것처럼 어지러웠다. 뒷머리를 벽에다 힘껏 들이받자 춤추듯 요동치던 생각들이 뚜렷해졌다. 강형모는 제멋대로 껌뻑거리는 눈꺼풀이 닫혔다가 열릴 때마다 한 명씩 이름을 중얼거렸다.

"서욱철, 박슬기, 유동철, 이소진, 박명준, 방성희, 그리고 또……."

몇 개인가 이름을 더 부르자 씨근거리는 숨소리만 남았다.

"서욱철이 살인을 저질렀을까?"

강형모는 고개를 갸우뚱거리며 내뱉었다. 둘 사이를 가장 잘 알고 있고, 가장 크게 반대한 인물이기도 했다.

"나라면 모를까 설마 자기 누나를?"

욕심 많고 이기적이긴 하지만 누나가 없어지면 당장 자기에게 어떤 타격이 올지 모를 만한 바보는 아니었다.

"그렇다면 슬기?"

아까보다 더 심하게 고개가 저어졌다. 어두운 터널 같던 지난 5년 동안 변함없이 옆에서 지켜주던 그녀였다. 거기다 가장 결정적인 문제, 슬기가 서미진의 존재를 알고 있는가? 설사 안다고 해도 자기 치부가 드러나는 사진을 보낼 만한 배짱도 없는 여자였다.

"성유란?"

그녀라면……. 강형모는 어금니를 지그시 깨물었다. 뭔가를 숨기고 있는 것 같은 그녀의 눈빛이 떠올랐다. 최근 들어 돈이 필요하다고 칭얼거렸다.

"아니지. 차라리 그 사진을 가지고 나를 협박했어야지."

팩에 남은 소주를 다 들이켜자 나른한 포만감과 절망이 찾아왔다.

"오인숙은 끊은 지 좀 됐고, 유 사장은 내가 미진이를 만나는

걸 모르잖아. 박 사장도 마찬가지고, 에이 씹할. 되지도 않는 형
사 흉내를 내려고 하다니 내가 미쳤지."

　이틀밖에 안 남았다는 사실을 잊어버리고 싶어진 강형모는
침대 안으로 기어들었다. 술 생각이 간절했지만 다시 나가야 한
다는 귀찮음이 욕망을 이겼다. 이불을 머리끝까지 뒤집어쓰고
그대로 잠이 들어 버렸다.

토요일:
살인자를 찾아서

아침

토요일 오전 10 : 34

강형모는 옆방에서 들려오는 여자의 흐느낌 소리에 잠에서 깼다. 강아지처럼 낑낑거리는 소리는 고장 난 스피커에서 흘러나온 잡음 같았다.

"씹할, 아침까지 떡을 치고 지랄들이야."

몸을 뒤척여 잠을 쫓아낸 강형모는 메스꺼운 속 쓰림 때문에 헛구역질을 몇 번 했다. 아무것도 걸치지 않은 모습으로 침대에서 일어난 강형모는 소형 냉장고에서 삼다수 하나를 더 꺼냈다. 숨도 안 쉬고 삼다수 한 통을 거의 다 비우고는 리모컨을 찾아 텔레비전을 켰다. 케이블 방송이 쏟아 내는 화면을 책장처럼 넘겨보던 강형모는 곧 리모컨을 집어던지고는 침대에 몸을 내던졌다. 어떻게든 움직여야만 한다는 생각이 머릿속에서 꿈틀거렸지만 강형모는 이 고요함 속에서 그냥 버림받고 싶었다. 붕 떠 버린 진공의 시간 속에서 허우적대던 그는 갑작스럽게 치밀어 오른 구역질을 못 이겨 허겁지겁 욕실로 뛰어 들어 갔다. 변기 안에 푸른 위액을 몇 모금 토해 내고 손등으로 입가를 닦은 강형모는 그대로 주저앉았다. 오한을 넘어선 떨림이 턱 끝을, 손가락을, 허벅지를 마구 요동치게 만들었다. 턱 끝을 타고 흐르는 침이 차가워진 몸 위로 뚝뚝 떨어졌다. 자궁 속의 태아처럼 몸을 웅크린 강형모는 전화벨이 울릴 때까지 계속 그렇게 떨어 댔다. 숨 가쁜 벨소리에 끌려 몸을 일으킨 그는 곧장 전화기를 들었다.

"카운턴데요. 열한 시 반까지는 체크아웃을 해 주셔야 하는데요."

강형모는 말없이 몸을 돌려 텔레비전을 쳐다봤다. 남자 가수들이 무리를 지어서 정신없이 춤을 추는 화면 오른쪽 구석에 11시를 갓 넘긴 시간이 찍혀 있었다.

"알았어요."

카랑카랑한 카운터 여직원의 목소리에 쫓긴 강형모는 움직이기 시작했다. 샤워를 하고 어디에 벗어 던졌는지 모를 옷가지를 주섬주섬 챙겨 입었다. 구두주걱과 함께 걸려 있는 일회용 먼지떨이로 먼지투성이 구두를 닦았다. 한낮에 가까워졌음에도 어두컴컴한 복도는 빛의 진입을 허락하지 않았다. 보풀이 잔뜩 일어난 카펫을 밟고 엘리베이터가 있는 복도 끝으로 걸어갔다. 엘리베이터를 타고 내려와 1층 카운터에 키를 던져 준 강형모는 터질 듯한 빛이 기다리고 있는 세상으로 나왔다. 등 뒤에서 삐걱대는 유리문의 소음이 채 꺼지기도 전에 세상의 소음이 그를 덮쳤다. 설익은 토요일 오전과 오후의 경계선에 선 강형모는 꾸르륵거리는 배를 움켜잡고는 제네시스에 올라탔다. 듬성듬성 차들이 박혀 있는 주차장을 빠져나온 강형모는 미끄럼틀 같은 내리막길로 조심스럽게 차를 몰았다. 속을 달랠 만한 음식점을 찾아 두리번거리던 강형모는 콩나물 해장국집 간판을 보고는 곧장 그 앞에 차를 댔다. 차에서 내린 강형모가 문을 열고 들어서자 붉은색 앞치마를 입은 파마머리 아줌마가 찢어져라 하품을 하다가 쳐다보았다. 아직 점심 전이라서 그런지 식당은 아무도 없었다. 자리에 털썩 앉은 강형모는 어정어정 다가오는 아줌마에게 말했다.

"콩나물 해장국 하나 주세요. 얼큰하고 뜨끈하게요."

지저분한 부엌에서 들려오는 덜거덕거림에 맞춰 눈을 감았다. 뒤죽박죽이 되어 버린 생각은 도통 정리가 되지 않았다. 굳게 닫아 걸었던 눈은 호주머니에 넣어둔 휴대폰의 시끄러운 벨소리에 이끌려 열렸다. 휴대폰 액정에 낯선 번호가 떠 있었다. 잠시 주저하던 강형모는 천천히 귓가에 휴대폰을 갖다 댔다. 따뜻한 전파의 기운을 채 만끽하기도 전에 거친 목소리가 들려왔다.

"서욱철입니다. 누나 좀 바꿔 주시겠습니까."

강형모는 더할 나위 없이 비꼬는 목소리로 대꾸했다.

"미진 씨? 왜 직접 전화하지 그러시나?"

"전화기가 꺼져 있어서 말입니다."

"용건을 말해주면 전해 줄 테니, 나한테 말해."

"너 우리 누나랑 같이 있는 거 아니지?"

"오호, 이제 점까지 치시나? 어설프게 넘겨짚은 티가 너무 나는데?"

"좋은 말 할 때 누나 바꿔. 얼른."

"누나가 여기까지 와서 네 목소리 듣고 싶지 않다는데?"

"똑똑히 들어. 누나한테 무슨 일 생기면 넌 내 손에 죽는다."

강형모는 적당한 말을 찾기 위해 잠시 숨을 골라야만 했다. 한 걸음 뒤로 물러나는 순간 끝없는 낭떠러지가 기다리고 있다. 강형모는 별 볼일 없는 패를 쥔 도박사가 판돈을 올인해서 상대방의 기를 꺾는 것처럼 거드름을 피우며 대꾸했다.

"매형한테 너무 버르장머리 없이 굴면 안 되지. 미진 씨가 널 보고 얼마나 창피해하는 줄 알아?"

"야! 좆같은 새끼야. 네가 왜 누나한테 거머리처럼 들러붙어 있는지 다 아니까 잔소리는 집어치워."

"피차일반 아닌가? 내가 거머리면 넌 진드기겠네."

휴대폰 너머로 욕설을 날리며 껄껄거린 강형모는 아줌마가 가져온 뚝배기에 날달걀을 깨 넣었다. 맹렬하게 부글거리던 뚝

배기의 기운이 한풀 꺾이자 새우젓을 한 숟가락 넣고 휘휘 저었다. 그러는 사이 상대방을 괴롭힐 적당한 수를 찾아냈다. 빙긋 웃은 그는 여전히 씩씩대는 휴대폰 너머의 서욱철을 향해 쏘아붙였다.

"미진 씨가 아예 여기서 혼인신고 하는 건 어떻겠냐는데?"

"미쳤군. 그 다음에는 쥐도 새도 모르게 죽여서 재산 다 가로챌 거야?"

"상상력이 너무 빈곤해. 좀 더 머리를 굴려봐. 언제 못 이기는 척 하고 고개를 숙여야 떡고물이라도 챙길지 말이야."

"좋게 말하는 건 이게 마지막이야. 만약 누나를 어디 납치해서 가둬 둔 거라면 당장 풀어 줘. 콩밥 먹고 싶지 않으면 말이야."

"콩밥은 예전에도 한 번 먹어 봤어. 거 재미있겠군. 동생이 호들갑 떨면서 경찰에 신고했는데 우리 둘이 혼인신고 하고 떡하니 나타나면 말이야."

"그럴 리 없다는 건 네가 더 잘 알잖아. 꿈꾸는 건 좋지만 현실이랑 착각하지는 마. 월요일까지는 기다려 주지. 하지만 그때까지 안 돌려보내면 각오해."

마치 모든 걸 알고 있다는 것 같은 말투에 기분이 상한 강형모는 지지 않고 쏘아붙였다.

"그래? 미진이가 대신 전해 달라는데, 사진 가지고 유치하게 장난치지 말라고 그러는군."

"사진? 무슨 사진을 얘기하는 거야."

"너야말로 되지도 않는 수작 부리지 마."

"내가 할 말이야. 암튼 최후의 만찬이나 즐기라고."

서욱철의 목소리가 끊기고 잔혹한 고요함만 남았다. 텅 빈 불안감을 이겨 내려고 필사적으로 숟가락을 움직였지만 공복은 한없이 계속될 것처럼 그의 아랫배를 찔렀다. 허겁지겁 식사를 마치고 차에 오른 강형모는 시동을 거는 순간 머릿속에 어떤 생각이 팍 켜졌다. 대시보드 안에 든 서류봉투에서 사진을 꺼내 한 장씩 뒤집어 보았다. 어제 서미진의 아파트에서 봤던 굵은 글씨들을 발견한 그는 천천히 의미를 곱씹어 보았다.

"계획에 차질. 개봉동. 개봉동이면 서욱철의 집이 있는 곳이잖아."

따로따로 생각하던 사람 간의 관계에 서욱철과 사진을 중간에 욱여넣자 이야기가 풀려 나갔다. 슬기와 서미진은 서로 아는 사이가 아니다. 하지만 강형모의 약점을 잡으려 혈안이 되어 있던 서욱철이 슬기의 존재를 눈치챌 가능성은 있다. 그렇다면 서욱철이 할 수 있는 행동은?

"나랑 같이 있는 사진을 찍어서 서미진한테 보여 주는 거겠지. 그럼 미진이와 나 사이는 끝장나겠지. 나한테 물러나라고 협박하는 것보다 훨씬 더 손쉬운 방법이잖아. 그럼 계획에 차질이라는 말뜻은 뭐지?"

과감할 정도로 옆으로 누워 버린 글씨체는 분명 서미진의 것이 맞았다. 서욱철이 사진들을 미진에게 보여 주었고, 사진을 받은 미진은 그 사진 뒤에 계획에 차질이 생겼다는 말을 써 놓았다. 이 사진이 대체 서미진의 어떤 계획을 망쳐 놓은 것일까?

"진짜 나랑 결혼이라도 할 생각이었나?"

머리가 복잡해진 강형모는 뒤통수를 벅벅 긁었다.

"씹할, 일단 만나서 족쳐 보면 뭔가 나오겠지."

사이드를 풀자 내리막길에 걸쳐져 있던 차가 서서히 굴러갔다.

푸른 달

토요일 오전 11 : 49

IME SCENE　　CRIME SCENE　　CR

원준은 블루문이라는 이름답게 한쪽 구석에 초승달이 걸려 있는 간판을 말없이 올려다보았다. 블루문은 연대에서 신촌으로 나오는 굴다리를 지나자마자 시작되는 술집과 음식점들의 출발점에 자리 잡고 있었다. 초현실적인 간판과 요즘 스타일에 맞는 테라스를 갖춘 곳이지만 인스턴트커피와 쌍화차를 팔았던 예전의 흔적 역시 낡은 환풍기같이 아련하게 남아 있었다.

주저하던 원준은 입술을 지그시 깨물었다. 언제 잠들었는지 모를 꿈속에서 알 수 없는 것을 보았다. 새벽에 땀에 흠뻑 젖은 채 일어나서는 다시 잠들 수 없었다. 꿈속에서 다슬이를 봤다면 차라리 나았겠지만 기억 속에 남은 것은 비명과 안개뿐이었다. 블루문이라는 로고가 붙어 있는 유리문을 밀자 꼭대기에 달린 작은 종이 경쾌한 소리를 냈다. 정면에 보이는 카운터에는 쿠키와 케이크, 그리고 잡다한 초콜릿이나 과자들이 성벽처럼 쌓여 안쪽이 보이지 않았다. 음식들의 장벽 너머에서 두둥실 떠오른 머리가 성가퀴처럼 약간 낮은 계산대 쪽으로 움직였다. 동그란 얼굴의 여자 종업원은 뭔가를 먹고 있는 중이었는지 입가를 열심히 우물거렸다.

"저 혹시 다슬이 나왔나요?"

"다슬이요? 잠시만요."

주문을 받을 준비를 하던 둥근 얼굴의 여자 종업원은 어리둥절한 표정으로 과자의 성벽 너머로 사라졌다. 잠시 말을 주고받는 소리가 들리고 키가 큰 안경잡이 남자가 불쑥 모습을 드러냈다.

"다슬이랑 아시는 사인가요?"

"아. 과친군데요, 어제부터 연락이 안 돼서 찾고 있는 중이에요. 친구한테 물어보니까 주말에는 여기서 알바를 한다고 해서 찾아왔는데요."

"맞긴 맞는데 오늘 여기 안 왔어요. 원래는 아홉 시까지 나와야 하는데 열 시가 넘었는데도 안 나와서 전화해 봤더니 전화도 안 받더라고요."

"아, 그래요."

맥이 풀린 원준은 축 늘어진 대답을 했다.

"바쁜 줄 알면서 전화도 없이 안 나오면 어쩌자는 건지. 안 그럴 것 같아서 알바를 시켰는데, 저기 혹시 다슬이랑 연락되면 전화 좀 하라고 해주세요."

"알겠습니다."

원준은 문을 열고 밖으로 나왔다. 약간 쌀쌀해진 날씨 탓인지 아니면 주말이라서 그런지 늘 사람들로 북적거리던 신촌은 고요했다. 두 손을 점퍼 호주머니에 찔러 넣은 원준은 천천히 전철역 쪽으로 걸어갔다. 삼거리 앞에 새로 오픈한 휴대폰 가게에서 시끄러운 음악이 흘러나왔다. 붉은 가죽 비키니 같은 걸 입은 땅딸막한 도우미 아가씨 둘이 엉성하게 춤을 추면서 호객을 했지만 사람들은 성의 없는 시선만 던질 뿐이었다.

이대로 집으로 돌아간다면……. 인상이 찌그러진 원준은 마른 입술을 어금니로 살짝 깨물었다. 파일폴더를 가슴에 품은 채 재잘거리며 지나가던 두 아가씨의 호기심 어린 시선이 닿았다. 아버지가 미국 사람이라 조금 남달라 보이는 외모 때문이었다. 두 아가씨의 시선을 느낀 원준은 걸음을 빨리했다. 이대로 집에 갈 수는 없었다. 지하철 계단을 터덜터덜 내려간 원준은 매표소 위쪽에 붙어 있는 지하철 노선도에서 목동을 찾느라 목을 길게 뺐다.

개봉동으로 가는 길

토요일 오후 1:51

예전 운전학원이 있던 부지에 롯데마트가 우뚝 서 있었다. 다리 너머에 있는 동양미래대학과 맞은편에 있는 고척돔의 은색 지붕이 보였다. 영등포와 신도림 쪽은 토요일임에도 가다 서다를 반복할 정도로 막혔다. 겨우 개봉사거리에서 좌회전 신호를 받은 강형모는 앞서가는 차들의 꽁무니를 쫓아 고가도로를 넘어갔다. 시멘트 공장의 높은 굴뚝과 그 굴뚝만큼이나 높이 솟은 오피스텔을 지나갔다. 내리막길 바로 앞에 자리 잡은 횡단보도에서 신호를 기다리는 동안 서욱철의 집이 정확히 어디인지 모른다는 사실을 떠올렸다. 남동생 집이 개봉동에 있다는 말을 서미진에게 흘려들은 게 전부였다. 반지하라는 말까지 들은 것 같지만 양쪽 길가에 있는 우중충한 집들과 2층짜리 상가들을 보면서 그 정도로는 어림없다는 생각이 들었다.

갑자기 생각이 어두워진 강형모는 신호가 바뀐 횡단보도 앞에서 우두커니 버티고 있다가 뒤차의 신경질적인 빵빵거림에 쫓겨 앞으로 나아갔다. 되도록 천천히 도로를 따라 움직이며 양쪽 길가를 살펴보던 강형모는 '여기서부터는 경기도입니다'라는 큰 글씨가 쓰인 다리 앞에서 우회전을 했다. 스포츠타운과 주유소가 나란히 붙어 있는 2차선 도로로 접어들자 시끌벅적함이 밀려왔다. 뒤에서 오는 차들을 피해 다시 좁은 골목길로 접어들자 비로소 고요함이 찾아왔다.

80년대에 지어진 것 같은 낡은 양옥집들이 침묵 속에서 낯선 침입자를 응시했다. 모든 게 선명했다. 새로 칠한 것 같은 노란색 중앙선은 선명하다 못해 유리창을 뚫고 눈에 틀어박힐 것만 같았다. 하릴없이 차를 몰고 유령처럼 골목길을 누비던 강형모는 돼지갈비집이 있는 사거리를 지나치다가 옆에 있는 반석교회라는 이름을 보고는 브레이크를 밟았다. 사진이 든 서류봉투를 꺼낸 강형모의 시선은 서류봉투 구석에 인쇄되어 있는 글씨를 더듬거렸다. 반석교회라는 글씨 아래에는 개봉동으로 시작되는 주소와 교회 전화번호로 보이는 숫자들이 보였다. 제네시스를 조심스럽게 세운 강형모는 휴대폰을 꺼낸 다음 봉투에 적힌 번호를 꾹꾹 눌렀다. 통화 대기음으로 찬송가가 잠깐 들렸다가 메마른 여자 목소리가 들려왔다.

"행복한 하루 되세요. 주님의 반석교회입니다."

"아, 안녕하세요. 여기 노원형 변호사 사무실인데요. 저 그

교회 다니시는 분 중에 혹시 서욱철 씨라고 계시나요?"

"어디시라고요?"

"예, 노원형 변호사 사무실입니다. 서욱철 씨에게 내용증명을 발송했는데 계속 답변이 없으셔서요. 휴대폰도 안 받고 계시는 중입니다."

"그걸 왜 여기에다 얘기하시는데요?"

"아, 그게 연락처를 받아놨을 때 비상 연락처로 적어 놓으신 게 거기 교회였습니다. 법원 출두 명령선데 벌써 두 번이나 출석을 하지 않으셨거든요. 한 번만 더 안 나오면 벌금형인데 그러면 재판에 안 좋은 영향을 미치거든요. 변호사님께서 무슨 일이 있어도 전달하라고 해서 직접 찾아왔습니다. 지금 교회 앞이에요."

"난 모르니까 알아서 하세요."

"그럼 받으시는 분 성함만이라도 알려 주세요. 참, 이거 녹음 중입니다."

"아니 왜 허락도 안 받고 녹음을 해요."

"이쪽 일이라는 게 증거나 증언 아니면 아무 소용도 없습니다. 그리고 이런 말 하면 좀 그렇지만 서욱철 씨가 떠넘기는 걸 좀 잘 하셔야죠. 나중에 걸고넘어질지 모른다고 노 변호사님도 좀 걱정을 많이 하시더라고요. 일단 저는 할 수 있는 데까지는 했으니까 나중에 서욱철 씨 보면 말씀이나 좀 해 주세요. 전 분

명히 거주지를 알려 달라고 했는데 거절하셨죠?"

"아니 저 그게, 이봐요. 왜 이렇게 사람을 윽박질러요. 나 참⋯⋯."

"그럼 거주지를 알려 주시겠습니까? 이 근처면 제가 방문하도록 하겠습니다."

"그런 거 함부로 가르쳐 주는 거 아니라고 하던데요."

강형모는 어쩔 줄 몰라 하면서 주저하는 상대방의 모습을 떠올리면서 빙긋 웃었다.

"저도 어딜 가 봐야 해서요. 아니면 제가 교회로 가서 통지서를 넘겨 드리겠습니다."

"아유, 난 몰라. 나한테 들었다는 얘기하면 안 돼요."

"성함도 모르는데요, 뭘."

"교회를 왼쪽으로 끼고 돌아가면 삼거리분식집이 보일 거예요. 그 분식집 옆 사잇길로 들어가서 왼쪽에서 두 번째 파란 대문이에요. 참, 그 사람 반지하에 살아요. 현관문에서 왼쪽으로 돌아가면 작은 문이요."

"고맙습니다. 친절하시군요."

기분 좋게 휴대폰을 끊은 강형모는 기지개를 켜면서 나른하게 중얼거렸다.

"이래서 연기는 잘하고 봐야 한다니까."

땟물이 잔뜩 끼어 있는 삼거리분식 차양 아래를 지나치자마자 좁은 골목길이 보였다. 마름모꼴 보도블록은 밀고 올라오는 잡초들 때문에 평형을 잃고 뒤틀려 있었다. 마치 80년대에서 정지된 것 같은 골목은 양쪽으로 대문들이 늘어서 있었고 끝은 회색 대문에 막혀 있었다. 골목 입구에 제네시스를 세운 강형모는 차에서 내렸다. 촬영이 끝난 세트장처럼 고요한 골목길을 따라 걷던 강형모는 파란 대문 앞에서 발걸음을 멈췄다. 우툴두툴한 대리석으로 만든 기둥에는 먼지와 거미줄 범벅이 된 초인종이 박혀 있었지만 몇 걸음 뒤로 물러난 강형모는 제자리에서 펄쩍 뛰어 안쪽을 쳐다봤다. 좁은 마당이나 굳게 닫혀 있는 현관문 어디에서도 인기척은 느껴지지 않았다. 아직까지 자고 있든지 아니면 교회라도 간 것 같았다.

강형모는 좌우를 둘러보았다. 제네시스가 반쯤 가린 골목 입구는 물론 골목 전체가 고요했다. 두 손으로 시멘트 담장을 잡은 강형모는 한쪽 발을 걸쳤다. 갑자기 그의 몸무게 모두를 지탱해야만 했던 두 팔목에서 우두둑 하는 소리가 들려왔다. 후들거리는 다리가 넘어가고 담장에 배를 깐 채 몸통이 넘어갔다. 꽃이 하나도 없는 텅 빈 화단에 발을 내디딘 강형모는 쭈그려 앉아서 손바닥을 털었다. 푸른색 기와를 올린 2층짜리 양옥집 왼쪽 모퉁이에 작은 문 하나가 파묻힌 것처럼 자리 잡고 있었다. 뒤늦게 눈치를 챘는지 멀리서 개 짖는 소리가 들려왔다. 강형모는 되도록 태연한 척 걸음을 옮겼다. 문은 어른이 드나들기 불편할 정도로 좁고 가파른 계단 아래로 한참을 걸어 들어가야 도달할 수 있었다. 칠이 벗겨진 손잡이를 돌려 봤지만 역시 문은 굳게 닫혀 있었다. 외출 중인 것 같았다. 갑자기 맥이 풀린 강형모는 신경질적으로 중얼거렸다.

"어쩐지 일이 너무 쉽게 풀리더라."

막상 그와 마주친다고 해도 딱히 할 말도 없었다. 오히려 여행을 갔다고 한 그가 나타나면 자기 누나의 신상에 이상이 있다는 신호로 받아들일 게 뻔했다. 머릿속에서는 돌아가야 한다는 신호가 울렸지만 아집과 좌절감이 다른 출구를 찾아냈다. 그가 없는 게 오히려 절호의 기회일 수도 있었다. 어제 서미진의 아파트에서 그랬듯이 뜻밖의 단서를 찾을지도 모른다는 욕심이 뜨거운 열기처럼 느껴졌다. 양복바지 뒷주머니에서 손수건을 꺼내 주먹을 감싸고는 출구 아래쪽 유리창을 힘껏 쳤다. 날카로운 굉음 대신 힘없는 파열음이 들렸다. 날카로운 모서리 부분을 피해 손목을 밀어 넣은 강형모는 안쪽에서 잡히는 고리를 천천히 돌렸다. 철컥거리는 소리와 함께 굳게 닫혔던 문이 스르륵 열렸다. 현관에 떨어진 유리 조각을 피해 조심스럽게 안으로 들어간 그가 받은 첫 번째 느낌은 세상이 그대로 내려앉은 것 같은 정적이었다. 빛이 말라붙은 반지하 안은 눅눅함에 찌든 벽지와 먼지같이 미세한 한낮의 어둠이 고스란히 내려앉은 가구

들뿐이었다. 낡은 신발장 옆에는 운동할 때 쓰는 역기와 아령 그리고 손잡이 부분에 검정색 고무테이프를 감은 야구방망이가 물끄러미 그를 바라봤다. 균형이 맞지 않는 가구와 키 낮은 수납장들 그리고 되는 대로 던져놓은 게 분명해 보이는 옷가지와 잡동사니들, 현관문 바로 옆에 붙은 부엌에는 성의 없이 닦아놓은 그릇이 뒤죽박죽 엉켜 있었다. 예전에 딱 한 번 찍은 적 있는 공포영화의 허술한 세트장 같았다. 그때 여고생으로 나온 여배우와 스타크래프트 안에서 벌인 일을 떠올린 강형모는 히죽 웃었다.

거실이라고 부르기도 민망한 좁은 거실이 끝나자마자 방문 두 개가 보였다. 왼쪽 방문은 살짝 열렸고, 오른쪽 방문은 닫혀 있었다. 왼쪽 방문을 열자 벽에 붙은 침대 모서리가 눈에 들어왔다. 어울리지 않는 핑크색 벽지로 도배된 방은 침대 외에 삼단짜리 장롱, 야트막한 서랍장, 그리고 덩치 큰 텔레비전이 있었다. 모든 게 어긋나 보였다. 이혼하고 혼자 산다는 서미진의 말이 사실인 것 같았다. 장롱부터 뒤지기 시작했다. 세탁소 비닐이 씌워진 철 지난 옷들이 을씨년스러워 보였다.

장롱의 서랍장들은 뒤죽박죽이었다. 누렇게 변해 버린 철 지난 신문 쪼가리 사이로 낡은 시계같이 지나온 세월을 엿볼 수 있는 것들이 박혀 있었다. 장롱 서랍장에서 별다른 걸 찾아내지 못한 강형모는 텔레비전이 올려진 서랍장을 열어봤다. 비슷했다. 한 움큼의 영수증 뭉치, 다 쓴 향수병, 유행이 한참 지난 선글라스 케이스, 크고 작은 빗, 남의 지나온 삶을 엿보느라 정신이 팔려 있던 강형모는 나머지 서랍장과 신문 밑을 꼼꼼히 지켜봤지만 단서가 될 만한 건 없었다. 차분하던 손길이 차츰 빨라졌다. 쓸데없는 것으로 가득한 서랍장을 다 열어젖힌 손길은 침대 밑을 더듬거렸다.

큰 방에는 별다른 게 없었다. 작은 방은 더 엉망이었다. 절반 크기의 방에 빨래 건조대가 한복판을 차지했다. 등나무 수납장과 손잡이가 달린 종이 상자들이 되는 대로 쌓여 있었다. 강형모는 등나무 수납장문을 열어 봤지만 먼지뿐이었다. 종이 상자들로 눈길을 돌린 강형모는 먼지가 쌓인 뚜껑을 조심스럽게 열었다. 첫 번째와 두 번째 상자는 둘둘 말아서 쑤셔 넣은 옷가지뿐이었다. 세 번째 상자부터는 사진첩들이었다. 현대칼라라는 로고와 이름이 새겨진 상자는 오래된 사진들로 가득했다. 남자들은 거추장스러워지기 시작하는 것들을 쉽게 버리고 포기하지만 여자들은 불가사의할 정도로 과거를 놓지 않는다. 강형모 역시 돌아가신 어머니의 유품을 정리하면서 끝도 없이 쏟아져 나온 사진을 보고 질려 버린 적이 있었다.

"갈라섰다던 부인이 모아 둔 건가?"

처음에는 칼라사진이었겠지만 오랜 세월에 탈색돼 흑백사진처럼 보이는 사진을 하나씩 살펴보던 강형모는 사진 속의 인물들이 나이가 들면서 차츰 지금의 서미진과 서욱철과 닮아가는 걸 보고는 피식 웃었다. 사진을 끝까지 살펴봤지만 상자 안의 사진들은 두 아이가 열 살 무렵에 끝나 버렸다. 다른 종이 상자를 열어봤지만 사진 대신 이상한 서류들만 쏟아져 나왔다.

"위자료청구서, 출두명령서. 이 새끼도 애 깨나 먹었군."

하지만 같은 서류들이 계속 쏟아져 나오자 강형모의 비아냥거림도 끝이 났다. 청구인 이름이 남자에다가 여러 가지였다.

"조형원, 이중세. 이건 또 뭐야. 곽영철 변호사 사무소?"

강형모는 휴대폰을 꺼내들고 변호사 사무실 전화번호가 나온 부분을 찍었다. 청구인은 달랐지만 모두 같은 변호사 사무실에서 처리한 것 같았다. 서류들을 도로 종이 상자에 집어넣고 그 아래 상자를 열어 봤다. 뒤집힌 액자들이 보였다. 아무 생각 없이 제일 위의 액자를 집어든 강형모는 짧게 비명을 질렀다. 연미복과 웨딩드레스를 입은 결혼사진이었는데 남자는 서욱철, 여자는 서미진이었다. 놀란 강형모는 다음 액자를 꺼냈다. 사진관에서 찍은 가족사진이었는데 서미진과 두 아이가 서욱철과 찍은 것이었다. 마치 부부가 아이들을 데리고 가족사진을 찍은 것처럼 보였다.

"이게 대체 어떻게 된 거야?"

흥분해서 내뱉던 말은 바깥에서 들려오는 소음에 잘려 나갔다. 잘게 터져 나가는 소리. 뿌드득거리는 소음은 느리게 재생

하는 필름처럼 툭툭 터졌다. 현관! 아까 현관의 유리문을 부술 때 바닥에 떨어진 유리 조각이 뭔가에 밟히면서 다시 조각나는 소리였다. 다른 감각들이 제자리를 찾기 전에 두려움이 먼저 그에게 속삭였다. 도망쳐!

벌떡 일어난 강형모가 문지방을 넘는 순간 두려움이 다시 그에게 말을 걸었다. 피해!

목을 움츠린 강형모가 주저앉는 것과 거의 동시에 눅눅한 바람을 쪼개며 야구방망이가 날아들었다. 머리 위를 스쳐 지나가서 문지방에 틀어박힌 야구방망이는 요란한 소리를 냈다. 강형모는 몸을 낮춘 그대로 상대방을 향해 덤벼들었다. 갑작스러운 충돌에 균형을 잃은 상대방은 싱크대가 있는 곳까지 밀려났다. 싱크대 여기저기에 아슬아슬하게 쌓여 있던 그릇과 냄비가 요란한 소리를 내면서 사방으로 굴러 떨어졌다. 영화에서 나온 격투 장면까지는 아니라고 해도 좀 더 요령껏 싸워 보려던 강형모의 결심은 상대방의 무릎에 아랫배에 찍히면서 끝장나 버렸다. 처음에는 아픔이, 그 다음에는 질 수도 있다는 두려움이 마구잡이로 주먹을 휘두르게 만들었다. 형편없이 구겨진 궤적으로 날아가던 주먹 중 하나에 상대방의 턱에 명중했다. 다시 휘청거리던 상대방의 턱에 있는 힘껏 박치기를 하자 눈앞에 별이 아른거렸다. 싱크대를 등진 상대방은 아직 야구방망이를 놓지 않았다. 머리 위로 들어 올린 야구방망이가 등에 떨어졌지만 참을 만했다. 싱크대 위쪽에 붙은 수납장 문짝이 뜻밖의 수난을 당했다. 다시 한 번 턱에다 박치기를 꽂아 넣은 강형모는 손을 뻗어 상대방의 양 손목을 움켜잡았다. 힘이 잔뜩 들어간 상대방의 손목은 사정없이 요동쳤다. 정신없이 껌뻑거리는 눈으로 낯선 것이 스며들었다. 붉은 피가 들어간 눈은 고춧가루가 들어간 것처럼 따끔거렸다. 씨근덕거리는 숨소리가 정신없이 뒤엉킨 가운데 강형모는 비로소 상대방의 얼굴을 처음으로 볼 수 있었다.

"뭐하는 짓이야."

두 번의 박치기로 엉망이 되어 버린 서욱철이 일그러진 얼굴로 외쳤다.

강형모는 대답 대신 엉켜 있는 손들을 오른쪽으로 잡아당겼다. 싱크대를 등진 상태라 제대로 균형을 잡지 못한 서욱철은 옆으로 넘어졌다. 야구방망이를 뺏은 강형모는 쓰러진 서욱철의 허리를 짓밟았다. 비명을 삼킨 서욱철이 버둥거렸다. 뺏어든 야구방망이로 어깨를 내려치자 비명소리가 다시 울려 퍼졌다. 또 야구방망이를 치켜들자 손으로 머리를 가린 서욱철이 잔뜩 웅크렸다.

"방 안에 있는 사진은 대체 뭐야?"

"어떤 사진?"

강형모는 두툼한 방망이 끝으로 웅크린 서욱철의 아랫배를 찔렀다. 강형모는 컥컥거리는 서욱철에게 다시 물었다.

"사진! 액자에 끼운 웨딩사진 말이야."

"넌 몰라도 돼!"

계속 맞고만 있던 서욱철이 갑자기 팔꿈치로 강형모의 발등을 찍었다. 강형모가 불이 붙은 것 같은 아픔에 경중거리는 사이 벌떡 일어난 서욱철은 야구방망이를 낚아채고는 곧장 밖으로 도망쳤다. 통증에 발목이 잡힌 강형모는 우당탕거리며 사라진 서욱철의 뒷모습을 쳐다봤다. 힘도 만만치 않은데다가 야구방망이까지 들고 간 상대방을 뒤쫓을 자신이 없었다. 고개를 돌린 강형모는 작은 방으로 돌아갔다. 그러고는 뚜껑이 열린 종이상자 안에 놓인 액자를 다시 집어 들었다. 부드러운 푸른색을 배경으로 의자에 옹기종기 앉아 있는 가족은 카메라 렌즈를 향해 나름의 미소를 던졌다. 하지만 오랫동안 카메라 앞에 서 본 강형모는 이상한 점을 발견했다.

"다른 곳을 보고 있어. 별로 화목하지 않은 가족이었군."

그리고 하나 더 결정적인 이상한 점이 있었다. 왜 거기에 서욱철과 서미진이 나란히 부부처럼 있고, 그녀의 두 아이들 역시 부모와 함께 사진을 찍는 자세로 거기 들어가 있는지 말이다.

다시 찾은 아파트

토요일 오후 2:01

주저하며 걸어가던 원준은 아파트 경비실 안에서 후르륵거리며 컵라면을 먹고 있던 경비를 보고서야 안심했다. 흑인 래퍼처럼 경비 모자를 뒤집어 쓴 채 면발을 후르륵거리던 늙은 경비는 잘 끌려 올라오지 않는 면발을 이빨로 끊다가 원준을 발견했다. 모자를 돌려 쓴 늙은 경비는 반갑게 인사하며 다가오는 원준을 향해 입을 열었다.

"어제 그 학생 아녀? 왜 또 온 겨?"

"여자 친구 만나러 왔어요. 혹시 돌아오지 않았나요?"

"증말, 모레 온다고 말했잖아. 아무리 좋다고 혀도 하루를 못 참고 말이야. 하여튼 요즘 젊은 애들은 왜 이리 성미가 급하나 몰라."

"저기 그 가족들 여행가는 거 보셨어요?"

원준은 은근한 말투로 물어봤지만 늙은 경비는 들은 척도 하지 않고 컵라면 국물을 후르륵거렸다.

"계속 전화를 안 받고 있어요. 주말에 아르바이트를 하는 곳에도 안 나왔고요."

"시방 그걸 나한테 말해서 뭐하게?"

"만약에 말이에요. 진짜로 여행을 간 게 아니라면요?"

젓가락으로 컵라면 바닥에 남은 채소 조각을 집어 들던 늙은 경비가 말도 안 된다는 표정으로 그를 쳐다봤다.

"아주 소설을 쓰지? 그럼 납치라도 당했다는 말이여? 강형모라는 배우는 몇 달 전부터 여기 문지방이 닳도록 드나든 사람이여."

"여행을 가면 둘이 가지 왜 애들까지 데려가겠어요? 둘이 부부도 아니잖아요."

"허긴 그렇지."

"그러니까 여행 간 것만 확인시켜 주시면 더 귀찮게 안 할게요. 여기도 감시카메라 있을 거 아니에요."

"그거 함부로 못 돌려봐. 소장이 알면 난 끝장이여. 끝장."

"만약 월요일까지 걔가 안 오면 실종신고 낼 거예요. 유명한 배우가 관련된 일이라서 경찰이랑 기자랑 뻔질나게 드나들면 윗분들이 그걸 더 불편해하지 않을까요?"

늙은 경비는 아무 대답도 하지 않고 입맛만 쩝쩝 다셨다.

"자기 발로 걸어서 나가는 것만 보면 그냥 집에 갈게요. 어젯

밤 꿈자리가 뒤숭숭해서 걱정이 돼요."

"잠깐 기다려 봐. 내가 한번 살짝 돌려볼 테니까."

표정이 심각해진 늙은 경비가 바퀴 달린 의자를 밀고 반대편
으로 멀어져 갔다. 자그마하게 쪼개진 화면이 있는 커다란 모니
터 앞으로 간 늙은 경비는 큼지막한 마우스로 화면 중 하나를
찍고는 키보드를 두드렸다. 사각거리는 소리가 몇 번 들리고 늙
은 경비가 클릭한 화면이 정신없이 흘러갔다. 다시 마우스를 클
릭한 늙은 경비가 턱을 괸 채 화면을 쳐다봤다. 같은 행동을 몇
번이고 반복하는 동안 할 일이 없어진 원준은 경비실 안쪽을
살펴보았다. 의외로 넓은 경비실에는 오랜 붙박이 생활의 흔적
이 있었다. 검게 그을린 주전자가 올려진 작은 브루스타가 직접
손으로 짠 수납장 아래 얌전히 들어가 있었다. 철 지난 낚시 잡
지나 바둑 잡지도 한편을 차지했다. 나이 치고는 능숙하게 컴퓨
터를 조작하던 늙은 경비의 고개가 갸우뚱거렸다.

"목요일에는 나가긴 했는디 한꺼번에 나간 거 같지는 않은
디? 얼래? 이거 그 아줌마랑 동생 아녀?"

"동생이요?"

"그려, 개차반 동생. 누이한테 들러붙어서 이것저것 떡고물
을 좀 챙기나 봐. 주인아줌마가 아주 대놓고 싫어하더라고, 가
만 있자. 목요일 밤 열한 시에 둘이 같이 올라갔네."

"그럼 금요일은요?"

"그날은 내가 하루죙일 여기 있었잖어. 그 배우가 가방을 깜빡 잊었다면서 온 것밖에는 없었어. 아, 그 다음에도 한 번 더 왔다. 뭘 놓고 왔다고 그랬나? 암튼 그 떨거지 동생이랑 요 앞에서 한참을 싸우더라고, 학생이 오기 좀 전이었을 거야."

"뭔가 앞뒤가 안 맞는 것 같죠?"

"그렇긴 한데 말이여."

"어제부터 계속 전화를 안 받았어요. 무슨 일이 일어난 게 틀림없다니까요."

"그러긴 해도 내가 뭘 할 수 있겠어?"

"비상키 가지고 계시죠?"

원준의 말에 늙은 경비의 눈이 휘둥그레졌다.

"뭔 짓을 하려고 그러는디?"

"집 안을 살펴보면 뭔가를 알 수 있지 않겠어요? 그럼 진짜 여행을 간 건지 아니면……."

"택도 없는 소리 하지 말어. 소장이 알면 난 모가지야. 모가지."

늙은 경비가 손으로 자기 목을 치는 시늉을 하면서 고개를 저었다.

"진짜로 여행을 간 거라면 그냥 몰래 들어갔다 나오면 되잖아요. 예?"

"허, 참 소장이 알면 안 되는디, 그리고 난 거기 열쇠도 없단 말이여."

"열쇠 만드시는 분 있잖아요. 그 분 불러서 비상키를 만들면 되잖아요. 비용은 제가 낼게요. 제발요."

난감한 표정으로 안절부절못하던 늙은 경비는 결국 인상을 찌푸리며 모니터 아래 놓아둔 빨간 전화기를 집어 들었다. 삑삑거리는 소리와 함께 얄팍한 신호음이 들리고 잠시 후 경비 아저씨의 너털웃음 소리가 들렸다.

— 어이구, 나야. 천삼백사십이 동 경비. 또 화투 치는 겨? 나? 똥개처럼 집 지키는 중이지? 안 바뻐? 그러면 말이여. 싸게 와서 열쇠 하나만 맹글어 줘. 천사백오 호 키. 문 잠그고 여행을 가 버렸는데 가스를 안 잠그고 갔다고 해서 말이여. 아이고, 요즘 경비한테 키 맡기는 거 봤어? 꼬리만 없다뿐이지. 완전 똥개 취급인디. 오토바이 타고 얼른 와.

찰카닥 하는 소리와 함께 시끄럽던 통화가 끝났다. 모자를 고쳐 쓴 경비가 문을 열고 밖으로 나왔다. 날씨 얘기 같은 소소한 대화를 주고받는 사이 왱왱 하는 스쿠터 소리가 들렸다. 담배를 입에 물고 스쿠터에서 내린 중년 사내가 발치에 놓아둔 공구상자를 집어 들었다. 경비 아저씨가 활짝 웃으며 야단스럽게 소리쳤다.

"어이구, 어서 오슈. 오시느라 욕 봤수다."

"형님 호출인데 얼른 와야지."

"시간 없으니까 얼른 일부터 끝냅시다. 여긴 천사백오 호 아줌마 조카유. 열쇠 값은 이 친구가 낼 겨."

"나야, 누가 주든 상관없지."

세 사람은 엘리베이터를 타고 14층으로 가는 내내 입을 꾹 다물었다. 가지고 온 공구 상자를 계단에 내려놓은 오씨 아저씨는 치과 의사가 쓰는 것 같은 도구로 열쇠 구멍들을 이리저리 쑤셔 댔다.

"간단하네. 원래 출장비까지 삼만오천 원인데 그냥 삼만 원만 주슈."

원준은 얼른 지갑에서 만 원짜리 세 장을 꺼내 공손하게 건네줬다. 니코틴이 찌들 대로 찌든 누런 이빨을 드러내며 웃은 오씨 아저씨는 미완성된 열쇠뭉치 중 하나를 골라내서 줄로 갈았다. 쇠가 갈리는 소리가 아파트 계단에 울려 퍼지자 경비 아저씨의 얼굴이 눈에 띄게 어두워졌다.

"소리 좀 줄여. 요즘 시끄럽다고 얼마나 난리들인디……."

"아이 참, 열쇠 만드는데 그럼 소리가 안 나요."

"말도 마. 조기 아랫집 뚱땡이 아줌마네가 고삼이잖아. 어제는 도둑고양이가 울어서 애가 공부를 못 했다고 얼마나 성화지."

"지랄은, 십삼 층에서 고양이 우는 소리가 들려? 환장하겠네."

이런 저런 말들을 주고받는 사이 열쇠를 완성한 오씨 아저씨가 혹 하고 불어 낸 열쇠를 바지 자락에 쓱쓱 문지르고는 경비 아저씨에게 건네줬다.

"그럼 불초소생은 이만 물러나겠슈. 담주에 신천각 나 사장이 판 벌린다는데 올 거유?"

"당근 가야지. 화투 패에 인생 시름 좀 덜어내자고, 얼른 가봐. 손님 오겠다."

과장된 손짓들이 몇 차례 오고간 후 공구상자를 든 열쇠 아저씨가 엘리베이터 안으로 사라졌다. 문이 닫히자마자 속이 텅비어 버릴 정도로 한숨을 내쉰 경비 아저씨가 열쇠를 만지작거렸다.

"어휴, 이게 뭔 짓이람. 집 안에 사람 없으면 바로 나와야 혀."

"알겠습니다."

늙은 경비는 맞은편 문을 흘끔거리고는 열쇠를 돌렸다. 철컥거리는 소리와 함께 굳게 닫혀 있던 문이 열렸다. 억눌린 숨을 뱉어 낸 원준은 조심스럽게 안으로 들어선 늙은 경비를 따라갔다. 아파트 안은 침묵과 고요의 사슬에 묶인 채 둘을 맞이했다.

"아줌마 깔끔허네. 안 그렇게 봤는데 말이여."

늙은 경비의 느릿한 중얼거림을 따라 거실에 들어선 원준은 기이한 낯섦과 마주쳤다. 모든 것이 제 자리에 있어 보였다. 누군가 침입한 흔적은 없었다. 거실을 한 바퀴 빙 둘러보던 늙은 경비는 안방 문을 열어보려 했지만 실패했다.

"안에서 잠갔네. 여행간 게 맞긴 한가 본데?"

모자를 한 번 고쳐 쓴 늙은 경비는 우두커니 서 있는 원준을 지나 현관 옆에 딸려 있는 작은 방으로 갔지만 그곳 역시 잠겨 있었다.

"아무래도 여행을 간 게 맞는 것 같은디? 고만 나가지 학생?"

늙은 경비의 재촉에 이끌려 움직이려던 원준은 낯선 소리에 움직임을 멈췄다.

"잠깐만요. 이 소리 안 들리세요?"

"무슨 소리? 암것두 안 들리는디?"

"저쪽이요."

원준은 두리번거리는 늙은 경비를 끌고 소리가 들리는 곳으로 걸어갔다. 부엌 옆에 딸린 화장실 문에 귀를 갖다 댄 원준은 손짓을 했다.

"이 안에요. 무슨 소리가 들려요."

"워디. 좀 비켜 봐."

문에 귀를 바짝 들이댄 늙은 경비가 긴가민가한 표정으로 원준을 쳐다봤다.

"뭔가 있는 것 같기는 헌데."

"비켜 보세요."

몇 발자국 뒤로 물러난 원준의 말에 늙은 경비가 손사래를 쳤다.

"뭐 하려고? 문 부수려고? 어림도 없는 소리 하지도 마. 나 여기 짤리면 노숙자 신세여."

원준은 징징거리는 소리를 하는 늙은 경비를 무시하고는 힘껏 몸을 날렸다. 하지만 경비가 한발 빨랐다. 원준의 허리춤에 바짝 달라붙은 경비가 말했다.

"증말, 나 짤리는 거 보고 싶어? 그리고 여행 같은 거 가도 현관문이나 잠그지 화장실 문 잠그는 사람은 없어."

손사래를 친 경비 아저씨가 문고리를 살짝 돌리자 열리는 소리가 났다. 맥이 빠진 원준을 향해 히죽 웃어 보인 경비 아저씨가 화장실 안의 어둠을 쳐다보며 말했다.

"불이 어딨더라."

손목을 살짝 집어넣어 안쪽 벽을 더듬거리던 늙은 경비가 갑자기 꽥하는 비명 소리와 함께 뒤로 나자빠졌다. 그리고 무슨 일이냐고 묻기도 전에 튀어나온 그것이 늙은 경비의 쓰러진 몸을 훌쩍 뛰어넘어 버렸다.

"이 망할 놈의 고양이 같으니라고. 간 떨어질 뻔 했네."

방금 전까지 몸을 숨기고 있던, 어둠만큼이나 까만 고양이는 겅중거리며 이리저리 뛰어다니다가 벽에 붙은 소파 위로 훌쩍 뛰어 올라갔다. 발끝을 혀로 핥으며 가볍게 우는 고양이에게 늙은 경비가 욕지거리를 내뱉었다.

"젠장맞을, 아파트 안에서 애완동물은 그렇게 안 된다고 했는디."

그 사이 화장실 문은 완전히 열렸다. 거실의 빛이 밀려들자 어둠은 몇 발자국 뒤로 물러났다. 벽에 붙은 양변기와 욕조가 어스름한 빛 속에서 흐릿한 윤곽을 드러냈다. 무심코 그곳을 쳐다보던 원준은 화장실의 네모난 타일과 욕조 모퉁이에 묻은 얼룩을 보고는 그대로 굳어졌다. 빛이 서서히 어둠을 집어삼키면서 시커먼 얼룩은 차츰 자신의 색깔을 찾아갔다.

"피……."

원준은 여전히 정신을 못 차리는 늙은 경비를 놔두고 화장실로 걸어 들어갔다. 높은 대리석 문턱을 넘자 하얀색 타일들이 깔린 바닥이 보였다. 타일과 타일 사이의 하얀 틈에도 핏자국이 드문드문 흩어져 있는 것이 보였다.

"워매, 이건 또 뭐시여? 안에서 돼지라도 잡은 겨?"

어느 틈에 정신을 차렸는지 원준의 뒤에 바짝 붙은 늙은 경비가 속삭였다. 뜨끈한 입 냄새가 긴장으로 소름이 잔뜩 돋은 어깨에 서리처럼 내려앉았다. 적당한 대답을 찾는 사이 발걸음은 이미 욕조 바로 앞까지 도달했다. 이번에도 등 뒤의 늙은 경비가 먼저 비명을 질렀다.

"워매, 이게 뭐여? 피 아녀? 온통 피여, 피."

분홍색 플라스틱으로 만든 욕조 안은 경비의 말만큼은 아니지만 군데군데 핏자국들이 보였다. 말랑말랑해진 붉은 피가 진흙처럼 욕조 바닥에 군데군데 달라붙었다. 늙은 경비가 발을 동동 구르는 동안 원준은 욕조의 배수구를 향해 고개를 숙였다. 은색 테두리에 뭔가가 걸려 있었다. 손가락으로 조심스럽게 들어 올리자 붉은 늪 속에 잠겨 있던 나머지 부분도 함께 딸려 나왔다. 긴 머리카락, 환하게 웃던 다슬이의 어깨에서 찰랑거리던 머리카락, 원준은 맥이 탁 풀렸다.

"아저씨."

"왜?"

"아무래도 경찰을 불러야겠죠?"

"으응, 그려야겠지?"

늙은 경비가 허둥지둥 바깥으로 나갔다. 터덜터덜 거실로 나온 원준이 힘없이 쭈그려 앉자 소파에 앉아 있던 고양이가 기다렸다는 듯 그의 발목에 턱을 비볐다. 원준은 손을 들어 고양이의 머리를 쓰다듬었다.

"대체 무슨 일이 벌어진 거니?"

소파에 올라앉은 원준은 연신 머리를 부비는 고양이에게 물었다. 밖에서는 경비 아저씨가 이를 어쩨, 나는 죽었다 하고 중얼거리며 엘리베이터를 타는 소리가 들려왔다. 얌전하게 있던 고양이가 갑자기 마음이 변했는지 반쯤 열려 있는 현관문으로 뛰쳐나갔다. 고양이를 따라 현관 밖으로 나온 원준은 그제야 경비 아저씨가 열쇠 구멍에 열쇠를 그대로 꽂아 둔 걸 발견했다. 아무 생각 없이 열쇠를 뽑아 호주머니에 집어넣은 원준은 계단을 두리번거렸지만 고양이는 유령처럼 사라져 버렸다.

탈출

토요일 오후 2 : 12

　사진을 들고 그대로 굳은 듯 서 있던 강형모는 멀리서 들려오는 경찰차의 사이렌 소리에 퍼뜩 정신을 차렸다. 서욱철이 가택침입으로 경찰에 신고했을 수도 있다는 생각이 들자 강형모는 다급해졌다. 액자를 서랍장에 내려쳐서 깨뜨리고 안에 있던 사진을 꺼냈다. 그 와중에 엄지손가락이 유리 조각에 찔렸다. 손을 털자 미세한 핏방울들이 어수선하게 펼쳐진 종이상자 위로 후드득 비처럼 쏟아졌다. 사진을 접어서 주머니에 집어넣은 강형모는 방 안을 한 번 둘러보고는 부서진 현관문을 빠져나왔다. 서욱철이 도망치면서 급하게 밀어 버렸는지 현관문의 유리는 절반 넘게 부서져 바닥에 깔렸다. 어둠을 뚫고 계단을 오르면서 바깥 동정을 조심스럽게 살펴봤지만 계단 위의 주인집 현관문 쪽에서는 아무런 인기척도 느껴지지 않았다. 한결 마음이 놓인 강형모는 살짝 열린 대문을 열고 바깥으로 나왔다. 골목

바깥에서 지나가는 사람들의 짧은 흔적이 보였지만 골목 안 어디에도 서욱철의 모습은 없었다. 마지막 긴장감을 털어버린 강형모는 골목길 끝에 주차돼 있는 제네시스로 향하면서 중얼거렸다

"독거미한테 애들 몇 명만 빌려 달라고 해서 서욱철만 잡으면 돼. 털면 분명 뭔가 나올 거야."

스마트키로 잠금을 해제한 강형모는 검게 선팅된 유리창으로 하얀 빛이 다가오는 걸 느꼈다. 그리고 뭔가를 깨닫거나 받아들이기 전에 거대한 충격이 그를 붙잡아 내동댕이쳤다. 엑스터시를 처음 받아들고 양주와 함께 들이켰을 때처럼 머릿속이 펑 터져 버린 것 같았다. 힘이 풀린 다리가 꺾이면서 그 자리에 주저앉은 강형모의 머리 위를 스치고 지나간 야구방망이가 운전석 유리창을 산산 조각냈다. 비처럼 쏟아져 내린 유리 조각 사이로 퉁퉁 부은 서욱철의 모습이 보였다. 손바닥에 침을 뱉고 야구방망이를 단단히 움켜쥔 서욱철이 흐느적거리는 의식 속에서 헤매고 있던 강형모에게 소리쳤다.

"개새끼, 오늘 한번 죽어 봐라."

바람을 가르며 날아온 야구방망이는 얼굴을 겨냥했지만 마지막 순간 운전석 문에 기대고 있던 강형모가 앞으로 살짝 기울어지는 바람에 어깨 끝자락에 떨어졌다. 쿵하는 충격과 소리가 온몸으로 퍼져 나갔고, 튕겨 나간 야구 방망이가 광대뼈에

만만찮은 충격을 주었지만 강형모는 꼼짝도 하지 못했다. 다시 날아온 야구방망이가 앞으로 한껏 기울어진 강형모의 옆머리를 스쳐 지나갔다. 문짝이 움푹 파일 정도의 충격을 고스란히 받아들인 강형모는 그대로 쓰러지고 말았다. 서욱철은 쓰러진 강형모의 머리를 야구방망이로 꾹 찔렀다. 머릿속을 떠돌던 아픔이라는 벌레가 야구방망이에 눌린 옆머리로 모여드는 것 같았지만 찡그릴 기운조차 없었다.

"미진이 어디다 가둔 거야? 어디 가둬 두고 도장 받으려고 했지? 지난번에 말했지. 미진이 몸에 손만 대도 넌 죽음이라고 말이야. 말해! 미진이 어디 있어!"

툭툭거리는 충격에 머리가 차츰 앞바퀴 쪽으로 빨려 들어갔다. 코와 머리의 상처에서 흘러나온 피가 차에서 흘러나온 기름처럼 도로를 적셨다. 축 늘어진 강형모의 두 다리를 끌어낸 서욱철이 야구방망이로 무릎을 내려쳤지만 이번에도 아픔 대신 파도 같은 출렁거림만 머리에 닿았다. 그러는 사이 지나가는 사람들이 하나둘씩 발걸음을 멈추고는 심상치 않은 눈길을 던졌다. 휴대폰을 만지작거리는 사람들을 본 서욱철이 사납게 으르렁거렸다.

"신고하지 마. 경찰 부르기만 해 봐! 다 죽여 버린다."

지켜보던 사람들이 한 걸음씩 뒤로 멀어졌지만 눈길은 조금도 줄지 않았다. 그리고 잠시 후 끊어졌던 사이렌 소리가 들렸다.

"아, 어떤 새끼야! 어떤 씹할 놈이 신고한 거야!"

눈을 치켜뜬 서욱철이 둥그렇게 몰려든 사람들에게 방망이를 겨누면서 소리쳤다. 그 사이 사이렌 소리는 더 가깝게 들려왔다. 겨우 기운을 차린 강형모는 주머니에 손을 넣어 차 문을 잠갔다. 야구방망이를 내동댕이친 서욱철이 축 늘어진 강형모를 밟은 채 차 문을 열려고 했지만 문은 요지부동이었다. 다급해진 서욱철이 강형모의 멱살을 움켜쥐었다.

"키 어디 있어. 빨리 안 내놓으면 죽는다."

축 늘어진 강형모는 눈만 껌뻑거렸다. 몇 번이고 윽박지르던 서욱철은 결국 강형모를 내팽개치고는 큰 길 쪽으로 뛰기 시작했다. 멀찌감치 서서 웅성대던 사람들이 그제야 일제히 휴대폰 버튼을 눌러대기 시작했다.

찌그러진 운전석 문짝에 기댄 채 겨우 몸을 일으킨 강형모는 콜록거리며 문을 열었다. 충격 때문에 느끼지 못했던 아픔이 그제야 모습을 드러냈다. 어깨뼈는 거대한 못으로 긁어 대는 것같이 욱신거렸다. 깨진 유리 조각이 수북이 깔린 운전석에 앉자 통증에 못 이긴 목이 뒤쪽으로 휘청거렸다. 침과 함께 섞여 나온 피가 이미 피로 얼룩진 턱을 흘러 내려갔다. 겨우 제자리로 돌아온 목이 받쳐 준 시선이 멀리 도망치는 서욱철의 모습을 잡아냈다. 갑자기 격렬한 복수심이 아픔을 제압했다. 그르렁거리는 신음 소리와 함께 시동을 걸자 상처 입은 제네시스가 복수를 욕망하면서 살아났다. 뒤틀린 발로 엑셀을 밟자 차는 화살처럼 튕겨 나갔다. 호기심을 앞세운 채 조심스럽게 다가오던 구경꾼들이 비명을 지르며 뒤로 물러났다. 강형모의 제네시스는 삼거리분식 앞에 놓인 파라솔과 플라스틱 의자를 들이받아 버렸다. 구석에 서 있는 전봇대를 아슬아슬하게 스쳐 지나간 제네시스는 벽을 쭉 긁고서야 겨우 균형을 찾았다.

무모할 정도로 가속하는 제네시스를 본 서욱철은 기겁해서 옆 골목으로 숨어 들었다. 놀랄 만한 반사신경으로 핸들을 튼 강형모는 좁은 골목길을 따라 허겁지겁 도망치는 서욱철의 모습을 보고는 곧장 속력을 높였다. 오랜 운전 경험상 그 골목이 어디쯤에서 끝날지 알 수 있을 것 같았다. 아까 차를 세워 둔 반석교회 쪽 골목길로 접어든 강형모는 속으로 숫자를 셌다. 다섯에서 여섯으로 넘어갈 즈음 서욱철의 모습이 골목에서 툭 튀어나왔다. 제네시스를 본 서욱철은 반대쪽으로 몸을 돌려 뛰기 시작했다.

"이 씹할! 뒈져!"

브레이크가 잡아 두고 있던 속력이 얹힌 제네시스는 먹이를 쫓는 사냥개처럼 그대로 서욱철을 덮쳤다. 이빨로 변한 범퍼가 서욱철의 뒷무릎을 잡아챘고, 앞발 같은 보닛이 뒤로 넘어진 서욱철을 강타했다. 보닛에 얹힌 서욱철의 머리가 쭉 미끄러지면서 제네시스의 앞 유리창을 강타했다. 쿵 하는 소리와 함께 제네시스의 앞 유리창에 거미줄 같은 균열이 순식간에 퍼져 나갔다. 축 늘어진 서욱철의 몸이 보닛 옆쪽으로 스르륵 미끄러졌다. 차를 세운 강형모는 뒷덜미를 짓누른 통증에 못 이겨 짐승 같은 비명을 지르며 문을 열었다. 그리고 길바닥에 쓰러진 서욱철을 질질 끌고 와서 조수석에 앉혔다. 차를 출발시키려던 강형모는 서욱철의 몸에 안전벨트를 채우고는 잔혹하게 웃었다.

"씹할, 차 조심해야지."

상처뿐인 영광을 얻은 제네시스는 하얀 배기가스를 한 모금 남기고는 다시 출발했다. 마당 감나무에 물을 주던 아줌마는 개집을 딛고 서서 그 모습을 처음부터 끝까지 지켜보았다. 제네시스가 멀어져 가자 고혈압이 있는 아줌마는 풍선처럼 부풀어 오른 숨을 겨우 참으면서 앞치마에 넣어 두었던 하얀색 휴대폰을 꺼냈다.

사라진 사람들

토요일 오후 2 : 49

원준은 기가 막히다는 눈길로 경찰들을 쳐다봤다. 무려 30분 만에 나타난 경찰들은 귀찮다는 표정을 굳이 숨기려 들지 않았다.

"아니, 그러니까 목요일까지는 봤다는 얘기 아니에요. 오늘이 토요일인데 며칠 더 기다려 보고 신고하든지 해야죠, 애들도 아니고 다 큰 어른들이잖아요."

늙은 경비는 멀찌감치 물러나 자물쇠가 달린 것처럼 입을 다물었고, 문을 열어 준 열쇠 아저씨는 보이지도 않았다. 경찰차의 사이렌 소리를 듣고 몰려나온 사람들의 호기심 어린 눈길 속에 갇혀 버린 원준은 어이가 없다는 듯 손을 흔들어 댔다.

"제가 말씀 드렸잖아요. 어제 놀러 가기로 했던 애가 아무 말도 없이 안 나왔고요. 오늘도 아르바이트 해야 하는데 안 나왔고요. 전화도 아까부터 계속 안 받는다니까요. 무슨 일이 일어난 게 틀림없다니까요. 아까 경비 아저씨도 가족들이 여행 간 게 카메라에 안 잡혔다고 했잖아요."

"이런 식으로 따지면 경찰 일 못 봐요. 학생도 사회 나와 봐. 어느 날 간절하게 훌쩍 떠나고 싶을 거야. 지금 내가 딱 그렇다니까."

"욕조에 있는 핏자국 좀 보세요. 이상하지 않아요?"

"경찰 생활 하다 보면 더 이상한 것 많이 봐. 한 번은 화장실이 막혔다고 해서 출동했더니 변기에 미역줄기들이 가득하더라고, 멍청한 주인아줌마가 음식물 쓰레기봉투 값이 아깝다고 상한 미역국을 통째로 변기에 부어 버리고 물을 내린 거야. 학생은 살다가 코피 한 번 안 흘려 봤어?"

"당신 경찰 맞아요? 시간제 알바해요?"

격분한 원준의 말에 젊은 경찰의 얼굴이 일그러졌다. 무전기를 들고 서성거리던 늙은 경찰이 두 사람 사이에 끼어들었다.

"김 순경. 민원인한테 그게 무슨 태도야. 그리고 학생도 좀 진정하고 이리 와 봐."

늙은 경찰은 씩씩대는 원준을 경비실 구석으로 끌고 갔다.

"내가 학생 심정 모르는 게 아니야. 하지만 절차라는 게 있잖아. 원래 실종신고는 이렇게 며칠 만에는 안 받아 줘. 김 순경 얘기대로 머리 식힌다고 며칠 훌쩍 떠나면서 휴대폰 꺼 놓는 사람들이 얼마나 많은데."

"약속도 팽개치고요?"

"그래, 자존심 상하겠지. 여친이 말도 안 하고 바람맞히고 갑자기 여행을 가 버렸으니까, 그런데 말이야. 연애를 하다 보면 이런 일, 저런 일 다 생겨. 아직 어려서 잘 모르는 모양인데 이런 일은 비일비재해. 그러니까 학생도 이만 진정하고 며칠 있다가 연락이 없으면 그때 다시 신고해. 최소한 일주일 정도 지나지 않으면 대한민국 어떤 경찰서에서도 실종신고는 안 받아. 우리도 사람인데 일일이 다 상대 못 해. 알았지? 일단 이런 일이 있다는 보고는 올릴 테니까 너무 걱정하지 말고 집에 돌아가서 기다려 봐. 무소식이 희소식이라잖아."

맥이 탁 풀린 원준이 우두커니 서 있는 틈을 타 경찰 둘은 서둘러 경찰차에 올라타고 돌아가 버렸다. 웅성대던 아줌마들도 하나둘씩 사라졌다. 눈물이 샘솟은 원준은 계단에 걸터앉아 손등으로 흘러내리는 눈물을 닦아 냈다. 시선이 하나둘 사라지자 멀리서 지켜보던 늙은 경비가 헛기침을 하면서 다가왔다.

"그러게, 괜히 경찰을 불러가지고는 말이야. 학생도 얼른 집에 들어가. 나도 까딱하면 이거 경위서 감이네."

"원래 사람들 다 이래요?"

훌쩍거리며 눈물을 삼킨 원준의 말에 늙은 경비는 애매한 웃음을 지어 보였다.

"요즘 시상은 지한테 눈곱만큼의 이득도 없으면 애미 애비가

134

죽어도 쳐다도 안 봐요. 아니면 텔레비에 큼지막하게 나든지. 어이구, 부녀회장이다. 나 이만 들어간다."

허둥지둥 계단을 올라간 늙은 경비가 문을 닫고 자리에 앉았다. 한 무리의 아줌마들이 재잘거리며 다가오는 걸 본 원준은 엉덩이를 털고 일어났다.

답답한 마음에 길가의 돌조각을 걷어차려던 원준은 발목에 매달린 고양이 때문에 균형을 잃을 뻔했다. 다슬이의 집에 있던 검은색 고양이였다. 귀를 쫑긋거리며 꼬리를 흔드는 모습을 본 원준은 말없이 고양이를 끌어안고 가지고 온 가방 안에 집어넣었다. 아주 예전 할머니 집에서 기르던 고양이도 이런 식으로 데려왔었다는 얘기를 들은 적이 있었다. 원준이 한국의 외할머니 집에 드나들 때마다 차츰 늙어 가던 고양이는 몇 년 전 소파에서 햇볕을 쬐다가 눈을 감았다. 가방 안에 들어간 고양이가 답답한지 꿈틀거렸다.

"미안, 답답하지."

가방 지퍼를 살짝 여느라 잠시 멈춘 원준의 머릿속에 번뜩이는 생각이 스쳐 지나갔다. 휴대폰을 꺼낸 원준은 전화번호을 검색했다. 한참을 내려가는 전화번호 중에 원하는 걸 찾은 원준은 통화버튼을 눌렀다. 십대 아이돌 여가수의 노래가 흘러나오고 나서 낯익은 목소리가 들렸다.

"어, 어디야?"

"잠깐 일이 있어서 나왔어요. 어디에요. 선배?"

"아씨, 말도 마라. 원래 쉬는 날인데 끌려 나왔어. 여당 김성식 의원 영장 심사 때문에 대기하라잖아."

"저, 부탁 좀 드릴 게 있는데요."

"뭔데? 네 부탁이면 들어줘야지. 대신 우리 딸내미 영어 과외 좀 해 줘."

"과 친구가 이틀째 실종 상탠데요, 경찰에 신고했더니 들은 척도 안 하더라고요."

"그거야 뭐, 실종신고는 원래 일주일은 지나야 관심을 가져. 그것도 범죄일 것 같을 때에만 그렇지. 요즘 무작정 잠수 타고 사라지는 사람이 한둘이 아니잖아."

"방금 그 친구 집에 가 봤더니 화장실 욕조 안이 온통 피투성이였어요."

"그래, 근데 그것만 가지고는 약한데? 아는 짭새가 있긴 한데 말이야."

미지근하지만 반응이 오는 것 같자 원준은 재빨리 속삭였다.

"근데 그 집에 영화배우 있잖아요. 강형모라 그랬나? 그 사람이 드나들었대요. 갑자기 여행을 간 것도 그 사람이랑 같이 갔다고 하는데 감시 카메라에는 가족들이 여행을 가는 모습이 안 잡혔어요."

"뭐? 그게 정말이야?"

단조롭던 휴대폰 너머의 목소리가 갑자기 높아졌다. 원준은 아파트 담장을 따라 걷다가 과일 가게 옆에 서서 말을 이어갔다.

"예, 제가 부탁해서 경비 아저씨가 그날 감시카메라를 돌려 봤는데 그 집 가족들이 한꺼번에 나가는 걸 못 봤대요."

"뭐야. 그럼 여행을 갔다고 하는데 정작 가족들은 여행을 가지 않고 증발해 버린 거네. 집 안에도 들어가 봤다고?"

"네, 경비 아저씨한테 부탁해서 들어가 봤는데 아무도 없었어요. 방문은 다 잠겨 있었어요."

"그 집 어디야? 잠깐, 적어야 하니까 잠깐만, 됐어. 말해 봐."

"목동 영화아파트예요. 주소는 천삼백사십이 동 천사백오 호고요. 들어가면서 봤는데 집 주인 이름은 서미진이었고요. 그 친구 이름은 박다슬이에요."

"강형모가 드나들었다는 거 확실해?"

"예, 경비 아저씨가 똑똑히 봤대요. 어제도 들렀다던데요."

"오케이. 이 정도면 나쁘진 않은데. 강형모 아저씨가 또 한 건 터트려 주는군."

"그 사람이 왜요?"

원준은 들뜬 목소리의 선배에게 물었다.

"몰랐니? 아 씨, 걔 완전 쓰레기잖아. 영화 좀 떴다고 여기저기 사업하다가 말아먹고, 이혼소송 중에 약 처먹고 사고 치다가 걸려서 완전 망가졌어. 요즘은 사기 치고 도망 다니는 중이야. 한때는 찍었다 하면 기본이 백만이라고 해서 영화제작자들이 돈다발을 들고 쫓아다녔다던데 말이야."

설명을 들은 원준은 어이가 없어져서 되물었다.

"어떻게 그런 사람이 감옥에 있지 않고 돌아다닐 수 있죠?"

"뭐 모르는 사람들이야 아직도 영화배운 줄 알겠지. 암튼 고맙다. 안 그래도 요즘 데스크한테 쪼이고 있던 중인데 말이야. 나머진 내가 다 알아서 할 테니까 나만 믿어. 일단 그쪽으로 기자 보내서 테이프랑 증언만 확보하면 완전 우리만의 특종이잖아."

"그 사람 찾으면 다슬이의 행방을 알 수 있을까요?"

"강형모에 관한 마지막 정보가 물주가 될 만한 여자들을 후리러 다닌다는 거였어. 아마 서미진 씨도 그렇게 걸려든 것 같은데?"

"그럼 그 사람 찾으면 다슬이 행방도 알 수 있는 건가요?"

"누구? 아아, 그럼. 아마 억지로 여행 가자고 해 놓고는 사업 자금 좀 달라고 꼬드기고 있겠지. 술자리에서 한 번 봤는데 말발 장난 아니야. 거기다 허리 힘이 장난 아니라서 한 번 걸리면 다들 완전히 뿅 간다잖아."

원준은 키득거리는 선배에게 힘주어 말했다.

"그럼 그 사람 행방을 좀 찾아 봐 주세요."

"염려 말라니까, 기사 뜨면 깜짝 놀라서 제자리에 잘 모셔다 놓을 거야. 지금으로서는 그게 제일 빠른 방법이니까 나한테 맡겨. 지금 데스크한테 가 봐야 하니까 이따 통화하자. 네가 이렇게 선배를 살려주는구나. 고맙다. 나중에 곱창 쏠게."

통화를 끝낸 원준은 휴대폰을 주머니에 넣었다. 이대로 집에 돌아갈 수는 없었다. 과일 가게 옆 담장에 서서 지나가는 차들을 물끄러미 바라보던 원준은 단서가 될 만한 기억을 필사적으로 더듬어 보았다. 그러다 불쑥 한 단어가 튀어나왔다.

"개봉동. 진짜 집은 거기라고 했어."

집으로 데리러 가겠다는 말에 다슬이는 쓸쓸하게 웃으며 이렇게 대답했다. 진짜 집, 진짜 집은 개봉동에……. 원준은 아파트 위로 교회 첨탑처럼 삐죽 솟은 현대백화점 건물을 바라보며 횡단보도를 건너갔다.

자백

토요일 오후 03:08

신호를 받아 나란히 선 옆 차의 시선이 사라진 운전석 유리창 너머로 스며들어 왔다. 차를 따라 서부간선도로로 들어섰지만 줄을 지어 늘어선 앞차들 때문에 다른 차의 시선을 떨어뜨릴 만한 속도가 나지 않았다. 옆으로 빠질 만한 길을 찾아봤지만 다들 몇 년 새 들어선 아파트로 들어가는 진입로뿐이었다.

"이러다 경찰이라도 만나면 곤란한데."

병원에 가는 중이라고 둘러댈 작정이지만 누가 봐도 의심이 가는 상황이 뻔했다. 차라리 트렁크에 넣어 버릴걸 하고 고민하는 사이 나란히 선 파란색 K9에서 불빛이 번쩍거렸다. 놀란 강형모가 쳐다보자 휴대폰을 손에 쥔 젊은 청년이 애매한 웃음을 지어 보였다. 서부트럭터미널을 지났지만 속도는 조금도 빨라지지 않았다. 그 사이 의식을 잃고 옆 자리에 앉아 있던 서욱철이 가느다란 신음 소리와 함께 머리를 흔들어 댔다. 강형모는 손을 뻗어 서욱철의 한쪽 귀를 비틀어 잡았다. 무지막지한 신음 소리와 몸부림이 이어졌지만 강형모는 개의치 않았다.

"내 손에 죽고 싶지 않으면 다 털어놔."

"넌 뛰어 봤자 벼룩이야."

쥐어 짜내는 것 같은 서욱철의 목소리는 그가 푼돈이나마 벌 생각으로 출연한 싸구려 공상과학 영화에 나오는 악당의 기계 음처럼 들렸다. 강형모는 주변을 슬쩍 살펴본 후 너덜거리는 서 욱철의 턱을 주먹으로 후려쳤다. 신음 소리와 함께 서욱철의 몸 이 심하게 흔들렸다. 그 사이 사거리를 지난 차들이 속력을 내 기 시작했다. 강형모는 오른쪽으로 빠지는 오르막길을 보고는 곧장 핸들을 꺾었다. 보기보다 심한 오르막길로 끌려간 제네시 스가 힘겹게 헐떡거렸다.

앳된 얼굴을 한 마네킹이 공사 중이라고 적힌 표지판을 들고 있는 곳을 지나자 온통 파헤쳐진 땅이 눈앞에 펼쳐졌다. 과속 방지턱까지 넘어서자 비탈길이 끝났다. 녹슨 덤프트럭들이 줄 지어 늘어선 사이로 차를 세운 강형모는 꿈틀거리는 서욱철에 게 다시 주먹을 날렸다. 잠겨 있던 고통이 다시 돋아나면서 몸 속에서 비명이 들려왔지만 폭력에 젖어 버린 강형모는 애써 무 시했다. 고통을 잊으려 연달아 주먹을 날리자 견디다 못한 서욱 철이 손사래를 쳤다.

"다 털어놔 봐."

"미진이랑은 고아원 동기였어."

"고아원 동기?"

주먹질을 멈춘 강형모의 물음에 서욱철은 피범벅이 된 입술을 핥으며 고개를 끄덕거렸다.

"거기서 나온 애들이 할 건 뻔해. 여자는 술집으로, 남자는 노가다판이지. 그렇게 몇 년을 살다가 우연히 만났다. 걔도 술집을 전전하던 중이었고, 둘이 합쳐서 살림을 차렸는데 할 건 뻔하잖아. 그러다가 어차피 이렇게 살 거 크게 한탕 하자고 했지."

"그래서 넌 남동생인 척 하고 부인이 돈 많은 남자들을 꾀었던 거야?"

"돈 벌기 쉽더군."

"그러니까 마누라를 돈 많은 졸부랑 결혼시킨 다음에 이혼을 시키고 돈을 뜯어낸 거야? 마누라가 딴 남자랑 그 짓하는 걸 뻔히 보면서?"

"내가 이 짓 하면서 배운 게 뭔 줄 알아? 놈들은 늙으나 젊으나 다 똑같다는 거야. 그래, 나 마누라 팔아서 돈 벌었어. 근데 이놈의 세상은 그렇게 하지 않으면 우리같이 못 배우고 빽 없는 것들한테는 기회도 안 주더라. 알아?"

"그럼 나한테도 돈을 뜯어내려고 접근한 거야?"

"당연하지. 너 같은 쓰레기한테 무슨 볼일이 있겠어. 마누라도 지금까지 만나 본 놈 중에 네가 제일 재수 없다고 했어."

"개 같은 것들. 그래, 나 빈털터리야. 빚이랑 불알 두 쪽밖에 없어."

"알아. 마지막 영감한테 두둑이 털어 내고 정말 손 씻으려고 했거든, 근데 우리 같은 놈들 등쳐 먹는 것들도 있더라. 반도체 어쩌고 하는 회사에 몽땅 쓸어 넣었는데 간판만 남겨 놓고 다 중국으로 튄 거야. 뭐, 어쩌겠어. 배운 게 이것뿐이라서 말이야."

강형모는 허탈하게 웃는 서욱철에게 다시 주먹을 날렸다. 조수석 창가로 피가 채찍처럼 튀었다.

"내가 개털인 걸 알고도 이런 거야? 왜?"

옆구리를 계속 때리자 서욱철은 손사래를 치면서 애원하는 척하다가 갑자기 주먹으로 그의 목을 쳤다. 갑작스러운 충격에 혼란스러워하는 사이 안전벨트를 푼 서욱철은 문을 열고 밖으로 뛰쳐나갔다. 차를 돌릴 만한 공간이 없었다. 욕지거리를 내뱉은 강형모는 문을 열고 내리막길로 뛰어 내려가는 서욱철을 뒤따라갔다. 뒤뚱거리며 도망치던 서욱철은 뒤쪽을 흘끔 쳐다보고는 덤프트럭 사이로 모습을 감췄다. 강형모는 무릎이 사정없이 지르는 비명을 애써 무시하고 뜀박질을 계속했다. 서욱철의 모습이 사라진 곳은 공사장이었다. 파헤쳐진 언덕을 따라 세워진 컨테이너를 지나자 멈춰 선 포크레인들이 곳곳에서 눈에 떠었다. 걸음을 멈추고 헉헉대던 강형모의 눈에 모래 언덕을 기어 올라가는 서욱철의 모습이 잡혔다. 후들거리는 무릎을 끌고 다시 뜀박질을 시작한 강형모는 모래 언덕 옆에 있는 좁은 언덕길로 접어들었다. 경사진 언덕 위편에는 콘크리트 기둥과 비계가 설치된 건물이 보였다. 발이 푹푹 빠지는 모래 언덕보다는 나을 것 같았지만 지칠 대로 지친 몸은 겨우 걸음을 뗴었다.

공사장 인부들이 벽돌과 모래를 나를 때 쓰는 비계로 뛰어 올라가는 서욱철의 모습이 보였다. 가쁜 숨을 몰아쉬면서 한 걸음 한 걸음 옮긴 강형모는 비계로 올라가는 쇠파이프를 붙잡고 헉헉거렸다. 밑바닥에서 올라온 구역질이 피와 섞여 기침처럼 콜록대게 했다. 오기와 두려움이 다시 강형모의 걸음을 옮기게 만들었다. 합판에 각목을 대서 만든 비계의 발판은 발을 디딜 때마다 설익은 비명을 토해 냈다. 머리 위에서 들려오는 쿵쿵거림을 쫓아가던 강형모는 갑자기 소리가 사라져 버리자 걸음을 멈췄다. 철근이 가시처럼 튀어나온 기둥들이 뱉어낸 어둠들 사이로 쌓다 만 벽돌더미와 모래더미들이 보였다. 조심스럽게 건물 안으로 들어서고 나서야 4층이나 5층쯤 되는 높이가 현기증을 심어 주었다. 텅 빈 건물 안을 스쳐 지나가는 바람이 내는 굉음이 고장 난 스피커의 지직거림처럼 들려 왔다.

몇 걸음 옮기던 강형모가 무기가 될 만한 걸 찾으려고 고개를 숙이는 순간 기둥 뒤에 숨어 있던 서욱철이 쇠파이프를 휘둘렀다. 머리 위를 길게 스쳐 지나간 바람 소리에 놀란 강형모는 옆으로 몸을 굴렸다. 다시 쇠파이프가 날아들었고, 펄쩍 뒤로 몸을 날린 강형모는 발이 꼬이고 말았다. 비틀거리던 강형모의 옆구리에 쇠파이프가 날아들었고, 피하지 못한 강형모는 짧은 비명과 함께 꼬꾸라지고 말았다. 쓰러진 그의 눈에 기름통에 쑤셔 박힌 타다 남은 각목들이 보였다. 믿을 수 없을 만큼 빠르게 각목을 꺼내 든 강형모는 다가오는 서욱철의 발목을 향해 각목을 휘둘렀다. 까만 숯가루가 먼지처럼 흩날렸다.

발목을 강타당하고 주춤거리는 서욱철을 향해 기름통을 걷어찬 강형모는 출렁거리는 고통이 담긴 옆구리를 부여잡고 일어섰다. 서욱철은 넘어진 기름통을 걷어차며 그대로 덤벼들었다. 뒤엉킨 둘은 기둥과 모래더미를 지나 계속 굴러갔다. 그러다 간신히 시멘트로 만든 계단 끄트머리에서 멈춰 섰다. 아래에 깔린 강형모는 연달아 날아드는 서욱철의 주먹을 고스란히 뒤집어쓰다가 버둥거리던 두 팔로 서욱철의 얼굴을 움켜잡았다. 마지막 남은 힘을 쥐어짜 내며 몸을 옆으로 굴려 서욱철을 떨쳐 버리려고 했지만 균형을 잃은 몸뚱이는 계단으로 굴러 떨어지고 말았다.

숨이 막힐 것 같은 고통이 엄습해 왔다. 계단에 튕긴 두 사람은 비계 바깥에 설치한 안전그물에 걸렸다. 거미줄에 걸린 먹잇감처럼 꼼짝도 못하게 된 강형모는 고개를 들어 바로 앞쪽에서 똑같은 꼴을 하고 있는 서욱철을 바라봤다. 피가 엉겨 붙은 서욱철의 시선과 마주치는 순간 위태롭던 안전그물이 끊어져 버렸다.

추락하는 몸을 그 아래층 안전그물도 받쳐주지 못했다. 안전그물을 지탱하던 각목도 부러져 버렸다. 엉킨 그물과 함께 추락한 강형모는 바닥에 떨어진 충격에 한 번 살짝 튕겨 올랐다가 축 늘어졌다. 몸속의 고통이 거대한 갈고리처럼 입 속에서 튀어나와 비명을 끌고 가 버렸다. 남의 것처럼 느껴지던 몸이 한쪽으로 스르륵 미끄러져 내렸다. 미끈거리는 먼지가 피로 끈적이는 코와 입으로 파고들었다. 한참을 미끄러지던 몸은 천천히 멈췄다. 자글거리는 고통들이 몸을 들쑤셔 댔지만 꼼짝도 할 수 없었다. 간신히 몸을 옆으로 기울였지만 어깨와 옆구리가 바닥에 닿으면서 새로운 고통이 몸속에서 자라났다.

처절한 비명을 지르며 겨우 몸을 돌린 강형모는 팔목과 무릎을 이용해 겨우 바닥에서 몸을 뗐다. 롤러코스터에서 막 지상으로 발을 디딘 것처럼 세상은 좌우로 요동쳤다. 몇 번의 실패 끝에 겨우 일어난 강형모는 시체처럼 꼼짝도 않고 있는 서욱철을 발견했다. 자신은 아까 서욱철이 기어 올라간 모래더미 위로 떨어져 그나마 충격이 덜했지만 서욱철은 포클레인이 파헤쳐 놓은 땅 위로 그냥 떨어진 것 같았다. 비틀거리며 서욱철에게 다가간 강형모는 있는 힘껏 발길질을 했지만 발목의 고통만 얻고 말았다. 신음 소리조차 내지 못하는 서욱철을 뒤집은 강형모가 간신히 멱살을 잡고 힘겹게 물었다.

"말해. 누가, 누가 시킨 짓인지 말하란 말이야!"

"미진이 어딨어. 손 끝 하나라도 건드리면 넌 죽어. 알아?"

"말하라고! 대체 왜 빈털터리인 줄 알면서 꼬리를 치라고 했는지 말이야!"

"죽여! 죽이라고!"

서욱철은 눈을 감은 채 횡설수설했다. 그 옆에서 무릎을 꿇은 강형모는 어찌해야 할지 갈피를 잡지 못했다. 어디로 끌고 가서 사실대로 털어놓을 때까지 쥐어짜고 싶었지만 끌고 갈 만한 상태가 아니었다. 어떻게든 차 있는 곳까지만 끌고 가자는 생각에 고개를 돌린 강형모는 눈앞에 펼쳐진 광경에 할 말을 잃었다. 도망치는 서욱철을 쫓느라 브레이크만 걸어 둔 게 화근이었다. 처음에는 저항했던 것 같다. 하지만 서 있기도 힘든 급경사와 바닥의 모래와 자갈들이 바닥에 붙으려는 타이어를 이겨 버렸다. 아래로 굴러간 제네시스는 녹색 덤프트럭 아래로 빨려 들어갔다. 마치 믹서기에 갈리다 만 채소의 잔해처럼 찌그러진 제네시스는 눌려 버린 뒤쪽에 대한 반항이었는지 본넷이 활짝 열려 있었다. 그리고 하얀 연기가 모닥불처럼 피어올랐다. 갑자기 식은땀이 이마에서 흘러 넘쳤다. 쓰러져 있던 서욱철의 흐흐거리는 웃음소리가 들려왔다. 화가 머리끝까지 치밀어 오른 강형모는 서욱철의 멱살을 잡고 얼굴을 한 대 때리려다가 허리띠에 매달린 차키 뭉치를 봤다. 강형모는 서욱철의 허리띠에 매달린 차키 뭉치를 뜯어 냈다.

"이봐, 당신들 뭐야!"

저만치서 들려오는 소리에 강형모는 퍼뜩 고개를 돌렸다. 언덕 위쪽에 세워진 컨테이너 박스 앞에서 안전모를 삐딱하게 쓴 털보가 손가락질을 하면서 소리쳤다. 한손에는 붉은색 몽키 스패너를 든 털보가 휴대폰을 꺼내 번호를 누르는 게 보였다. 빠져나가야 할 때였다. 강형모는 이를 갈면서 서욱철에게 소리 쳤다.

"너 꼼짝 말고 여기 있어. 경찰 불러와서 사기죄로 처넣어 버릴 테니까."

비틀거리며 일어난 강형모는 서욱철을 걷어차려 하다가 멈 칫하고는 발로 아랫배를 꾹 눌렀다. 발끝으로 요동치는 고통을 빨아들이던 강형모는 힘없이 돌아섰다. 고통이나 배신감보다 더한 두려움, 갈 곳이 없다는 절망감이 그의 발끝을 휘게 만들 었다. 멀리 출구가 보였다. 가지런하지 못한 발끝을 겨우 도로 쪽으로 맞춘 강형모는 오들오들 떨면서 걸음을 옮겼다. 노란 주 차금지 스티커가 덕지덕지 붙은 덤프트럭을 지나 도로로 나온 강형모가 중얼거렸다. 반쯤 으스러진 제네시스의 잔해에서 자 욱한 연기가 뿜어져 나왔다.

"서미진과 서욱철이 부부관계라고? 둘이 짜고 꽃뱀 노릇을 한 거라 이거지. 그런데 왜 나 같은 빈털터리한테 들러붙은 거지? 대체 누가 시킨 거지? 그 작자가 미진이를 죽인 거야? 말을 안 들어서? 시키는 대로 안 해서?"

연거푸 생각을 하는데 기침이 나왔다. 기침과 함께 나온 피가 발밑에 도장처럼 찍혔다. 차가 없다는 불안감이 기름을 끼얹은 불길처럼 마음속으로 한없이 번져 갔다. 땀으로 범벅이 된 손바닥을 펼치자 서욱철의 허리띠에서 뜯어낸 차키 뭉치가 눈에 들어왔다.

"빌어먹을! 염병할!"

후줄근한 한숨이 흘러나왔다. 당장이라도 드러누워 버리고 싶었지만 그럴 수 없었다. 고통스러웠지만 이야기가 완성되어 가는 중이었다. 누군가 서미진을 사주해 일부러 접근한 것이다. 돈이 목적은 아니었고, 다른 목적이 있었지만 웬일인지 서미진은 그의 요구대로 움직이지 않았다. 그래서 살해당한 것이다. 서욱철의 태도로 봐서는 서미진의 죽음에 그가 개입된 것 같지는 않았다. 그럼 처음 접근을 사주한 쪽에서 서욱철을 배제한 채 서미진과 아이들을 죽이고 누명을 씌운 것이다. 배신자도 처벌하고, 원래 목표였던 자신도 제거하려고 했던 것이다. 강형모는 터져 나오는 분노에 못 이겨 으스러진 제네시스의 타이어를 힘껏 걸어찼다. 발목의 고통이 오뚝이처럼 돌아왔지만 서늘한 심장은 고통을 거부했다. 폐에 구멍이라도 났는지 숨을 쉴 때마다 가슴 속에서 공기가 빠지는 소리가 들려왔다. 오르막길 아래 보이는 도로에는 성급하게 헤드라이트를 켠 차들의 행렬이 길게 이어졌다. 끊었던 담배 생각이 간절했다. 그 하얀 연기를 한 모금만이라도 맛볼 수 있다면 무슨 짓이든 할 수 있을 것 같았다. 강형모는 당연히 아무것도 들어 있지 않는 주머니를 뒤져 마술처럼 튀어나올 담배를 기대했다. 아무것도 나오지 않자 가상의 담뱃갑을 구겨 길가에 던지는 시늉을 했다.

"내가 이깟 담배에 질 것 같아?"

언제였더라. 이미지 변신을 해야 한다는 젊은 매니저의 꾐에 빠져 출연했던 멜로 영화의 턱없는 대사가 떠올랐다. 띠 동갑인 여대생과 사랑에 빠진 징글징글한 독신주의자이자 담배 마니아인 교수는 여대생이 임신한 아이가 남의 아이라는 오해가 풀리자 눈물을 글썽거리며 이런 대사를 내뱉었다. 영화에 쏟아진 온갖 악평 중 가장 인상 깊었던 건 '한 시간 반짜리 금연 공익광고'였다. 뒤이은 무수한 실패에 가려진 그때를 떠올린 강형모는 어지럽게 웃으며 비탈길을 걸어 내려갔다. 그러고 보니 그 여대생 역을 맡은 여자 배우와는 스캔들이 나지 않았다. 그래서인지 주변에서는 웬일이냐며 수군거렸다.

"씹할, 내가 아무나 건드리는 줄 알아?"

강형모는 비탈길을 걸어 내려오는 내내 지난 일을 떠올렸다.

기억의 조각들, 산산 조각나고 멀리 흩어져 버려 맞출 수 없었던 조각을 하나씩 꿰어 맞추고, 대사를 중얼거리자 기분이 조금 나아졌다.

"다시 옛날이 올까? 그 휘황찬란했던 시절이 말이야."

출연했던 영화의 대사였는지 아니면 그냥 흘러나온 말인지 모를 중얼거림은 질주하는 차들의 소음에 삼켜졌다. 흘러가는 차들을 보자 결심이 명확해졌다.

"일단 차, 차부터 구하고 나머지는 나중에 생각하자."

마침 속도를 줄이는 택시를 발견한 강형모는 두 손을 휘저으며 차 앞을 가로막았다. 강형모의 몰골을 본 택시 기사의 얼굴은 심하게 일그러졌다. 잽싸게 뒷좌석에 탄 강형모는 지갑에 든 만 원짜리를 한 장 꺼내 기사에게 팁으로 건네줬다.

"개봉동으로 갑시다."

"먼저 병원에 가셔야 하는 거 아닙니까?"

돈을 넘겨받은 택시기사가 한층 누그러진 목소리로 물었다.

"개봉동에 있는 병원으로 갈 겁니다. 서둘러 주세요."

그녀가 사는 집
토요일 오후 4시 09분

조각난 부산스러움이 바람처럼 전철역을 휘감았다. 돌풍에 휘말린 먼지처럼 흩어질 것 같던 사람들은 곧 승강장 양쪽에 있는 계단이나 중간쯤에 있는 엘리베이터로 모여들었다. 거미줄같이 엉켜 있던 신길역에서 1호선으로 갈아타고 개봉역에 도착한 원준은 계단을 올라가느라 출렁거리는 사람들의 어깨를 올려다보면서 계단을 올라갔다. 개찰구 앞에서 부산스럽던 행렬은 은색 막대기에서 벗어나는 순간 사방으로 흩어졌다. 사람들을 뒤따라 나온 원준은 그제야 개봉동이라는 동네에서 다슬이의 진짜 집을 어떻게 찾아야 할지 고민하기 시작했다. 사라진 다슬이가 그곳에 있을 것이라는 보장도 없었다. 스쳐 지나가는 사람들의 무심한 눈길과 거듭 눈싸움을 벌이던 원준은 휴대폰을 꺼내 아까 그 번호로 전화를 걸었다. 이번에는 금방 목소리가 들렸다.

"어, 원준이구나. 집이야?"

"아니요. 혹시 뭐 나온 거 있나요?"

"야, 한 시간밖에 안 됐어. 지금 시경 캡한테 연락해서 인적 사항 파악하는 중이야."

"다슬이가요. 자기네 진짜 집은 개봉동이라고 했거든요. 혹시 다슬이네 집 주소지가 개봉동에 하나 더 있나요?"

"개봉동? 가만, 야, 그 서류, 아니 그거 말고 그 옆에 거, 빨리 줘 봐. 어디보자. 남동생으로 나와 있는 서욱철이라는 사람 집이 개봉동이야. 개봉 이 동."

"남동생이라면 다슬이한테 외삼촌이 있단 말이에요?"

"그건 잘 모르겠고, 지금 캐고 있는 중이긴 한데 토요일이라서 시간이 좀 걸리나 봐. 근데 좀 이상한 게 있어."

"이상하다니요? 뭐가 이상하다는 거예요? 선배."

다그치듯 묻는 원준의 물음에 선배는 한 발짝 뒤로 물러섰다.

"어, 확실한 게 아니라서, 근데 그 사람 만난다고 네 친구 행방을 찾을 수 있겠어?"

"그냥 가서 물어보려고요. 혹시 주소지 알려 줄 수 있으세요?"

"내가 카톡으로 보내 줄게."

"고맙습니다. 선배."

"그 정도 가지고 뭘. 대신 다른 데에는 절대 얘기하면 안 돼. 알았지?"

"네."

얌전하게 대답하고 전화를 끊은 원준은 내려가는 계단 옆에 보이는 베스킨라빈스에 들어가서 아메리카노를 한 잔 시켰다. 김이 모락모락 나는 커피를 들고 돌아서는 순간 호주머니의 휴대폰에서 카톡이 왔다는 소리가 났다. 석환 선배가 보내준 주소지를 뚫어지게 바라봤지만 어디로 가야 할지 도무지 감이 잡히지 않았다. 난감해하던 그는 문 앞 테이블에 빼곡하게 모여 앉아 있던 여고생 무리들과 눈이 마주쳤다. 진작부터 원준을 쳐다보던 여고생들은 어깨 사이로 고개를 푹 숙이면서 킥킥댔다. 짧게 끊어지는 웃음소리 사이로 외국 배우들 이름이 섞여 나왔다. 고민하던 원준은 휴대폰을 들고 여고생들 쪽으로 걸어갔다.

"저 혹시 여기가 어디쯤인지 아세요?"

대답 대신 자기들끼리 '꺄야' 하는 환호성을 주고받던 여고생들은 원준의 물음에 엉뚱한 말들을 늘어놓았다.

"오빠, 미국 사람이에요?"

"아버지는 미국 사람, 어머니는 한국 사람."

"그럼 영어 잘해요?"

"영어보다는 한국어를 더 잘해요."

원준은 판에 박힌 질문들이 지나가고 휴대폰으로 사진을 몇 번 찍은 다음에야 원하는 답을 들을 수 있었다. 데려다주겠다는 제의를 겨우 사양한 원준은 휴대폰을 꺼내 친구들에게 자랑하느라 여념이 없는 여고생들을 뒤로 한 채 아이스크림 가게를 나왔다. 여고생들이 가르쳐준 03번 마을버스를 탄 원준은 차들로 정신없는 전철역 부근에서 빠져나갔다.

굴다리를 빠져나간 마을버스는 폐업을 알리는 글씨들이 나부끼는 가게로 가득한 거리를 지났다. 여고생들이 얘기해 준 대로 주유소와 스포츠센터가 붙어 있는 정류장에서 내린 원준은 무덤덤하게 서 있는 집들을 하나씩 더듬어 갔다. 새로 포장한 듯 깔끔한 도로가 하늘 끝에 닿을 것 같은 높다란 교회로 이어졌다. 원준은 큰 교회로 가는 길 아래쪽 노래방과 미용실이 양쪽을 지키는 골목으로 접어들었다. 여고생들이 말해 준 삼거리 분식은 금방 눈에 띄었다. 그리고 웅성대는 아줌마들에게 둘러싸인 경찰차가 분식집 앞을 지키고 서 있었다. 원준은 호기심에 못 이겨 걸음을 멈춘 구경꾼처럼 사람들 틈에 끼어들었다.

"아니, 무슨 영화 찍는 줄 알았다니까, 이래서 맘 놓고 애들 기르겠어요. 이 동네가 땅 값도 바닥이고, 별 볼일 없어도 애들 하나는 안심하고 밖에 내보낼 수 있는 동네였잖아요."

푸른색 니트를 입은 아줌마의 말에 다른 아줌마들이 호응했다. 신이 난 아줌마가 무전기를 손에 쥐고 있는 경찰에게 따지고 들었다.

"그러게, 이게 무슨 일이야. 백주 대낮에 야구방망이로 사람을 패고 말이야. 그러니까 순찰을 자주 돌았어야지. 지난번에 자치 방범대 만든다고 했는데 아직 감감 무소식이에요?"

기세등등해진 아줌마를 슬쩍 쳐다본 경찰이 말머리를 돌렸다.

"조서 먼저 쓸게요. 그러니까 저쪽 골목에서 야구방망이를 든 사람이 뛰어나와서 차 뒤에 숨었다 이거죠. 여기 이 자리."

경찰이 손짓으로 골목 입구를 가리켰다. 그러자 푸른색 니트를 입은 아줌마가 고개를 끄덕거렸다.

"요기 요렇게 서 있는 차 뒤에 숨더라고요. 그래서 뭐 하나 싶어서 쳐다보는데 좀 있다가 다른 남자가 나와서 차에 타려고 하니까 뒤통수를 확 갈겼다니까요. 어머, 피가 분수처럼 튀고, 소리도 들렸는데, 아우 끔찍해."

푸른색 니트를 입은 아줌마가 몸서리를 쳤다. 경찰은 무심한 표정으로 계속 하라는 손짓을 했다.

"정신없이 때리는데 사람들이 쳐다보니까 신고하지 말라며 행패를 부리지 뭐예요. 그때 쓰러져 있던 사람이 일어나는 걸 보고는 때리던 사람이 방망이를 버리고 냅다 도망쳤어요. 저쪽으로요. 그 다음에는 얻어맞던 사람이 차에 올라타서는 뒤를 따라갔고요."

"때린 사람이 이 동네 사람이었다고 그랬죠?"

"맞아요. 조기 파란 대문 지하 셋방에 사는 사람이에요. 드라마 보니까 집 같은 데 뒤지던데요."

"수색 영장 없으면 집에 함부로 못 들어가요. 다른 가족은요?"

"이혼을 했는지 혼자 들어와 살더라고요."

"아니야. 가끔 또래 아줌마랑 애들이 왔다 갔어요."

파마 머리 아줌마가 손사래를 치면서 끼어들었다.

"이혼하고 따로 사는 부인이랑 애들인가 보지."

"암튼 그 사람 일도 없이 빈둥거리는 것 같았다니까요. 아유, 그러니까 제발 사람들 받을 때 좀 가려 받자니까, 그냥 돈만 주면 아무나 다 받으니까 이런 일이 생기지."

푸른색 니트를 입은 아줌마의 말이 시비조로 변하자 파마 머리 아줌마가 발끈했다.

"기가 막혀서, 마빡에 나 나쁜 놈이요 하고 써 붙이고 다녀요? 그리고 말이 반지하지 연탄 쌓아두던 창고를 세놓으면 멀쩡한 놈이 기어들어 오겠어?"

아줌마 간의 다툼이 깊어지자 경찰도 중간에 끼어들었다. 조용히 지켜보던 원준은 슬금슬금 골목길 안쪽으로 스며들어 갔다. 왜 그 순간 다슬이 어머니의 남동생이라는 사람의 집을 몰래 뒤져볼 생각을 했는지 스스로에게 물어봤지만 절박함이라는 짧고 숨 가쁜 대답밖에는 들리지 않았다. 아줌마들이 얘기한 파란색 대문은 반쯤 열려 있었다. 옆으로 몸을 돌려 소리 없이 안으로 들어서자 녹슨 자전거와 장독대들이 눈에 들어왔다. 잠시 두리번거리던 그의 시선은 왼편 끝에 땅속에 절반 정도 파묻혀 있는 입구를 발견했다. 높고 가파른 계단으로 빠져들자 먼지가 떠다니는 어둠이 기다렸다는 듯이 덤벼들었다. 한손으로 입을 가린 원준은 조심스럽게 걸음을 떼었다. 전등 하나 없는 통로는 몇 걸음 만에 끝났지만 걷는 내내 숨이 막혔다. 유리문이 있다는 사실을 눈치채기 전에 발밑에서 뿌드득거리는 소리가 먼저 변화를 일깨워 줬다. 깨진 유리 조각이 어둠속에서 보석처럼 반짝였다. 살짝 열린 현관문을 열고 안으로 들어서자 어지럽게 흩어진 핏자국이 보였다. 피 묻은 발자국은 싱크대 앞에서 원을 그렸고, 싱크대에 쌓아둔 그릇들도 제멋대로 흩어져 있었다.

"싸움이라도 난 건가?"

활짝 열린 왼쪽 방 안에는 피 묻은 종이 상자가 흩어져 있었다. 누군가 급하게 뒤진 것처럼 팽개쳐진 종이 상자 안에는 낡은 서류와 사진들이 가장자리에 발을 걸친 채 담겨 있었다. 집 안에 아무도 없다는 사실을 확인한 원준은 예상했던 허탈함에 균형을 잃었다. 어두운 구석이나 화장실에서 당장이라도 뛰어나온 다슬이가 품에 안겨 올 것이라는 근거 없는 기대가 사라지자 갑자기 분노가 찾아왔다. 아슬아슬하게 쌓아올린 종이 상자가 그의 발길질에 못 이겨 와르르 쏟아졌다. 남은 사진과 종이들이 펄럭거리며 피가 흩뿌려진 바닥으로 퍼져 나갔다. 무심코 흘러가던 눈길에 사진들이 보였다. 남자와 여자가 어딘가를 들어가거나 나오는 모습을 찍어 놓은 것들이었다. 사진이 들어 있던 서류 봉투를 보니까 목동의 그 아파트가 수신지로 되어 있었다.

한없이 낯설고 이상한 이곳에 다슬이가 다녀갔을까? 왜 외삼촌의 집을 진짜 집이라고 했던 것일까? 상념에 잠겨 있던 그의 귓가에 낯선 소리가 잡혔다. 처음은 그림자였다. 어두운 곳에서 더 어두운 곳으로 커튼처럼 드리워진 그림자가 현관문을 지나, 두 발자국이면 건널 수 있는 거실을 지나 그가 서 있는 발밑까지 뻗어 왔다. 현관문에 반쯤 걸친 그림자의 시선을 느낀 원준은 숨이 탁 막히는 것 같았다. 다슬이를 찾겠다는 생각에 가려졌던 두려움들이 스멀스멀 발목을 잡았다. 커다란 선글라스를 끼고 검정색 코트를 입은 여인이 노려보자 원준은 황급히 변명을 했다.

"저, 다슬이 친군데요. 다슬이가 학교에 안 와서 찾으러 왔어요."

"어서 따라와요. 경찰이 금방 올 거예요."

차분한 여자의 목소리는 부스럭거리는 그림자와 함께 사라져 버렸다. 영문도 모른 채 허겁지겁 따라나선 원준은 좁은 계단을 단숨에 뛰어올랐다.

"빨리."

대문에 가려진 목소리를 따라 뛰어나간 원준은 차가운 손길에 낚아채였다. 비틀거리던 원준의 옆구리에 손길이 끼어들었다.

"빨리 나오라 그랬지? 굼벵이도 아니고 만날 이게 뭐야."

바로 곁에서 들린 새침한 목소리에 놀란 원준의 눈에 골목길로 들어서는 경찰들이 보였다. 골목길 바깥에서는 고개만 내민 아줌마들이 손가락질로 그가 방금 뛰쳐나온 대문을 가리켰다.

우르르 걸어오는 경찰을 피해 한쪽으로 물러난 원준은 방금 전 팔짱을 낀 여인을 내려다보았다. 선글라스를 낀 여인은 태연한 표정을 지었지만 아래턱이 긴장감으로 굳어진 게 보였다.

"조금만 늦었어도 곤란해질 뻔했네."

골목길 바깥의 아줌마들을 스쳐 지나가고도 한참 동안 말이 없던 여인은 삼거리분식 골목으로 들어간 다음에야 입을 열었다. 물론 맨 처음 들려준 차분한 목소리였다.

"도, 도와줘서 고맙습니다."

"다슬이 친구라고 했지? 학교 친구야?"

항아리 뚜껑을 장식처럼 붙인 목욕탕 간판 앞에서 걸음을 멈춘 여인이 물었다.

"예, 정원준이라고 합니다."

선글라스를 벗은 여인이 원준을 바라봤다.

"한국 사람 맞아?"

"어머니가 한국 사람이에요. 어, 외할머니랑 외삼촌들도요."

턱없는 농담에도 여인은 아무런 반응을 보이지 않았다. 또 다른 경찰차들이 사이렌을 울리며 삼거리분식 쪽으로 질주했다.

"사실은 엊그제 다슬이가 같이 찍은 사진을 보여줬어. 다슬이를 찾는 중이라고?"

"네, 어제부터 연락이 안 돼서 목동에 있는 집에도 갔는데 없었어요."

"집에도 없다고?"

여인의 거듭된 물음에 원준은 잠시 입을 다물었다. 아파트 안에서 본 것을 말해야 할지 고민했지만 여인은 다른 질문으로 넘어갔다.

"나도 다슬이랑 그 가족을 찾고 있어. 혹시 어디 있는지 짐작 갈 만한 곳 없어?"

원준은 방금 전 경찰차가 지나간 방향을 흘끔거리며 되물었다.

"그건 제가 물어보고 싶은 말인데요. 경찰들이 왔다 갔다 하는 걸 보면 심상치 않은 것 같은데요."

"누구한테 납치당한 것 같아. 확실한 건 아니지만 말이야."

짤막한 여인의 말에 원준의 머릿속은 단숨에 불이 들어왔다. 납치? 이상한 흔적으로 가득 찬 집 안. 납치? 여행을 갔다고 했지만 정작 여행을 간 흔적이 없다. 납치? 함께 여행을 간 남자. 납치?

"강형모?"

"뭐라고? 방금 뭐라고 했어?"

강형모라는 말에 여인의 눈꼬리는 찢어질 것처럼 치켜 올라갔다. 원준은 속으로 아차 싶었지만 심상치 않은 상대방을 보고는 순순히 털어놓기로 했다.

"아까 목동에 갔을 때 경비 아저씨가 강형모라는 영화배우랑 여행을 갔다고 했어요. 엊그제 출발했고 어제 뭘 잊어버렸다면서 잠깐 들렀다고 하던데요."

"그 사실을 또 누가 알고 있어?"

"네?"

"강형모가 다슬이네 집에 드나드는 걸 아는 사람이 또 누구냐고?"

"그 아저씨랑 저랑, 그리고 경찰이 오긴 했는데 별 관심이 없어 보였어요."

원준의 얘기를 들은 여인이 선글라스를 도로 끼면서 말했다.

"아무튼 일이 커질 것 같으니까 그냥 집에 돌아가."

"다슬이는요?"

"이제 이 일은 네 손을 떠났어. 신을 믿는다면 기도해. 무사히 돌아올 수 있게."

"난 신 따위는 안 믿어요. 다슬이가 무사히 돌아오지 않으면 신을 저주할 거고요."

성난 원준의 말에 여인은 피식 웃었다. 그제야 그녀의 정체가 궁금해진 원준이 물었다.

"근데 누구세요?"

"다슬이 친척 언니."

"혹시 다슬이를 찾고 있었던 건가요?"

"정확하게는 그 가족들. 아까 들어가는 뒷모습을 보고 내가 찾고 있는 사람인 줄 알았어. 몰래 가서 한 방 먹이려 했는데 하마터면 쏠 뻔했다고."

슬쩍 눈웃음을 띄운 여인이 재킷 안에서 리볼버처럼 생긴 가스총을 슬쩍 꺼내 보였다.

"강형모가 다슬이네 가족들을 납치한 거죠? 그렇죠?"

"이것만 알아 둬. 일이 커지면 다들 위험해져."

"그게 무슨 뜻이죠?"

"말 그대로야. 모든 게 다 끝이라고. 최대한 조용히 찾아내서 원상태로 복귀시키지 않으면 큰일이 일어날 거야. 그러니까 너도 이쯤에서 그냥 빠져. 끼어 있는 사람이 많을수록 일이 더 복잡해지니까."

"당신 말을 어떻게 믿고요."

원준의 말에 여인이 단호하게 말했다.

"내 말대로 안 하면 다시는 다슬이를 못 볼 수도 있어. 그러니까 이제 그만 집으로 돌아가."

"그럴 순 없어요."

"왜? 알량한 자존심 때문에? 다슬이가 네 얘기를 했었어. 아버지가 부자라면서? 운전수에 가정부도 둘까지 두었고 말이야."

"그건 회사를 다닐 때였고요. 지금은 은퇴해서 어머니랑 두 분만 계세요."

"아무튼 이건 네가 짐작할 수 있는 세상이 아니야. 다슬이도 그래서 항상 고민했지만 뾰족한 답을 찾아내진 못했고 말이야."

"왜죠? 걔가 저와 다른 게 뭔가요?"

여인이 입술을 움직여 대답을 할 찰나 눈동자가 미세하게 흔들렸다. 그러고는 곧장 계단을 올라가 목욕탕 기둥 뒤로 숨었다.

"이리 올라와서 내 앞에 서."

"뭐라고요?"

"이리 올라오라고."

원준은 영문도 모른 채 여인을 따라 계단을 올라갔다. 두 손으로 원준의 어깨를 잡은 여인은 연인끼리 포옹하는 것처럼 그의 가슴에 어깨를 살짝 갖다 댔다.

"잠깐만 그대로 있어."

원준은 등 뒤쪽으로 발자국 소리를 들었다. 질질 끄는 것 같은 발소리는 곧 메아리처럼 멀어져 갔다. 누군가 서두른 흔적은 곧 사라져 버렸다. 두 손으로 원준의 뺨을 잡고 있던 여인이 묘한 미소를 지어 보였다.

"어서 집으로 가. 기다리면 좋은 소식이 있을 거야."

계단을 내려선 여인은 발소리가 사라진 방향으로 걸어갔다.

한 걸음 앞으로

토요일 오후 4 : 32

　택시 기사의 눈길을 속이려고 개봉동 입구의 병원에서 내린 강형모는 택시가 사라지자마자 도로 거리로 나왔다. 다행히 서욱철의 집으로 연결된 것 같은 낯익은 골목길을 발견했다. 아까 있었던 사건의 여파 때문인지 무덤처럼 고요하던 골목길은 웅성대는 사람들로 가득했다. 서욱철의 집 안에서 본 서류를 챙기려 했던 강형모는 혀를 찼다.

　"할 수 없군. 차라도 건져야지."

　차종은 기억나지 않지만 어쨌든 집 근처에 세워 뒀을 게 뻔했다. 차 키의 시동 버튼을 누르면서 줄지어 서 있는 차들을 향해 치켜들었다. 감감무소식. 아무래도 골목길 근처에 세워 둔 것 같았다. 골목길 입구는 번쩍거리는 사이렌을 켠 경찰들과 한 무리의 아줌마가 웅성대고 있는 중이었다. 저들 중 분명 얼굴을 아는 사람이 있을 것 같았다. 교회의 대리석 기둥 뒤에 숨어 건너편 골목길 입구를 살펴보던 강형모는 낯익은 차를 발견했다. 회색 카니발은 제대로 세차를 하지 않아서 뒤 유리창과 지붕에 뿌연 먼지가 얇은 막처럼 씌워져 있었다. 서욱철이 미진의 아파트에 드나들 때 몇 번 본 듯했다. 골목길 입구 근처에는 주차할 곳이 없었는지 차는 30미터쯤 떨어진 다른 골목길 입구에 비스듬히 세워져 있었다. 저곳이라면 눈에 안 띄고 갈 수 있을 것 같았다. 강형모는 골목길에 거미줄처럼 뻗은 샛길을 머릿속에 그려 보고는 뒷걸음질을 쳤다. 교회 뒤편으로 난 좁은 길이 카니발이 세워진 골목과 연결되는 것 같았다. 시큼한 악취와 잔해로 가득한 좁디좁은 통로를 지나자 바로 카니발이 서 있는 골목이었다.

목욕탕 입구에 서 있는 남녀 한 쌍을 제외하고는 인적도 없었다. 심각한 얘기를 나누는지 꼼짝도 않고 있는 연인을 빠른 걸음으로 지나치자 눈앞에 차가 보였다. 차 열쇠의 시동 버튼을 누르자 사래가 들린 것 같은 헐떡거림이 터져 나왔다. 곧장 운전석 문을 열고 자리에 앉았다. 안도감 때문인지 목적지에 도달할 때까지는 억누를 수 있었던 고통이 한꺼번에 차올라 왔다. 욱신거리는 몸은 기다렸다는 듯 비명을 질러 대며 뒤틀렸다. 제멋대로 꿈틀대는 근육들이 진정할 때까지 기다린 강형모는 천천히 차를 출발시켰다. 앞 유리창도 와이퍼가 지나간 자리만큼만 깨끗했다. 강형모는 팔짱을 낀 채 심각하게 떠들어 대는 아줌마들 곁을 스쳐 지나갔다. 머릿속은 사방으로 뻗어 나간 생각 때문에 복잡했지만 가고 싶은 곳은 딱 한 군데뿐이었다. 부어오른 손목은 약간만 힘을 줘도 통증이 엄습해 왔다. 강형모는 고통을 잊으려고 노래를 불렀다. 두 형사의 길이라는 영화에서 그는 아내를 잃고 방황하는 형사 역할을 맡았다. 다른 형사가 그를 찾았을 때 대마초를 피우며 깊숙한 어둠 속에서 노래를 부르는 장면은 압도적으로 화면을 장악했다. 훗날 그의 스캔들이 터졌을 때 사람들은 그가 진짜 대마초를 피우며 연기했을 것이라고 떠들었다.

"그때 진짜 피우지 않았다니까, 촬영 전에 화장실에서 피웠지."

그가 몇 토막 흥얼거린 노래에도 사람들의 시선이 꽂히자 제작자는 얼른 음반까지 만들어 냈다. 진짜 그 노래를 부른 가수와 듀엣으로 부르긴 했지만 스포트라이트를 받은 건 강형모뿐이었다. 억울해하는 가수에게 돈을 한 움큼 안긴 제작자는 주저하던 그가 결국 돈을 받아 챙기고 떠나자 입술을 비틀며 코웃음을 쳤다.

"예술 좋아하네. 돈 앞에 무릎 안 꿇는 놈 있으면 나와 보라고 해."

세상은 승자에게는 관대했고, 패자에게는 가혹했다. 몇 년 뒤 강형모는 자신의 기사를 들춰 보던 중 희미한 기억 속의 이름을 발견했다. 짧은 기사를 읽고 난 다음에야 자신과 함께 노래를 부른 그 가수라는 사실을 떠올렸다. 생활고에 못 이긴 그는 자신이 살던 4층 옥탑 방에서 길바닥으로 뛰어내려 죽고 말았다. 좁고 지저분한 그의 방에서는 음표들로 빽빽한 종이 뭉치만 잔뜩 발견됐다. 한 번 패자는 영원히 패자였다. 뒤범벅이 된 기억은 호주머니 속의 휴대폰이 터질 때까지 이어졌다. 균형을 깨트린 휴대폰을 집어 든 강형모는 피식 웃고 말았다. 어제 시신을 발견한 이후부터 모든 행로는 뒤틀리고 왜곡돼 버렸다. 하지만 주변은 여전히, 더없이 여전히 평온했다. 부어오른 목으로 힘겹게 침을 삼킨 강형모는 웃으며 휴대폰에 대고 최대한 평온하게 입을 열었다.

– 어, 유란이구나. 어디, 가게야? 장사는? 아이구, 요즘 다 힘들지 뭐. 이쪽도 돈줄이 확 말라버려서 다들 거지들이야. 나? 어, 어, 거 두 형사의 길 찍었던 하 감독이라고 있는데, 그 사람 아버지가 돌아가셨대. 그래서 김천으로 내려가는 중이야. 뭐 나중에 사이가 틀어지기는 했지만 내가 또 이런 일은 그냥 못 넘어가잖아. 뭐 요즘 한 풀 꺾이기는 했지만 아직도 그만한 감독 찾기 힘들어. 뭐 요즘 복귀작으로 슬슬 얘기가 나오는 것 중에 하나가 두 형사의 길 속편이잖아. 유란이도 그 영화 봤나? 십구 세 관람 불가인데 칠백만이 넘게 들었지. 내가 거기서 머리 길게 기르고 노래 부르는 장면 있잖아. 야, 그때 정말 힘들었다.

원래 영화 들어가면 완전히 그 인물에 파묻혀야 하거든. 지저분한 퇴물 형사 연기한다고 며칠 동안 씻지도 않고, 담배만 줄곧 피워 댔잖아. 영화란 게 원래 그래. 현실과 스크린 사이의 구분이 없어져야 진짜 연기가 나오는 거지. 요즘 것들은 너무 쉽게 영화를 생각하는 것 같아. 이거 아니면 죽는다는 심정으로 덤벼도 될까 말까 하는 게 영환데 말이야. 어, 미안 내 얘기만 너무 해 댔구나. 별일 없으면 주말에 가려고 했는데 내려가면 아마 이번 주말 내내 거기 있어야 할 것 같아. 응, 알지. 나도 보고 싶어. 장사 잘하고, 다음 주에 봐. 틈 봐서 전화할게.

거짓으로 가득한 통화가 끝나자 놀랍게도 요동치던 마음이 평온해졌다. 욱신거리던 몸도 얌전해졌다. 낡은 대나무 시트가 덮여 있는 운전석에 몸을 묻자 뜻 모를 평온함이 차 안을 가득 메웠다. 기침이 터져 나올 때마다 딱딱해진 명치가 아파 왔지만 참을 만했다. 묽어진 태양이 고도를 낮춘 채 매연과 먼지로 가득 찬 도시를 내려다봤다. 트루먼쇼라는 영화가 떠올랐다. 저 달도 심판자처럼 모든 걸 알고 있을까? 달빛 아래 벌어진 추악하고 오물 같은 행위들을?

강형모는 몸과 마음이 점차 들떠 오는 걸 느꼈다. 하도 오래 앉아서 약간만 출렁거려도 비명 같은 추임새를 내는 운전석의 스프링을 느낄 수 없었다. 깃털처럼 가벼워진 몸은 얇게 펴진 열기에 둘러싸인 것처럼 후끈거렸다. 말없이 엄습한 열기에 몸

무게가 모두 타버린 것 같았다.

"조금만 더 참아. 이제 곧 도착할 거야."

앞 유리창에 비치는 스스로를 다독거렸지만 쿨럭거리는 기침이 대답을 대신했다. 힘겹게 기침을 하는 동안 뒤통수가 아려 왔고, 유리창에는 작은 핏방울이 튀었다. 슬기의 집은 발산동 쪽이었다. 단 둘이 집들이를 한 이후, 종종 찾아갔던 곳이라 내비게이션 없이도 갈 수 있었다.

토요일 오후 김포공항 쪽 도로는 한산했다. 어둑해진 길은 노란색 분리선을 제외하고는 어둠과 비슷해졌다. 차들이 쏘아대는 빛줄기들이 어두운 도로 중간 중간에 작은 빛의 웅덩이들을 만들어 냈다. 발산역을 지나치자 곧장 기묘하게 뒤틀린 삼거리가 나왔다. 제일 오른쪽 도로로 접어든 강형모는 롤러코스터처럼 내리막길을 따라 카니발을 몰았다. 작은 언덕 두 개를 지나 촌스러운 조명을 붙인 발산호프 쪽 골목으로 들어가면 금방 그녀의 집에 도달할 것 같았다. 마지막 통화 때 싸웠다는 사실이 두근거리는 심장에 얹혔지만 애써 무시했다.

"나야, 나 강형모, 누구도 날 배신하지 못하지. 감히 누구도 날 문전박대하지 못해."

몸이 오른쪽으로 자꾸만 기울어졌다. 필사적으로 버텨 보려 했지만 통증이 스물거리던 척추가 둘로 갈라져 버리는 것만 같았다. 타는 듯한 고통에 못 이긴 강형모는 목청껏 슬기의 이름을 외쳤다. 하지만 왠지 입 밖으로 나오지 않는 것 같았다. 부어 오른 목에서 역류한 열기가 머리를 짓누르자 손에 힘이 스르륵 풀려 나갔다. 두 손에서 핸들을 쥔 감각이 사라져 버렸다. 모호 해졌다고 느껴지는 순간 의식은 리모컨에 명령당한 텔레비전 처럼 한순간에 꺼져 버렸다.

기다리는 시간

토요일 오후 5 : 27

IME SCENE　CRIME SCENE　CR

시간은 무심하게 흘러갔다. 토요일 오후의 여유로움이 잔뜩 달라붙은 사람들은 여유롭게 통화하고, 행복하게 웃고, 키득거리며 장난질을 쳤다. 모든 게 기계의 부속처럼 째깍째깍 돌아갔다. 휴대폰으로 통화하던 남자가 인상을 쓰면서 자리를 뜨면 함박웃음으로 가득한 연인들이 몸을 붙인 채 빼곡하게 그 자리를 메웠다. 원준은 신길역에서 지하철 1호선을 기다리는 내내 사람들을 관찰했다. 부서진 부속 없이 매끄럽게 잘 굴러가는 것만 같았다.

구역질이 치밀어 올랐다. 누군가의 일가족이, 누군가의 연인이 행방불명되어 버렸다고, 그런데도 여기서 이렇게 웃고 떠들수 있느냐고 소리치고 싶었다. 떨떠름하고 시큼한 기분은 총알처럼 스쳐 지나가는 지하철의 바람에도 꿈쩍하지 않았다. 뒤에서 미는 사람들 때문에 비틀거리던 원준은 도살장에 끌려가는 소처럼 두 다리에 힘을 준 채 버텼다. 옷자락이 마주치는 사람들의 불평 섞인 투덜거림을 무시한 채 뒷걸음질로 소용돌이 같은 출구에서 빠져나온 원준은 휴대폰을 꺼냈다. 사람들의 발길이 닿지 않는 승강장 제일 끝으로 걸어가는 동안 상대방의 들뜬 목소리가 들렸다.

"어, 원준이구나. 어디야?"

"개봉동에 들렀다가 들어가는 길이에요."

원준의 대답에 피식 하는 웃음이 들려왔다.

"정말 간 거야? 너도 참, 그래 젊을 때 그러지 언제 그래 보겠어."

"뭐 나온 거 없어요?"

"내가 묻고 싶은 말이야. 일들이 너무 한꺼번에 터져서 정신을 못 차리겠어. 준척이나 피라미라고 생각했는데 잘하면 특종까지 갈 것 같아. 주중이었으면 앞 뒤 안 재고 터트리는데 하필이면 신문이 쉬는 날이라서 말이야."

"거기서 이상한 걸 봤어요."

"뭐? 시체라도 있디? 어, 미안."

"서류들 같던데, 이혼서류 같았어요. 무슨 지방법원 어쩌고 그러던데요."

"정말? 서미진의 남동생을 만난 거니?"

"아뇨. 그냥……."

일종의 불법침입이라서 우물쭈물하자 다행히 그냥 넘어 갔다.

"혹시 청구인이 누군지도 봤니?"

"거기까지는 못 봤어요."

"일단 아는 데까지 알려줄게. 데스크에서 함구령이 떨어졌지 만 너야 뭐 상관없잖아. 일단 서미진과 가족의 행방은 현재로서 는 알 수 없어. 기자들이 냄새를 맡고 쿵쿵거리니까 경찰도 접 수를 하긴 한 모양인데 아직 담당이 배정되지는 않았어. 아마 빨라야 월요일 정도?"

"그리고요?"

"강형모가 드나들었다는 건 사실인 것 같아. 기자들이 탐문 해 보니까 동네 아줌마 중에도 본 사람이 적지 않은 것 같아."

"다슬이의 실종과 강형모가 어떤 연관이 있는 게 분명해요."

"그런 것 같아. 그리고 방금 구로 경찰서 담당 기자한테 연락 이 왔는데 개봉동에서 뺑소니가 한 건 있었는데. 두 시 조금 넘어 서였으니까 한 세 시간 전쯤이네."

"근데요?"

"뺑소니를 신고한 사람이 번호도 본 모양인데 실소유주는 저 기 대구에 살아."

"그게 무슨 말이에요. 대구요?"

"대포차란 얘기지. 한약방 하던 아저씨가 도박에 빠져서 뺏긴 차 같아. 이리저리 굴러다니다가 마지막에 권오윤이라는 사람한테 흘러갔어. 사채업잔데 독거미라는 이름으로 더 잘 알려져 있지."

"그런데 그 차가 어떻게 개봉동에서 사고를 낸 거죠?"

"아는 형사 통해서 찔러 봤더니 바로 얘기해 주던데. 강형모한테 빌려줬다고 말이야."

"네? 그럼 그 사람이 개봉동에서 누굴 차로 쳤다는 말씀이세요?"

"나도 좀 뜬금없긴 한데 그 동네에 서미진의 남동생이 살고 있잖아. 혹시 그 사람을 만나러 간 거 아닐까?"

"집 안이 어질러져 있었어요. 핏자국도 보였고요."

"뭐? 서욱철은 집에 없었다면서. 그러고 보니 서류는 어떻게 본 거야?"

"문이 열려 있어서 잠깐 들어가 봤어요."

우와 하는 소리와 함께 잠시 사라졌던 선배의 목소리가 들렸다.

"이야, 너 나중에 우리 신문사 들어올래? 좋아, 몇 가지 더 알려줄게."

너털웃음이 끝나고 선배의 차분한 목소리가 이어졌다.

"서미진의 기록이 화려해. 합의 이혼만 세 번에 모두 다 위자료를 두둑이 챙겼어."

"무슨 뜻이에요?"

의문이 혀끝을 맴돌다가 한 곳으로 빨려 들어갔다. 다슬이의 그때 그 말이 떠올랐기 때문이다.

"난 평범하지 않아."

"어? 뭐라고?"

"아, 아니에요. 이혼을 세 번 했다는 게 특이한 건가요?"

"물론 아닐 수도 있지만 이 경우는 냄새가 지독해. 일단 나이 차도 많이 났고, 전부 다 남편의 불륜 때문에 헤어졌어. 해결사 노릇을 한 건 남동생 서욱철이었는데 둘 다 같은 고아원 출신 이야. 혹시 꽃뱀이란 말 알아?"

"네, 그럼 다슬이네 엄마가 꽃뱀이란 말인가요?"

"아직은 장담 못 해. 근데 웃긴 건 돈을 노리는 꽃뱀이 왜 강형모같이 껍데기만 있는 놈한테 들러붙었느냐지. 보통 사람들 이야 속아 넘어가겠지만 설마 사전 조사도 안 해 보고 물지는 않았을 텐데 말이야. 강형모야 뭐, 그 아줌마가 돈이 많다고 속아 넘어갔을 수도 있지만 말이야."

"혹시요."

또 다른 지하철이 들어오면서 내는 광풍을 피해 등을 돌린 원준이 조심스럽게 입을 열었다.

"그 강형모라는 사람이 다슬이 엄마가 자기를 속인 걸 알고 화가 나서 어디로 끌고 간 거 아닐까요?"

"빙고, 현재로선 그게 가장 그럴듯한 시나리오지. 개봉동에
나타난 건 남동생도 한패라는 걸 알고 보복하러 갔을 수도 있
고 말이야. 서욱철의 휴대폰도 아까부터 꺼져 있어서 통화가 안
되는 중이야."

"그 영화배우는요?"

"연락처 자체가 없어."

"휴대폰이 없다는 뜻인가요?"

"아니, 지금 기소 중지 상태잖아. 삼 년 전에 있었던 다단계
사기사건 때문에 피해자들한테도 쫓기고 있는 중이고, 대포차
를 쓰고 있으니까 아마 대포폰을 쓰고 있겠지."

"이제, 어떻게 해야 하는 거죠?"

"글쎄다."

동그란 뿔테 안경을 쓴 석환 선배는 이런 말을 할 때마다 항
상 좁은 양쪽 어깨를 으쓱거렸다. 이번에도 아마 그러고 있을
것이다.

"일단은 기다려 봐야지. 슬슬 기사들이 나오면 자기도 정신
을 차리겠지."

"기사가 나가면 자포자기해서 일을 더 크게 벌이지 않을
까요?"

한 단어가 입 끝에서 맴돌았지만 차마 뱉어 낼 수 없었다.

"어차피 다른 신문사에서도 낌새를 챈 것 같아. 경찰에 안테

나를 심어 두는 건 우리만은 아니니까. 이건 경찰이 나서서 엠바고를 요청할 문제도 아니고 요즘은 엠바고를 요청하면 뒤통수를 치는 얍삽한 놈들이 많아서 소용도 없을 거야. 지금으로선 인터넷에 기사를 띄우고 반응을 살펴보는 게 최선의 방법이야."

"정말 그게 최선이에요?"

원준의 가시 돋친 말에 휴대폰 너머의 숨소리가 잠깐 움츠러들었다.

"솔직히 말하자면……."

잠깐 뜸을 들인 목소리는 기분 나쁘게 이어졌다.

"너나 내 손을 떠난 문제야. 어디로 갈지, 누구에게 불똥이 튈지는 아무도 몰라."

원준은 휴대폰을 끊어 버렸다. 도움을 준다고 했던 일들이 되려 다슬이를 더 위험에 빠트린 꼴이 되고 말았다. 새로 진입한 지하철의 길고 신경질적인 경적음이 승강장에 울려 퍼졌다.

안식처

토요일 오후 5 : 39

수술대 위에 놓인 집도등 같은 불빛이 흐릿하게 보였다. 유리창에 걸려진 물방울같이 뿌연 막이 불빛과 어우러져 세상을 가로막았다.

"괜찮아요?"

후끈거리는 이마를 부드럽게 쓰다듬는 손길이 느껴졌다.

"슬기니?"

"처음에는 술에 취한 줄 알았다니까요. 대체 무슨 일이에요?"

"나도, 나도 잘 모르겠어. 이틀 동안 무슨 일이 벌어졌는지."

"아무튼 내일 생각하고 오늘은 눈 좀 감아요. 온몸이 상처투성이잖아요."

부어오른 눈으로는 그녀를 똑바로 바라볼 수 없었다. 강형모는 손을 뻗어 허공을 휘저었다. 기다렸다는 듯 길고 가느다란 손가락이 손을 잡아 주었다.

"나쁜 사람, 꼭 다치고 아프고, 그래야지 날 찾아오더라."

"미안, 이번에는 절대로 안 떠날게."

"그거 알아요? 당신의 사악함 속에 천사가 숨어 있는 거?"

그녀의 속삭임을 마지막으로 강형모는 꿈과 현실의 모호함 속으로 빠져들었다.

빛에 노출된 필름처럼 눈앞이 쭈글쭈글한 기포로 뒤덮였다. 방향은커녕 장소조차 짐작할 수 없게 만들던 장애물들이 차츰 사라지면서 느껴진 건 계단이었다. 끄트머리에 미끄럼 방지 턱이 달린 회백색 계단을 미끄러지듯 올라가자 녹색 철제문이 보였다. 형태로 봐서는 아파트에 있는 문 같았다. 눈높이쯤에 숫자가 적혀 있었지만 제일 앞의 숫자를 중얼거리는 순간 철제문이 장풍에라도 맞은 것처럼 왈칵 열렸다. 집 안은 매우 익숙했다. 첫 숨을 내쉬기도 전에 그녀가 보였다. 집 안에서 즐겨 입는 촌스런 꽃무늬 원피스에 나이에 어울리지 않는 헤어밴드까지 하고 있었다. 활짝 웃어야 하는 게 다음 순서지만 그와 마주친 그녀는 귀신이라도 본 것 같은 얼굴을 하고는 등을 보였다.

- 야, 왜 그래?

안방으로 들어가서 문을 닫아 버리는 그녀를 뒤따라 간 그는 분홍색 문고리를 잡았다. 안쪽에서 밀어내려는 팽팽한 힘이 느껴지는가 싶었는데 갑작스러운 힘이 파도처럼 밀려왔다. 한순간에 균형이 무너지고 안방 문이 안쪽으로 열렸다. 안쪽에서 문고리를 잡고 버티던 그녀는 바로 뒤편 화장대 위로 나뒹굴었다.

화장대 위에 빽빽하게 세워져 있던 화장품들이 비명을 지르며 옆으로, 그리고 아래로 굴러 떨어졌다. 헤어밴드가 벗겨지자 그녀의 풍성한 머리카락이 어깨 위로 드리워졌다. 머리카락 사이로 엿보이는 그녀의 눈은 혐오감으로 가득 차 보였다. 이글거리던 마음이 일순간 무너져 내렸다. 그녀의 머리채를 왼손으로 움켜잡고는 비틀어 올렸다. 꿈틀거리는 그녀의 눈이 둥근 화장대 거울 위로 떠올랐다.

– 왜? 왜 나를 미워하는 거야?

– 넌 돈이 없잖아. 넌 패배했잖아.

번쩍 치켜든 오른손에 희끄무레한 형태가 묻어나왔다. 망치나 장도리 같은 형태의 무게감이 느껴지자 강형모는 머리카락 속에 갇혀버린 그녀의 머리를 향해 내리쳤다. 부서지거나 깨지는 소리는 들리지 않았다. 다만 머리카락을 통해 느껴지던 펄떡거림이 스르륵 빠져나가 버렸다. 무생물이 되어 버린 그녀는 화장대와 문이 열린 안쪽 빈 공간 사이로 빠져들었다. 아름답던 머리카락은 피로 얼룩져 버렸다. 강형모는 손을 뻗어 피범벅이된 그녀의 머리카락을 다시 움켜쥐고는 한 번 더 내리쳤다. 이번에는 그녀의 죽음이 명확하게 느껴졌다. 여전히 회색인 시선

중간 중간에 작은 핏방울이 들러붙었다. 기침 같은 웃음이 발작적으로 터져 나왔다. 너무나도 단숨에 살인의 선을 넘어 버리자 일말의 흔들림조차 느껴지지 않았다.

그녀가 끼여 있는 바람에 절반밖에 열리지 않는 문을 비집고 나가자 아까까지는 보이지 않던, 손잡이 달린 샘소나이트 여행 가방이 거실에서 그를 맞이했다. 시선은 건넌방으로 향했다. 뚱뚱이 아들이 있는 곳, 늘 먹는 것을 탐내고, 신경질적인 아이, 그 아이의 비위를 맞춰 주느라 고생했던 기억이 식은땀처럼 흘러내렸다. 커튼이 드리워져 있는 부엌에 딸린 아들의 방으로 걸어가려는 순간 딸각거리며 현관문이 열렸다. 외출에서 돌아온 것 같은 큰딸이 두 눈을 동그랗게 뜬 채 그를 쳐다봤다. 짧은 순간 큰딸은 집 안에서 일어난 모든 것을 눈치챈 것 같았다. 도망칠 줄 알았던 큰딸은 신발도 벗지 않은 채 뛰어 들어와서는 그의 앞을 가로막았다.

– 성환아! 성환아! 빨리 도망쳐!

큰딸의 두 손을 비틀어 내팽개쳤다. 옆으로 쓰러진 큰딸은 또 다시 덤벼들었다가 그의 발길질에 다시 한 번 나뒹굴었다. 자기 방 앞쪽으로 쓰러진 큰딸이 문고리를 잡고 힘겹게 일어섰다. 휘청거리며 일어나던 큰딸은 방문을 열고 안으로 들어갔다. 어머니처럼 안에서 문을 잠글 생각이었겠지만 그가 훨씬 빨랐다. 닫히려는 문고리를 비틀어 버린 그는 아까처럼 힘으로 문을 밀어붙였다. 주춤주춤 뒤로 물러선 그녀는 계속해서 남동생의 이름을 불렀다. 아까 사라진 묵직한 장도리 대신 날카로운 칼이 스물거리며 손에 잡혔다.

성큼성큼 큰딸에게 다가간 그는 어머니처럼 풍성한 머리카락을 자랑하는 큰딸의 머리카락을 휘어잡고는 단숨에 목을 그어 버렸다. 채찍처럼 뿌려진 피가 자그마한 화장대와 거울 위로 흩어졌다. 버둥거리던 큰딸의 두 손이 바람 빠진 풍선처럼 꺼져 버렸다. 축 늘어진 시신을 화장대에 내팽개치고는 다시 밖으로 나갔다. 두 명이나 죽었는데도 문간방에서는 아무런 기척도 없었다. 조심스럽게 문을 열고 들어가자 퀴퀴한 냄새가 풍겨 나왔다. 반바지에 츄리닝 상의를 입은 그녀의 아들은 헤드셋을 쓴 채 게임을 하는 중이었다. 시커먼 모니터 속 유닛이 드럼통을 뛰어넘다가 돌에 맞은 개구리처럼 뒤로 벌렁 나자빠졌다. 그녀의 아들은 모니터를 향해 형태를 알 수 없는 욕설을 퍼부어 댔다. 그리고 갑자기 고개를 돌렸다. 아마 모니터에 드리워진 그림자를 보고 눈치챈 것 같았다. 어떻게 비치었을까? 회백색의 시선은 미묘한 감정을 잡아내지 못했다. 중년 남성처럼 출렁거리는 아랫배를 긁어대던 그녀의 아들이 물었다.

– 왜 왔어요?

스슷 하는 소리와 함께 손톱 사이에서 뿜어져 나온 연기가 두 손을 감쌌다. 그리고 마치 남의 손처럼 제 멋대로 움직인 두 손은 그녀의 아들의 목을 망설임 없이 졸랐다. 의자 위에서 버둥거리던 그녀의 아들을 붙잡아 바닥에 내팽개쳤다. 컴퓨터와 연결된 헤드셋으로 목을 감자 부풀어 오른 찐빵 같던 얼굴이 금세 파래졌다. 헤드셋을 잡은 채 질질 끌어 대자 그녀의 아들은 강아지처럼 끌려왔다. 문간방을 나와 거실을 가로지른 그가 도착한 곳은 베란다였다. 커튼이 드리워진 베란다까지 끌려온 그녀의 큰아들은 출렁거리는 배 위에 푸른 위액을 토해냈다. 그는 무지막지한 힘으로 베란다 바닥에 머리를 눌러 댔다. 뭔가 부러지는 소리가 들려왔다.

짧은 머리카락을 틀어쥔 강형모는 베란다 바닥에 머리를 쿵쿵 찧었다. 조각조각 문드러지는 소리와 함께 타일 틈새로 피가 퍼져 나갔다. 꿈틀대던 그녀의 아들은 애벌레처럼 쪼그라들었다. 핏기가 빠져나간 몸뚱이를 밟고 거실로 돌아오자 회백색의 시선 사이로 유리 조각 같은 것들이 반짝거렸다. 작은 조각은 자기들끼리 뭉쳐 점점 커져 갔고, 결국은 하나로 뭉쳤다. 커다란 비눗방울처럼 유영하던 반짝거림 속에 또 다른 그가 보였다. 놀이동산의 요술 거울처럼 기괴하게 뒤엉킨 또 다른 그가 바라보고 있는 그에게 속삭였다.

- 살인자!

놀란 강형모가 비명을 질렀다.

"괜찮아요? 나쁜 꿈을 꿨나 봐요."

땀에 젖은 이마를 훔치는 손길이 느껴졌다. 시체처럼 누워 있던 강형모는 슬기의 손길을 낚아챘다.

"물 한 잔 갖다 줄까요?"

"아니."

강형모는 세차게 고개를 가로저었다. 목이 타긴 했지만 이 어둠 속에서 그녀가 곁에서 멀어진다는 사실이 더 견딜 수 없었다.

"그냥 옆에 있어 줘. 제발."

"오랜만에 듣네요. 그 제발이라는 소리, 옆에 있을 테니까 안심하고 눈 좀 붙여요."

왼쪽 귀 쪽에서 통증이 느껴졌다. 작은 바늘 같은 통증은 점점 커져가면서 머리 전체를 짓눌렀다. 이를 악문 강형모는 두 눈을 질끈 감고 고통과 싸웠다. 눈꺼풀이 다 타버릴 것 같은 열기가 엄습해 왔지만 그는 꾹 참고 눈을 뜨지 않았다. 다시 눈을 뜨면 아까 본 생생한 광경들이 다시 보일 것만 같았다.

-난 살인을 저지르지 않았어. 난 살인을 저지르지 않았다고…….

애타는 절규를 끝으로 또 다시 잠이 찾아왔다.

서서히 시작되다

토요일 오후 10 : 01

원준은 꼼짝 않고 모니터를 들여다봤다. 작고 미미했던 출발은 눈에 띌 정도로 가파르게 올라갔다가 이제는 어디로 튈지 모르는 불똥처럼 변해 버렸다. 처음에는 K라는 이름이 한구석에 조용히 등장했다. 뉴스 단신으로 어제 목동에서 실종된 한 가족의 아파트에 그가 자주 드나들었다는 이야기였다. 네티즌들은 한때 최고의 인기를 누리던 영화배우 K에 대해 조사하기 시작했고, 30분이 지나기도 전에 강형모라는 이름이 조심스럽게 언급됐다. 순식간에 검색어 1위를 차지한 그에 관한 이야기가 쏟아져 나왔고, 인터넷 뉴스 매체는 네티즌들의 이야기를 긁어모아 뉴스를 만들어 냈다. 불확실한 질문과 응답 가운데에서 뽑아낸 그럴듯한 이야기들이 차츰 번져 나갔다. 원준은 엑셀 파일을 열어 놓고 차분하게 적기 시작했다.

오후 6시 15분 연합뉴스 속보에 목동에서 한 가족이 실종됐고, 그 가족이 사는 아파트에 전직 영화배우 K가 자주 드나들었다는 기사가 뜸.

오후 6시 22분 네이버 지식인에 목동 실종사건에 연루된 K가 누구냐는 질문을 올림. 현재 댓글 2600개 돌파.

오후 6시 41분 인터넷 포털 뉴스 나우에 목동 일가족 실종 사건이라는 뉴스가 올라옴. 연합 뉴스 속보에 약간의 살을 더함.

오후 6시 46분 네이버 검색어에 목동 일가족 실종 사건, 영화배우 K라는 검색어가 등장.

오후 6시 52분 네이버 검색어 1위에 목동 일가족 실종, 3위에 영화배우 K가 오름.

오후 7시 2분 경민일보 인터넷 뉴스에 목동 영화아파트 일가족 실종 사건이라는 속보가 뜸. 연합뉴스보다 더 상세하고 영화배우 K에 대한 구체적인 정보 - 한때 절정의 인기를 누렸고, 현재는 사업 실패로 막대한 빚을 지고 있으며 다단계 사기 사건으로 기소 중이라는 사실 언급.

오후 7시 19분 다음, 네이버 같은 포털 사이트에 목동 일가족 실종 사건에 관한 뉴스들이 메인에 뜨기 시작함. 대부분 경민일보의 뉴스를 제일 처음에 올림.

오후 7시 22분 영화배우 K가 강형모일지 모른다는 얘기가 지식인 댓글 중에 나옴. 강형모라는 단어가 곧장 네이버 검색어 1위에 오름.

오후 7시 37분 강형모의 최근 근황이라는 글이 네이버에 등장. 이혼 소송 중 발생한 섹스 스캔들로 영화배우 이력을 마감하고 사업을 시작했지만 거듭 실패하면서 막대한 부채와 더불어 고발된 상태라는 내용. 현재 댓글 2500개 돌파. 납치, 실종이라는 단어가 등장.

오후 8시 4분 동양일보 인터넷 뉴스에서 목동 일가족 실종 사건이라는 뉴스가 뜨지만 경민일보와 대동소이한 내용.

오후 8시 30분 스포츠 동양뉴스 인터넷 판에 흘러간 배우 강형모라는 뉴스가 뜸. 말미에 최근 그가 목동 일가족 실종 사건에 연루되었다는 소문이 네티즌 사이에서 돌고 있다고 언급.

오후 8시 32분 네이버 지식인에 강형모가 왜 검색어 1위냐는 질문이 올라오고 실종 사건에 연루된 것 같다는 답변이 달림. 거의 동시에 강형모 실종 사건 연루라는 검색어가 순위에 오름.

오후 8시 51분 강형모 실종 사건 연루가 네이버 검색어 1위에 오름. 동시에 강형모 다단계, 강형모 사기라는 단어도 검색어에 오름.

오후 9시 19분 경민일보 인터넷 뉴스에 경찰이 아직 구체적인 첩보가 입수되지 않았다고 답변했다는 보도가 올라옴. 대부분 경찰이 수사에 나서지 않는 것에 대한 비판 일색인 댓글이 달림.

오후 9시 33분 동양일보 인터넷 뉴스에 3년 전 강형모가 개입되었던 다단계 사기 사건 피해자 모임 대표와의 인터뷰 기사 실림. 모임 대표인 차 모 씨는 강형모가 광고료를 받고 모델을 했을 뿐이라고 강변했지만 사실은 투자자 모임에 여러 번 얼굴을 비추고, 물품 구매를 강요하는 등의 행위에 적극 가담했다고 주장. 동시에 여성 회원과의 부적절한 관계 때문에 여러 가정의 파탄을 불러왔다는 주장도 함께 제기.

오후 9시 51분 한국스포츠 인터넷 뉴스에 강형모의 스캔들을 일목요연하게 정리한 기사가 뜸. 기사 제목은 "강형모는 어디에?"

모니터에서 눈을 뗀 원준은 의자 등받이에 몸을 바짝 붙였다. 석환 선배의 말대로 일단 일이 터지자 누구도 감히 제동을 걸 수 없을 정도로 거대한 파도가 생겨 버렸다. 멍한 눈길로 멀어진 모니터를 응시하던 원준은 키보드 옆에 놓아둔 휴대폰이 울리자 반사적으로 집어 들었다. 액정에 뜬 번호와 이름을 본 원준은 짧은 한숨과 함께 전화를 받았다.

"어, 선배, 원준입니다."

"집이니? 야이, 이거 대박인데. 생각보다 파장이 커."

원준은 들뜬 목소리의 선배에게 괜스레 짜증이 났다.

"그러게요. 다슬이 소식은 아직 없는 건가요?"

"아직, 경찰이 미적거리는 중이야. 사실 그러길 바랐지만 말이야."

"왜요?"

"다들 강형모한테만 신경을 쓰고 있잖아. 월요일에 서미진 얘기를 터트리기로 했어. 그래서 일부러 강형모에 관한 뉴스만 내보내고 있고 말이야."

"결국 그들의 생사나 안전은 뒤로 밀려난 건가요?"

"네가 사회 맛을 못 봐서 그래. 여긴 정글이야. 옳고 그른 것 따위는 없어. 오직 살아남는 거, 그러려면 남들을 누르고 이겨야만 해."

"정글에 산다고 다 야만인이 되는 건 아니잖아요."

"됐다. 그만하자. 나중에 수습으로 들어와. 내가 경찰서 한 바퀴 돌려 줄 테니까."

"전 다슬이만 무사히 돌아오면 돼요. 나머진 상관없어요."

"지금쯤 강형모도 돌아가는 모양새를 보고 똥줄이 타고 있을 거야. 곱게 돌려보내는 것 빼고는 다른 답이 없잖아."

"여긴 정글이라면서 상대방이 이성적으로 움직이길 바라는 건 약간 우스운데요?"

비꼬는 듯한 원준의 말에 휴대폰 너머의 선배는 잠깐 침묵을 지켰다.

"중요한 제보들이 들어오고 있어. 꼭 한 가지만 고집하진 말라고."

"선배한테 전화한 걸 후회하는 중이에요. 좀 더 멀리 생각했어야 했는데."

"너도 내 나이가 되면 달라질 거야. 쓸 만한 제보가 들어오면 전화할게. 눈 좀 붙여."

"알았어요. 선배."

원준은 시무룩한 목소리로 대답하고는 전화를 끊어 버렸다. 한숨을 쉬고 있는데 문을 노크하는 소리가 들렸다.

"할머니?"

"나야."

굵직한 목소리의 주인공은 외삼촌이었다. 들어오라는 말을 하자마자 황급히 문이 열렸다. 두툼한 외삼촌의 뱃살이 먼저 보였다. 의자에서 일어난 원준에게 앉으라는 손짓을 한 외삼촌이 잘 깎은 참외가 담겨 있는 접시를 책상에 내려놨다.

"화장실 가려고 나왔는데 엄마가 이걸 깎고 있어서 말이야. 너한테 줄 것 같아서 내가 가지고 온다고 했지."

"고마워요. 외삼촌."

"진짜, 어릴 때 포대기 안에서 꼬물거리던 게 엊그제 같은데 벌써 대학생이라니 믿기지 않는다."

주변의 어른들은 다들 그 얘기를 하는데 그 시절을 기억하지 못하는 원준은 그때마다 할 말이 없었다. 적당히 머리를 긁고 넘어가려는데 팔짱을 낀 채 문가에 서 있던 외삼촌이 물었다.

"무슨 일 있었니?"

"아, 아뇨. 왜요?"

아직 밝혀진 게 없어서 뭐라고 대답하기가 애매했던 원준이 얼버무리자 외삼촌이 의미심장한 미소를 지었다.

"뭔가 도움이 필요하면 망설이지 말고 얘기해. 알았지?"

"네, 그럴게요. 외삼촌."

원준의 대답에 참외를 하나 입에 물고 하나를 손에 든 외삼촌이 밖으로 나갔다. 한숨을 쉰 원준은 침대에 드러누워서 천장을 바라봤다.

"다슬아! 괜찮은 거니?"

일인일:

종말을 향한 질주

마지막 날
일요일 오전 09 : 27

어느 한순간 잠이 사라지고 세상이 찾아왔다. 침대에 누운 채 눈을 뜬 강형모는 연한 하늘색 벽지를 향해 눈을 깜빡거렸다. 지난 이틀 동안 벌어진 일들이 꿈처럼 느껴졌다.

"일어났어요? 당신 좋아하는 미역국 끓여 놨는데 먹을 수 있어요?"

헐렁한 셔츠를 입은 슬기가 문을 열고 들어오면서 물었다.

"물론이지."

"갈아입을 옷 머리맡에 있어요. 얼른 나와요. 오이김치도 잘 익었어요."

베개에서 머리를 떼자 다시 울렁거리는 현기증이, 두 다리를 땅에 대자 잠들었던 통증이 다시 살아났다. 욱신거리는 몸을 차분하게 균형 잡는 동안 이틀간 벌어진 일들이 꿈이 아닌 현실로 틀어박혔다. 그리고 아직 끝나지 않았다. 어서 나오라는 재촉에 침대에서 엉덩이를 뗀 강형모는 베개 옆에 놓여 있던 반바지를 입었다. 문을 열고 향한 부엌에서는 김이 모락모락 피어나는 미역국이 그를 기다렸다.

"온몸이 다 멍투성이예요. 무슨 영화라도 찍고 온 거예요?"

"일이 좀 있었어. 주말까지는 다 해결될 거야."

강형모는 유난히 무겁게 느껴지는 숟가락을 들면서 대꾸했다.

"제발 욕심 부리지 말고……."

슬기의 염려하는 목소리에 강형모는 숨이 탁 막혀 왔다. 겨우 미역국 한 모금을 뜨고 수저를 내려놓았다.

"난 평범하지 않아. 욕심 부리지 않으면 살 수 없는 존재라고……."

"부질없는 꿈을 좇는다는 생각, 한 번도 안 해봤어요?"

"맞아. 더 이상 예전처럼 될 수는 없겠지. 하지만 난 광대야. 화장을 지우고 가발을 벗는다고 얌전하게 살 수 있을 것 같아?"

"고향에 내려가요. 돌아가신 부모님이 물려주신 땅이 좀 있어요."

"갑자기 왜 그래? 네가 내 마누라라도 돼?"

"그럼 어느 날 갑자기 상처투성이가 돼 집 앞에서 정신을 잃은 사람을 보고도 그냥 고개만 끄덕거려요? 당신 침대에 눕히고 옷을 벗기는데 온몸이 상처로 가득했어요."

점점 빨라지는 그녀의 말이 강형모의 분노를 바늘처럼 찔러왔다. 미역국이 담긴 그릇을 손으로 밀어 식탁 밖으로 내동댕이친 강형모는 두 손으로 탁자를 거세게 내리쳤다. 쩍 하는 소리와 함께 가느다란 금들이 사방으로 퍼져 나갔다.

"그래, 나 사기꾼에 입만 산 놈이야. 그래서 어쩌라고? 시골에 내려가서 농사짓고 살라고? 개과천선이라도 하란 말이야? 그건 영화에서나 나오는 얘기고, 난 내일 죽어도 여기 있어야 해. 내 힘, 내 에너지는 모두 여기서 나와."

"꼭 그렇게 살아야 해? 그게 무슨 의미가 있다고 그래요."

"닥쳐! 닥치란 말이야! 나 강형모야. 남들이 다 사기꾼이고, 색골에 거만한 놈이라고 손가락질하지만, 난 강형모라고. 이렇게 살다가 뻥 하고 가는 거야. 농사 지으면서 백 살, 이백 살까지 사느니 내일 죽더라도 양복 쫙 빼입고 지갑 속에 돈 빵빵하게 채워 놓고 죽을 거라고, 그게 설사 다 부도수표에 위조지폐라고 해도 말이야."

"그건 잔혹한 삶이에요."

"사는 건 다 잔혹해."

차가운 목소리로 대꾸한 강형모는 의자에서 일어났다. 뒤로 밀려난 의자의 창백한 소리가 두 손으로 얼굴을 가린 슬기의 울음소리를 지워버렸다. 방으로 돌아온 강형모는 베개 옆에 곱게 개어 있던 옷들을 하나씩 입었다. 그가 좋은 하는 검은색 리바이스 청바지에 자주색 브이넥 니트를 걸쳐 입은 강형모는 혹시나 하는 마음에 침대 옆 서랍장 제일 위 칸을 열었다.

"오호, 그대로 뒀네."

구찌 선글라스를 쓴 강형모는 기다란 거울에 자신의 모습을 비춰 봤다. 유행이 지난 큼지막한 선글라스 렌즈 아래에 부어서 갈라진 입술이 웃고 있었다. 강형모는 거울을 보고 따라 웃었다. 선글라스를 낀 거울 속의 또 다른 강형모도 따라 웃었다. 그의 웃음이 거세질수록, 거울 속의 강형모도 지지 않고 껄껄거렸다. 강형모는 어깨를 흔들면서 껄껄대다가 거울을 향해 손가락질했다. 짧은 독백이 따라 나왔다.

"병신."

서랍장 위에는 휴대폰이 놓여 있었다. 화면을 띄우자 부재중 통화가 수십 개 찍혀 나왔다. 대부분은 슬기였지만 거슬러 올라가자 다른 이름도 눈에 띄었다. 그중 한 이름에서 멈춘 강형모는 통화 버튼을 눌렀다. 침대에 걸터앉은 강형모는 숨을 고르며 상대방이 나오길 기다렸다. 너무 일찍 건 건 아닌가라고 중얼거릴 무렵 통화 대기음이 끊기고 굵직한 기침 소리가 났다. 심호흡을 하며 긴장을 푼 강형모가 거침없이 떠들기 시작했다.

– 어, 독거미. 나야 강형모. 잘 지내고 있어? 나야 좋지. 항상 좋잖아. 어, 그럼, 바닥 잘 다지고 있는 중이야. 자고로 기초가 튼튼하지 않으면 언제 무너질지 모르잖아. 응, 다른 게 부탁

이 있어서. 좀 똘똘한 애들 하루만 붙여 줘. 돈을 좀 받을 게 있는데 지가 변호사라고 탁 튕기잖아. 뭐, 일 어려울 거 없고, 병풍만 좀 쳐 줄 애들이면 돼. 돈 받으면 우리 아우 돈부터 갚아야 하잖아. 뭐? 뭐라고? 경찰? 경찰이 왜?

강형모는 전화기를 바꿔 잡고는 거울을 다시 쳐다봤다. 파랗게 질린 얼굴 탓에 선글라스의 어둠이 더 깊어 보였다.

- 아이, 내 얘기 했어? 아, 정말 왜 그랬어. 모른다고 하면 되잖아. 내 얘기 좀 들어 봐. 해결할 수 있어. 네가 생각하는 것처럼 일이 커진 게 아니야. 변호사 새끼가 여기저기 찔러 댔겠지. 그러니까 경찰이 차적 조회해 봤을 테고, 내가 변호사 만나서 잘 해결할게. 아이 새끼야. 아무리 그래도 그렇지 형을 팔아? 인마, 네가 그러고도 동생이야? 뭐? 내가 달려 들어가면 넌 무사할 것 같아? 이거 왜 이래? 내가 항상 말했지. 우린 한 배를 탔다고, 내가 푹 빠지면 그 다음은 너야? 내 말 한마디면 너도 무사하지 못하다는 거 잘 알잖아. 그러니까, 이 새끼야. 쪼개지 말고, 많이 컸다. 이번 일만 잘 해결되면 네 돈 다 갚을 테니까, 그때 보자. 그때도 지금처럼 그렇게 굴 수 있는지 말이야.

휴대폰을 닫은 강형모는 선글라스를 벗었다. 주변에 붉은 기운이 가득한 퀭한 눈동자가 끔뻑대면서 그를 바라봤다. 강형모는 다시 선글라스로 지친 눈을 가렸다. 지갑을 챙겨 밖으로 나오다가 아직도 식탁에 앉아서 울고 있는 슬기를 발견했다.

"이번에는 꼭 돌아올게. 그만 울어."

문을 열고 밖으로 나오자 한층 싸늘해진 바람이 그를 맞이했다. 강형모는 계단을 내려가 골목길에 세워져 있는 카니발에 올랐다. 시동을 걸고 잠깐 동안 슬기네 집을 올려다보았다. 3, 4분쯤 지났을까? 창살이 쳐진 창문의 커튼이 살짝 흔들렸다. 강형모는 가볍게 손을 흔들어 주고는 차를 출발시켰다. 간밤에 비라도 내렸는지 골목길과 담장을 따라 세워진 차들은 세차라도 한 것처럼 깨끗했다. 좁은 2차선 골목길을 조심스럽게 빠져나오던 강형모는 차분해지려 애썼다.

"배후만 찾아내면 되는 거야. 서미진을 꼬드겨서 날 유혹하게 한 배후 말이야. 분명 그 작자가 서미진을 죽이고 날 함정에 빠트린 거야. 대체, 대체 누구지?"

원한을 가진 사람을 조사하려면 하루로도 부족했다. 거기다 당장 부상을 입은 서욱철이 경찰에 신고라도 한다면 일은 더없이 복잡해질 게 뻔했다. 더군다나 몰고 다니던 제네시스의 실소유주를 묻는 경찰의 전화가 독거미한테 걸려 왔었다. 어쩌면 경찰은 이번 일을 눈치채고 있을지도 몰랐다.

"젠장, 서미진을 죽인 놈이 경찰에 찌른 게 분명해. 진작 그 생각을 왜 못 했지?"

그렇게 된다면 서미진과 두 아이의 죽음에 관련된 것들을 지우려고 했던 행동들이 고스란히 부메랑처럼 되돌아올 게 뻔했다. 뒤엉킨 생각을 풀어 나가던 강형모는 문득 서미진을 죽인 사람이 자신의 모든 행동을 예상하고 있었던 건 아닐까 하는 생각이 들었다. 보이지 않는 누군가의 손길이 스르륵 뻗어와 목을 조르는 것처럼 느껴졌다. 화가 머리끝까지 치밀어 오른 강형모는 가죽 커버가 씌워진 핸들을 주먹으로 거칠게 내려쳤다.

"나 강형모야. 이 정도로는 끄떡도 하지 않는다고."

핸들을 만지작거리던 강형모는 계속 생각했다.

"그래, 연결고리, 연결고리를 찾아내야만 해. 대체 누가 서미진의 배후지?"

야트막한 내리막길이 끝나고 넓은 4차선도로가 나왔다. 직진 신호를 기다리는 동안 강형모의 머릿속에 한 줄기의 생각이 타이프처럼 공백 위에 나타났다.

"변호사, 맞아. 서미진의 이혼소송을 다룬 변호사. 세 건 모두 한 사람이 맡았잖아. 이번에도 어떤 식으로든 끼어들었을 거야."

휴대폰을 켜고 서욱철의 집에서 저장해 둔 변호사의 전화번호를 찾아낸 강형모는 전화를 걸었다. 지하철 안내방송과 비슷한 목소리가 잠시만 기다리라는 말을 두어 번쯤 반복했을 때 안내방송이 사라지고 갈라진 여자 목소리가 들려왔다.

"곽영철 변호사 사무실입니다."

"아, 안녕하세요. 곽 변호사님 오늘 출근하셨나요?"

"주말은 출근 안 하십니다. 메모 남겨 주시면 월요일에 전해 드리겠습니다."

"어, 좀 급한 일인데 휴대폰 번호를 좀 알 수 있을까요?"

"죄송한데 주말에는 사무실에서 오는 전화도 잘 안 받으세요."

"아, 그런가요. 전에 받아 놓은 명함을 잃어버려서요. 주말까지 미팅 결과를 알려주기로 했었는데. 그럼, 뭐 할 수 없죠. 이번 계약 건은 취소한다고 메모를 좀 남겨 주시겠어요."

"무슨 일이신데요?"

주저하는 듯한 상대방의 목소리에 강형모는 대수롭지 않다는 듯 대답했다.

"아, 별건 아니고요. 우리 시네마테크가 영화배우 노윤지 씨랑 맺을 전속 계약서를 곽 변호사님이 검토해 주신다고 했거든요. 술자리에서 하도 간곡하게 부탁해서 보내드렸는데 아직 연락이 없어서요. 월요일 오후에 기자들 불러다 놓고 계약서 도장 찍기로 했는데 말이죠. 아무튼 메모 좀 부탁 드릴게요."

"아, 그러세요. 곽 변호사님께서 별 다른 말씀이 없으셔서."

상대방의 주저하는 목소리에 강형모는 씩 웃었다. 잠깐 뜸을 들인 그가 대답했다.

"원래 이런 종류의 계약은 도장 찍기 전까지는 완전 비밀을 지켜야 하거든요. 오늘 찍기로 했다가 다른 데서 돈 더 주겠다고 하면 금방 돌아서는 게 요즘 세상이에요. 아무튼 우리 대표님께서도 좀 화가 나신 모양이더라고요. 이게 몇 억짜린데 이렇게 질질 끄는지 모르겠다고요."

"그럼 제가 휴대폰으로 연락을 취해보도록 하겠습니다만 지금 시간은 헬스클럽에서 운동하실 때라서 바로 연락이 될지 모르겠네요."

"헬스클럽이요? 아, 그때도 술 마시면서 주말마다 운동한다고 얘기하던데, 거기가 강남 쪽 아니었나요. 우리 대표님께서도 가끔 가시는 곳이라서요."

"예, 청담동에 있는 제일피트니스요."

"그럼 제가 직접 가 볼게요. 어차피 여기가 청담동사거리거든요."

"알겠습니다. 제가 일단 문자는 남겨 놓을게요. 성함이랑 연락처를 남겨 주시면 전해 드리겠습니다."

잠시 고민하던 강형모는 한 가지 생각이 떠올랐다.

"서욱철이라고 합니다. 전화번호는……."

서욱철의 이름과 휴대폰 번호를 말해준 강형모는 씩 웃으며 전화를 끊었다. 일단 만나서 서미진 같은 꽃뱀의 뒤를 봐줬다는 걸로 협박하면 진실을 털어놓을 게 뻔했다.

"변호사라는 작자들만큼 계산이 빠른 놈은 없으니까."

새로운 하루

일요일 오전 10 : 14

원준은 언제나처럼 외할머니가 부엌에서 만드는 음식 냄새와 소리 때문에 깨어났다. 쌀이 익어갈 때의 그 푸근함이나 된장찌개가 보글거릴 때의 훈훈한 열기에 자연스럽게 눈이 떠졌다. 기지개를 켜면서 밖으로 나서자 부엌에 있던 외할머니가 기다렸다는 듯 말했다.

"일찍 일어났네. 상 좀 볼래?"

"네. 외삼촌은요?"

"말도 마라. 아침부터 나갔어. 무슨 작가 세미나가 있다나 뭐라나."

어제의 예리한 모습을 떠올린 원준은 '그냥 물어볼걸' 하는 생각이 살짝 들었다.

"언제 들어오신대요?"

"알아서 들어오겠지. 우리 원준이 좋아하는 청국장 끓였다. 얼른 먹자."

"네."

냉장고에서 꺼낸 열무김치랑 마른 반찬을 상에 놓는 동안 보글거리는 뚝배기가 올려졌다. 정신없이 거품이 터지면서 구수한 냄새가 코를 찔렀다.

"어서 먹자. 우리 강아지. 배고프지? 너도 밥 먹어라."

다슬이네 집에서 데려온 검은 고양이가 냉큼 박스에서 뛰쳐나왔다. 터덜터덜 걸어온 고양이가 외할머니 무릎에 올라탔다.

"어유, 어쩜 이렇게 귀여워. 응?"

외할머니가 고양이와 말을 주고받는 사이 원준은 소파 위를 더듬거려서 리모컨을 찾았다. 텔레비전을 켜고 채널에 손을 대려는 순간 방에서 휴대폰 벨소리가 들려왔다. 벌떡 일어난 원준은 방으로 후다닥 뛰어갔다. 책상 위에 놓인 휴대폰을 단숨에 집어든 원준은 숨을 몰아쉬면서 침대에 걸터앉았다.

"회사에요. 선배?"

"어, 아까 한 시간 전쯤 출근했어. 집이니?"

"네. 지금 밥 먹고 있는 중이에요."

"어, 저기, 몇 가지 제보가 들어왔는데 말이야. 이틀 전에 강형모가 파주에 나타났었대."

"파주요?"

"응, 자유로 휴게소 뒤편에 인쇄소가 모여 있는 곳이 있는데 거기 카페에서 일하는 사람이 봤대. 금요일 밤에 문을 닫으려고 할 때 들이닥쳤대."

"다슬이는요?"

"혼자였대. 그런데 먹을 걸 주문해 놓고서는 안 먹고 주머니에 챙겨 넣었대."

"그럼……."

"어디 인적이 드문 곳에 사실상 감금해 놓지 않았을까?"

"그럼 그 근처라는 말인가요?"

"그렇지. 거긴 서울에서 가까우면서도 인적이 드문 편이잖아."

"그럼 경찰에 빨리 알려서 수색하면 찾을 수 있겠네요."

"그게, 대규모 수색이라는 게 금방 할 수 있는 게 아니야. 아직 경찰에서는 실종된 지 얼마 안 돼서 주저하는 모양이야."

"그럼 어떻게 하자는 말이에요?"

"일단 그쪽으로 가 보게. 저녁에 나타났다는 곳 근처를 탐문하다 보면 뭐가 나오지 않겠어?"

"저도 같이 가요."

"너까지 올 필요는 없을 것 같은데……."

"그러면 다른 신문사에 다니는 선배한테 다 털어놓을 거예요. 성록 선배가 한양신문사에 다닌다고 했던 것 같던데요."

"알았어. 이따가 열두 시 반까지 우리 신문사 앞으로 와. 대신 비밀 엄수다. 알았지?"

"네. 그럼 이따 봬요."

만남

일요일 오전 10 : 43

제일피트니스는 압구정 현대백화점에서 갤러리아백화점으로 가는 길 중간쯤에 있었다. 지하에 위치한 피트니스 입구에는 단단한 복근을 가진 외국인 남자가 긴 금발 여인의 허리에 팔을 휘감은 채 기계적인 미소를 짓는 배너가 자리 잡았다.

주차할 곳을 찾으려고 부티크와 웨딩숍으로 가득한 골목을 몇 번이나 돌아다니다 겨우 자리를 잡은 강형모는 시동을 끄고 차에서 내렸다. 피트니스에 가까이 다가갈수록 쿵작거리는 음악 소리가 들려오는 것만 같았다. 지하로 통하는 계단을 내려가 자동으로 열리는 유리문 안으로 들어서자 온통 땀과 음악으로 가득 찬 공간이 보였다. 지하라고는 믿기지 않을 정도로 환하게 켜진 조명 아래, 온갖 운동 기구에는 운동복을 갖춰 입은 사람들이 하나씩 매달려 있었다. 운동복과 타월이 든 투명백이 가지런히 놓인 카운터에는 푸른 색 운동복을 입은 여자 트레이너가 음악에 맞춰 몸을 흔들어 댔다.

"운동하는 분 중에 곽영철 씨라고 혹시 있나요?"

"성함이 어떻게 되시죠?"

"서욱철이라고 합니다."

"잠깐만요."

카운터 아래로 허리를 숙인 트레이너가 끄집어낸 것은 마이크였다. 여자 트레이너가 마이크를 켜려는 순간 강형모가 손을 뻗어 마이크를 감쌌다.

"잠깐만요. 부탁이 있는데요."

슬쩍 주변을 둘러본 강형모는 지갑에서 만 원짜리 한 장을 꺼내서 여자 트레이너의 손에 쥐어 주었다.

"연락처를 남겨 놓을 테니까 방송을 듣고 오면 알려 줄래요? 오랜만에 봐서 좀 놀라게 해 주려고요."

카운터 위에 보이는 메모지에 휴대폰 번호를 적어서 넘겨주자 여자 트레이너가 물었다.

"성함은 아까 그대로 하면 되나요?"

"예, 부탁할게요."

"그러죠. 그런데 혹시."

갸우뚱거리는 여자 트레이너의 시선을 느낀 강형모는 손바닥으로 까칠한 턱을 쓰다듬으며 고개를 돌렸다.

"강형모랑 닮았다는 소리 많이 들어요."

싱긋 웃은 강형모는 자동문 버튼을 누르고 밖으로 나갔다. 서걱거리는 칼날 소리를 내며 자동문이 닫히기 직전 붕 뜬 마이크 소리로 곽영철이라는 이름이 들려왔다. 두 계단씩 한꺼번에 내디뎌서 밖으로 나온 강형모는 휴대폰을 한 손에 움켜쥔 채 천천히 걸었다. 열 걸음쯤 떨어진 농협 앞에 도착하자 손 안의 휴대폰이 울어 댔다.

"곽영철 변호사님이십니까?"

"당신 누군데 남의 이름을 함부로 팔고 다니는 거요?"

"나? 당신 약점을 알고 있는 사람이지."

"약점? 너 내가 누군지 알고……."

"서미진 씨의 이혼소송을 도맡으신 분이지. 보아하니 이름깨나 날리시는 분 같은데 꽃뱀 뒤 봐준다는 소문나면 좋을 거 없겠지?"

농협 안쪽 도로로 꺾어 들어가자 양쪽에 나란히 스타벅스와 커피빈이 자리 잡고 있는 풍경이 보였다. 커피빈 쪽 인도로 올라선 강형모는 씨근덕거리는 숨소리가 들려오는 휴대폰 너머를 향해 말했다.

"피트니스 나와서 직진하다 농협 있는 골목으로 들어오면 오른쪽에 커피빈이 보일 거야. 이 층에 자리 잡고 있을 테니까 오 분 내로 튀어 와. 도착해서 다시 전화하고."

전화를 끊은 강형모는 황금색 손잡이를 밀고 커피빈 안으로 들어갔다. 점심 전이라 그런지 손님은 그다지 많아 보이지 않았다. 카운터로 걸어간 강형모는 키 큰 남자 종업원에게 말했다.

"아메리카노 작은 사이즈로 하나 주세요."

계산을 하고 기다리는 동안 뒤에서 문이 열리는 소리가 들려왔다. 주문을 받은 직원이 인사를 했지만 발걸음 소리는 곧장 2층으로 올라갔다. 쿵쿵거리는 발소리가 나선형 계단에서 거의 사라져 버릴 즈음 주문한 커피가 나왔다. 어려 보이는 여 직원에게 살짝 눈인사를 건네고 커피를 받아 들자마자 휴대폰이 시끄럽게 울어 댔다.

"방금 도착했는데 어디 있는 거요?"

"창가 쪽에 가서 앉아 있어. 금방 갈 테니까."

다시 휴대폰을 닫은 강형모는 한손에 커피를 들고 천천히 계단을 올라갔다. 누군가 따라온 것 같지는 않았다. 운동을 하다가 급하게 나왔는지 벌겋게 상기된 얼굴의 40대 남자가 창가 쪽에 홀로 앉아 있었다. 뒤로 비스듬히 기댄 채 한쪽 다리를 꼬았지만 여유로움이라고는 눈곱만큼도 엿볼 수 없었다. 쉴 새 없이 주변을 두리번거리던 그는 뚜벅뚜벅 다가오는 강형모를 보고는 표정이 굳었다. 강형모는 직감적으로 그가 자신을 알고 있다는 걸 느꼈다. 맞은 편 의자에 앉은 강형모는 들고 있던 커피 잔을 둥그런 테이블 가운데 올려놨다.

"뭘 좋아하는지 몰라서 내 것만 시켰습니다. 이런 식으로 불러내서 죄송합니다. 다시 인사드리죠. 강형모라고 합니다."

능글맞게 웃으며 손을 내밀자 눈에 띨 정도로 어깨를 들썩거리며 숨을 내쉬던 곽 변호사가 마지못해 손을 내밀었다. 형식적으로 맞잡은 손을 몇 번 흔들고 거둬들인 강형모는 팔짱을 낀 채 입을 다물었다. 꼬고 있던 다리를 가지런히 편 곽 변호사가 김이 모락모락 피어나는 커피와 강형모를 번갈아 쳐다보다가 먼저 입을 열었다.

"무슨 일로 날 보자고 한 거요?"

"미진 씨에 관한 일 때문입니다. 그 여자가 돈을 노린 꽃뱀이란 사실을 최근에야 알았습니다. 지인이 알려 줘서 설마설마 하면서 뒷조사를 했는데 사실이지 뭡니까?"

"꽃뱀이란 말은 좀 지나치십니다."

상대방의 조심스러운 반격에 강형모는 코웃음을 쳤다.

"사회통념이란 게 그렇잖습니까. 나이가 열 살 이상 차이가 난 사람이랑 결혼하고 이혼하고, 다시 결혼하고 이혼하는 걸 무려 세 번이나 반복했으면 꽃뱀이라고 봐도 무방하죠. 거기다 하나같이 배우자의 간통으로 인한 이혼이라서 위자료도 두둑하게 받았고 말입니다. 그리고 물론 그 이혼소송을 맡으신 곽 변호사님도 적잖은 수임료를 챙기셨겠죠? 저도 이 사실을 알고 얼마나 큰 상심에 빠졌는지 모릅니다."

"그 문제를 왜 저한테 이런 식으로 말씀하시는지 잘 모르겠습니다만, 전 의뢰인의 법정소송을 대신해 준 일밖에는 없습니다. 문제가 있다면 당사자와 직접 말씀하시는 게 좋겠습니다. 이만 일어나겠습니다."

"고상한 척 그만하고 내 말 똑똑히 들어. 그년이 나랑 결혼한 답시고 빌려 간 돈이 얼마인 줄 알아? 며칠 전부터 폰 번호 바꾸고 잠수 탔어."

"그것도 저와는 상관없는 일이죠."

강형모는 주먹으로 탁자를 내리쳤다. 쾅 소리와 함께 커피가 들어 있는 컵이 살짝 튀어 올랐다. 드문드문 앉아 있던 사람들의 시선이 살짝 모아졌다가 흩어졌다.

"나 누군지 알지? 이제 영화 들어가. 영화 발표회 때 구름처럼 몰려든 기자들한테 살짝 흘려 볼까? 어떤 변호사가 꽃뱀 이혼소송을 전담하고 있다고 하면 모르긴 몰라도 군침 흘릴 기자들 많겠지."

"이것 봐요. 당신도 왕년에 한 인기 하던 배우고, 지금도 이미지로 먹고살고 있잖소. 그런 일이 터지면 당신도 좋을 게 없어요."

강형모가 손으로 카메라 셔터를 누르는 시늉을 하면서 말했다.

"그동안 별의별 일을 다 겪어서 쪽 팔리는 거 없어. 나 수갑 차고 법원 앞에서 사진 숱하게 찍어 봤다니까. 당신은 어떨까?

그 앞에 서면 카메라 플래시가 꼭 총구에서 나오는 총알 같아. 퍼벙, 펑 하고 터지는 게 꼭 총알이 날아오는 것 같다니까? 안 겪어 본 사람들은 모르지."

찰칵 하는 소리까지 낸 강형모를 한동안 노려보던 곽 변호사가 도로 의자에 앉았다. 그리고 마치 하소연하듯 말했다.

"처음엔 나도 까맣게 몰랐어요. 그냥 나이 많은 의처증 남편한테 시달림을 당하는 줄로만 알았지. 맞았다면서 팔뚝이랑 허벅지를 보여 주면서 펑펑 우는데 안 넘어갈 도리가 없었으니까요. 그래서 내 집안일처럼 뛰어다녔소. 위자료도 두둑하게 받아주고, 수임료도 많이 깎아 줬지. 그리고는 삼 년 만인가 다시 똑같은 일로 찾아왔더군요."

"그럼 그때 왜 거절하지 않았지?"

"사실은 첫 이혼소송이 끝나고 그녀가 고맙다면서 저녁을 샀던 적이 있었소. 술을 몇 잔 마시고 취했다가 눈을 뜨니까 그녀가 옆에 누워 있더군요. 나중에 더 이상 못 한다고 거절하니까 그날 촬영했던 걸 보여 줬어요. 나도 꼼짝없이 걸려든 겁니다."

허탈하게 웃은 곽 변호사가 활짝 열린 테라스로 바깥을 바라보며 말을 이어갔다.

"사실은 세 번째 이혼소송이 끝일 줄 알았소. 저쪽에서도 낌새를 채고 물고 늘어지는 통에 위자료는커녕 다 들통날 뻔했으니까, 그녀도 이제 손 씻고 은퇴한다고 했고 말이오."

"그러고는 다시 나타난 거고?"

"처음에는 날 협박하려는 줄 알고 바짝 긴장했었지만 다시 일을 할 생각이라고 해서 안심했었지. 솔직히 당신이라고 해서 나도 좀 의아했었소. 완전 빈털터리한테 뭘 건져 먹겠다고 작업을 거는지 몰랐으니까."

"그녀가 왜 나한테 접근한 거요?"

"그건 나도 잘 모르겠소. 그런 얘기까지 나누지는 않으니까. 그녀가 목표를 찍어 오면 난 아는 흥신소를 통해 뒷조사를 하고 결혼한 다음에 이혼소송이 벌어지면 소송을 대행해 주는 것뿐이오."

"그럼 서미진과 그 남동생 둘만 있었다는 거야? 돈 나올데 없는 나한테 접근한 걸 보면 누가 시킨 게 틀림없잖아. 안 그래?"

"그럴지도 모르죠. 내가 몇 번이고 왜 이 사람이냐고 물어보니까, 수임료는 챙겨 줄 테니까 걱정 말라고 했어요. 사기당해서 돈이 없는 걸 알고 있다고 하니까 뒤를 봐주는 사람이 있다고 했어요. 목동에 있는 그 아파트도 그 사람이 구해 준 거라고 했어요."

"그 사람?"

"예, 그 사람이라고 언뜻 얘기한 것 같긴 해요."

강형모는 손을 뻗어서 말끝을 흐리는 곽 변호사의 멱살을 움켜잡았다. 조용히 얘기를 나누던 손님 중 누군가 짧은 비명을 질렀다. 강형모는 코앞까지 끌려온 곽 변호사의 얼굴에 대고 나지막하게 으르렁거렸다.

"지금 그년이 사라진 것 때문에 내가 고스란히 누명을 쓰고 있는 중이야. 오늘까지 찾아내지 못하면 난 끝이야. 갈 때 가더라도 혼자서는 절대 못 가. 그러니까 서미진이 말한 그 사람이 누군지 당장 알아봐."

"이봐요. 심정은 이해하겠지만 이쯤에서 조용히 경찰을 찾아가는 건 어때요? 인터넷에 지금 난리가 났던데요."

"인터넷? 그건 또 무슨 소리야?"

"아직 못 본 거요? 어제 서미진이 실종된 일에 당신이 연루된 것 같다는 기사가 인터넷을 거의 도배하다시피 했는데 말입니다."

강형모는 그 말을 듣는 순간 숨이 턱 막혀 왔다. 애써 태연한 척 헛기침을 내뱉은 강형모가 멱살을 잡은 손을 풀면서 말했다.

"등기부등본이든 뭐든 떼면 목동에 있는 아파트 실제 소유주가 누군지 알 수 있잖아."

"좋아요. 내 월요일에 출근하자마자 알아보리다."

"오늘까지, 지금 당장 사무실로 들어가서 찾아봐. 오늘 중에 연락 안 하면 기자들 앞에서 네 이름 석 자 다 말해 버릴 거야. 그러면 전화번호 바꾸는 정도로는 안 끝날 거야. 내 말 무슨 뜻인지 알겠지?"

"알았으니까 진정해요. 그럼 내가 당신 부탁을 들어주면 난 이번 일에서 빼주시오."

"이름만 알아내. 그럼 다신 나 볼 일 없을 테니까. 아까 두 번째로 온 게 당신 번호 맞지?"

강형모는 고개를 끄덕거리는 곽 변호사를 두고 자리에서 일어났다. 턱으로 커피를 가리킨 강형모가 말했다.

"나머진 네가 마셔."

"지난주에 미진 씨가 그러더군요. 정말로 결혼하고 싶다고 말이오."

계단 쪽으로 걸어가던 강형모는 등 뒤에서 들려오는 곽 변호사의 말에 흠칫 놀라고 말았다.

"당신과의 결혼을 정말로 진지하게 고려하고 있었어요."

"거짓말."

휙 돌아본 강형모가 이죽거리며 쏘아붙였다. 어깨를 으쓱거린 곽 변호사가 따라 일어나면서 대꾸했다.

"글쎄요. 난 그녀가 결혼하고 이혼하는 걸 몇 년 동안 쭉 지켜본 사람입니다. 이번 같은 경우는 없었어요. 그녀가 정말 당신 돈을 가지고 잠적한 게 맞습니까?"

"이봐. 꽃뱀 얘기를 나보고 믿으라는 거야? 선을 넘어 버리면 그 나머진 아무것도 아니야. 살인이건, 사기건, 뽕에 맞은 것처럼 뭐가 잘못된 건지 아랑곳하지 않는다니까? 어떻게 하면 돈을 뜯어낼 수 있을까밖에는 없어. 사랑? 웃기는 소리 하지 말고 오늘 중에 전화해. 안 그러면 나처럼 오랫동안 암흑기를 보내게 해 줄 테니까."

강형모는 굳은 얼굴로 살짝 고개를 끄덕거린 곽 변호사를 뒤로 하고는 계단을 내려왔다.

"젠장, 시체를 다른 데로 옮겨야 하는 거 아냐?"

문득 다 쓰고 버린 쓰레기들이 모여 있는 곳에 있는 서미진과 그녀의 아이들 시신이 떠올랐다. 참을 수 없는 웃음이 입안 구석구석을 맴돌았다. 그들은 죽어서 그런 대접을 받을 거라고 상상이나 했을까? 카니발은 원래 주차돼 있던 곳에서 얌전히 기다리고 있었다. 호주머니속의 차 키를 만지작거리며 다가갔다.

"아파트 실제 주인만 찾으면 끝이야. 가서 쇼부를 치면 돼. 그런 거 잘하잖아. 승부사 강형모."

먼지투성이 문을 열고 운전석에 털썩 주저앉으며 중얼거린 강형모는 시동을 걸었다. 사래가 들린 것처럼 콜록거렸지만 차는 시동이 걸리지 않았다.

"망할 놈의 차 같으니라고."

다시 버튼을 누르자 이번에는 시동이 걸릴 것만 같았다. 히죽 웃으며 고개를 드는 순간 백미러에 단단하게 박혀 있는 눈이 보였다. 놀라서 뒷좌석을 돌아보려는 찰나 지직거리는 소리와 함께 어마어마한 충격이 온몸을 덮쳤다. 몸 안을 타고 흐르는 전류에 몸이 제멋대로 반응했다. 이빨이 뽑혀 나갈 것처럼 너덜거리며 입안에서 타는 냄새가 났다. 눈을 뜬 채 옆으로 털썩 쓰러진 강형모는 의식만 둥둥 떠 있는 것 같았다. 잠시 후 조수석 문이 열렸다.

"어떻게 해?"

"일단 뒤로 넘겨."

첫 번째는 여자 목소리였고, 두 번째 목소리는 서욱철이었다. 조수석 시트가 뒤로 완전히 젖혀졌다. 겨드랑이로 파고든 억센 손에 이끌린 강형모는 뒤쪽으로 넘겨졌다. 그들은 오직 눈만 껌뻑거리고 숨만 쉴 수 있는 강형모를 짐짝처럼 내팽개쳤다. 뒤로 꺾인 손목에 수갑이 채워졌다.

"내가 뒤에 탈까?"

"수갑 채워 놨으니까 괜찮아. 뒤쪽에 담요 있을 거야. 그걸로 좀 덮어 버려. 재수 없게 교통경찰이라도 만나면 어떡해."

"알았어."

다시 차 문이 열리는 소리. 그리고 하이 힐 같은 구두 소리가 카니발 뒤쪽으로 갔다. 트렁크가 열리고 뭔가를 찾는 부스럭대는 소리가 들렸다. 잠시 후 하이힐이 또각거리며 다가왔다. 그리고 어둠이 휙 던져졌다. 잠시 후 차가 부드럽게 출발하는 게

느껴졌고, 강형모는 그대로 의식을 잃었다

꿈을 꾼 것만 같았다. 알 수 없는 시간의 흐름이 지나갔다. 가다 서다를 몇 번 반복하던 차는 고속도로를 탔는지 멈추지 않고 질주했다. 머릿속에서 지글거리던 전류가 차츰 사라지기는 했지만 메스꺼움과 어지러움은 좀처럼 사그라지지 않았다. 금요일 이후 처음으로 두려움이 온몸에 식은땀처럼 스며들었다. 속도를 높여 질주하던 차가 오른쪽으로 커브를 틀면서 급정거했다. 속도가 남아 있던 몸이 앞으로 굴러 앞좌석과 뒷좌석 시트 사이로 떨어졌다. 사이드를 잡는 소리가 들리고 잠시 후 차문이 열렸다. 머리 위를 감쌌던 어둠이 사라지자 차의 어두운 천정이 보였다. 멱살을 잡혀 일으켜지는 바람에 천정의 어둠 대신 먼지 낀 차창 너머의 또 다른 어둠이 눈에 들어왔다. 얼굴 여기저기에 반창고와 붕대를 붙인 서욱철의 모습이 보였다.

"후, 오랜만이야."

아직 열기가 남은 입술을 떼 대꾸해 보려고 했지만 머릿속에 남은 전류가 생각을 방해했다. 머리 위로 차들이 지나가는 소리가 들려왔다. 그제야 차가 멈춘 곳이 고속도로 아래 만들어진 터널 같은 곳이라는 걸 눈치챌 수 있었다. 저 멀리 사각형의 빛이 보였다. 질질 끌려 나간 강형모는 옆구리가 터진 시멘트 포대 위에 앉혀졌다. 면도기처럼 생긴 전기충격기를 한 손에 쥔 서욱철이 한쪽 무릎을 꿇고 앉았다.

"미진이 어디다 숨겨 놨어?"

"왜 사업 밑천이 상했을까 봐 겁나?"

"또라이 새끼 같으니라고, 지금 난리 났어. 그러니까 빨리 원래 있던 대로 잘 모셔다 놓지 않으면 넌 정말 끝이야."

"예전에 경찰에 잡혀갔을 때, 스캔들 터졌을 때, 영화 말아먹을 때 다들 그러더군. 넌 끝이야라고 말이야."

벌떡 몸을 일으킨 서욱철이 발로 그를 걷어찼다. 딱딱한 구두 끝이 명치에 닿자 순간적으로 숨이 턱 막혔다. 숨을 찾으려 앞으로 몸을 숙인 강형모는 멱살이 잡힌 채 차가운 벽에 밀어붙여졌다.

"지금 내가 농담하는 걸로 보여?"

"전혀, 조금 심각해 보이기는 해."

두려움에 심장이 터져 나갈 것 같았지만 입에서는 짐짓 태연한 얘기들이 흘러나왔다. 눈앞에서 전기충격기가 켜졌다. 가느다란 촉수들 사이로 푸른 전류가 타닥거리며 흘러갔다. 한 번 고통을 경험한 몸이 아우성을 쳤다.

"아깐 제일 약한 거였어. 오 단계까지 있는데 한번 경험해 볼래?"

"재미있겠는걸. 그게 세게 맞으면 영화에 나오는 것처럼 머리카락이 곤두서는 거야?"

발로 차인 명치에 전기충격기가 닿는 순간 벽에 달라붙어 있던 몸이 개구리처럼 펄쩍 뛰었다. 힘이 쫙 풀린 다리가 제멋대로 꺾이면서 바닥에 힘없이 널브러졌다. 뻣뻣하게 굳은 손가락이 거미 다리처럼 차가운 바닥을 긁어 댔다. 다시 몸은 일으켜져서 시멘트 포대 위에 앉혀졌다. 제대로 균형을 잡지 못한 몸이 옆으로 스르륵 넘어지자 서욱철이 발로 머리를 밟았다.

"어때 털어놓을 생각이 들어? 아니면 한두 번 더 맞아 볼래?"

"옛날 부인 잔소리보다는 못한걸? 그때 정말 죽고 싶었거든."

퉁퉁 부은 눈에서 눈물이 흘러나왔다. 낄낄대는 그에게 서욱철의 발길질이 떨어졌다. 옆에서 지켜보던 다른 그림자가 서욱철을 뜯어말렸다. 차 뒤로 사라진 서욱철과 그림자가 한참 동안 옥신각신하는 소리가 들려왔다. 그리고는 잠시 후 아까 들린 하이힐 소리가 또각거리며 들려왔다.

"괜한 고집 부리지 말고 어디 있는지 사실대로 털어놔요. 모두 제 자리로 돌아가면 아무 일 없을 거예요."

낯익은 목소리에 놀라 겨우 고개를 든 강형모는 우뚝 선 그림자의 주인공을 보고는 허탈하게 웃었다.

"너도 한패였니?"

"그럼 당신 같은 영감한테 내가 왜 홀렸겠어요."

피식 웃은 성유란이 쓰고 있던 선글라스를 벗었다.

"하긴, 너무 싸 보이긴 하더라."

"농담 따먹기는 그만하고, 미진이 언니 어디 있는지나 말해요. 안 그러면 저 사람이 정말 당신을 죽일지도 몰라요."

성유란이 선글라스를 손에서 빙빙 돌리며 뒤편을 가리켰다. 서욱철이 씩씩대며 땅을 차는 소리가 들려왔다.

"데려다주면, 난 파묻어 버릴 거잖아. 차라리 여기서 전기구이가 되는 게 낫지."

"미진이 언니를 찾아 주지 않으면 정말 죽을 거예요. 하지만 언니가 어디 있는지 알려 주면 살 수도 있어요."

"나보고 사람들 등쳐먹는 꽃뱀 가족들 말을 믿으란 말이야? 세 가족이 포지션을 아주 잘 잡았군. 물고, 협박하고, 등쳐 먹고 말이야."

"맞아요. 우린 그렇게 살았어요. 미진 언니가 돈 많은 홀아비를 물면, 내가 가서 홀아비를 다시 유혹했죠. 그 다음에는 욱철 오빠가 나서서 돈을 뜯어냈고요. 우리 셋 다 같은 고아원 출신이라고 말 안 했죠? 부모형제 없는 고아들은 이렇게밖에 못 살아요."

"부모한테 버림받은 복수를 세상에 하겠다. 이거 무슨 삼류 시나리오야?"

"우리 어머니 부산에 살아요. 열여섯에 털컥 나를 낳고는 공원 화장실에 버렸죠. 작년에 찾아갔더니 웬 미치광이 노인네한테 맞으면서 살더군요. 차라리 잘 살았다면 복수할 마음이라도 나겠는데, 세상이 원래 그런 것 같아요. 당신도 우리랑 다를 게 없어요. 세상을 등쳐 먹고 살잖아요."

"나쁜 악당, 착한 악당 놀이 하는 거야? 이제 내가 요지부동이면 저 녀석이 와서 전기로 몇 번 더 지지고, 그 다음에는 네가 와서 날 구슬리고. 근데 너무 어설퍼."

"난 누가 피 흘리고 고통받는 거 싫어요. 그러니까 미진 언니 있는 데로 우릴 데려다줘요. 그럼 아무도 다치지 않을 거예요."

"뭔가 착각하는 모양인데 미진이는 나한테 끌려간 게 아니라 너희들을 피해서 도망친 거야. 나한테 다 털어놨어. 나랑 같이 어디 멀리 도망가자고 하던대?"

어떻게든 시간을 끌려고 거짓말을 했지만 성유란은 믿지 않았다.

"언니는 우릴 버릴 사람이 아니에요."

"흥, 남 등쳐 먹는 것들이 자기들끼리는 철석같이 믿네. 골 때리는데?"

"이게 마지막이에요. 진짜 어디 있는지 말해주지 않으면 정말 쥐도 새도 모르게 파묻혀 버릴 거예요."

"미진이가 돌아오고 내가 없어지면? 너희들은 무사할 것 같아?"

카니발 건너편에서 서성거리던 서욱철이 발치 쪽으로 돌아왔다. 피우던 담배를 멀리 던진 그가 호주머니에 넣어 두었던 전기충격기로 허벅지를 지그시 눌렀다. 파지직거리는 소리와 함께 부어오른 눈이 터져 버릴 것만 같았다. 잠깐 뗀 전기충격기가 다시 허벅지에 닿자 몸이 고무줄처럼 튕겨 올랐다. 온몸의 세포 하나하나가 고통을 느끼고 비명을 토해 내는 것 같았다. 비명을 지르려 했지만 전기에 익어 버린 것 같은 씨근덕거림밖에는 내뱉을 수가 없었다. 방금 전까지 느물거리던 여유가 희미한 기억처럼 사라졌다. 참으려고 애썼지만 눈물이 줄줄 흘러나왔다.

"우리 인내심을 시험하지 말아요. 당신이 사라지면 빚쟁이들이나 찾겠죠."

성유란의 말이 끝나기가 무섭게 서욱철이 전기충격기를 눈앞에서 휘둘렀다. 생각보다 본능이 더 빨리 그의 고개를 끄덕거리게 만들었다. 흡족한 표정의 서욱철이 전기충격기를 껐다. 안도의 한숨을 내쉰 서욱철이 눈을 껌뻑거렸다. 주먹에 맞은 것처럼 부어오른 눈두덩이 때문에 앞이 제대로 보이지 않았다. 타버릴 것 같은 고통이 그나마 부리던 배짱과 여유를 집어삼켰다.

"어디야?"

"파주, 파주 인쇄단지 근처야."

"인쇄단지?"

"파주로 가는 휴게소 뒤편에 있는 거야."

"뺑뺑이 돌리는 거면 거기가 네 무덤이 되는 거야. 마지막 기회야. 사실대로 말해."

"거기 맞아. 그, 거기에 산이 하나 있는데 거기 뒤쪽 중턱에 작은 별장 같은 데가 하나 있어. 거기 다 있어."

"좋아. 거짓말이면 각오해."

먹살이 잡힌 강형모는 차 뒷좌석에 던져졌다. 냄새나는 시트 위로 침과 눈물이 껌뻑거리며 쏟아졌다. 앞좌석 차문이 닫히고 시동이 걸렸다. 카니발이 털컹거리며 서서히 속도를 높였다. 정말 피할 수 없는 마지막이라는 생각이 턱 밑에서 헐떡거렸다. 오줌이라도 쌌는지 바지가 축축했지만 창피함을 느낄 여유조차 없었다.

파주로 가는 길

일요일 오후 1 : 06

원준은 약속 시간보다 30분이나 늦게 나온 선배의 하늘색 승용차에 아무 말 없이 올라탔다.

"미안, 데스크에서 갑자기 불러서 얘기하느라고 늦었어. 밥 먹었냐?"

"예, 집에서 먹었어요."

"일단 경찰에서도 수사에 나설 것 같아. 하지만 다음 주는 돼야지 움직일 거야."

"그럼 우리만 가는 건가요?"

"가서 제보한 친구 얘기 좀 들어 보자고, 참 뒤쪽은 김석중이라고 사진 찍는 친구야."

하늘색 비니를 뒤집어 쓴 길쭉한 얼굴의 남자가 뒷좌석에서 불쑥 손을 내밀었다. 얼떨결에 악수를 나눈 원준은 영등포로 통하는 꽉 막힌 길을 쳐다봤다. 선배가 건네준 자일리톨을 받아든 원준이 입을 열었다.

"다른 정보는 더 없어요?"

"별로, 강형모는 요즘 완전히 입만 산 사기꾼이었고, 사라진 서미진은 정황상 꽃뱀이었고, 서로 물고 물린 것 같아."

"서미진이 강형모라는 배우한테 돈이 없다는 걸 알았을까요?"

"모르진 않았을 거야. 근데 왜 들러붙었느냐가 문제지. 빈털터리한테 사기쳐 봤자 나올 게 없거든."

"혹시 강형모가 속은 걸 알고 납치한 거 아닐까요?"

뒷좌석의 사진기자가 불쑥 끼어들었다.

"나도 그 생각을 해 봤는데 그래서 뭐하게? 그리고 속인 건 강형모지 서미진은 아니잖아."

선배의 핀잔이 따라붙었지만 사진기자는 포기하지 않았다.

"네가 날 속였으니까 살고 싶으면 돈을 내놔라. 뭐 이런 식으로요."

"혹시 강형모를 피해서 잠적한 건 아닐까요? 그 사람이 남동생이 살고 있다는 개봉동에도 나타났다면서요."

원준의 말에도 선배는 고개를 저었다.

"서미진이 피할 이유가 없잖아. 오히려 강형모가 기소가 된 상태라 경찰이 개입될 만한 말썽은 피해야만 할 처지야."

"이것도 아니고, 저것도 아니면 대체 그 여자는 왜 사라진 겁니까? 선배."

뒷좌석의 볼멘소리에 선배는 백미러에 대고 얼굴을 찡그렸다.

"일단 보기 전에는 아무것도 믿지 마. 예전에 남편 여읜 지 두 달밖에 안 된 과부가 아들이랑 사라져 버린 거 기억나? 사라지기 전에 은행에서 돈 다 찾아가는 바람에 발칵 뒤집혔잖아. 근데 뭐더라? 무슨 안식? 이상한 교회에 돈 다 맡기고 기도원에 들어가 있었잖아."

"차라리 그런 해프닝이었으면 좋겠어요."

원준은 차들이 쌓여 있는 도로를 바라보며 말했다. 뭔지 모를 불길함과 두려움이 갈증처럼 목을 메마르게 만들었다. 답답하게 막힌 도로는 구일역 근처에 있는 동양공전 앞을 지나면서 숨통이 트였다. 원준은 속도를 높인 차 곁을 스쳐 지나가는 풍경을 바라보며 생각에 빠져들었다. 서부트럭터미널을 지나자 도로는 텅 비다시피 했고, 차는 더 속도를 냈다. 휴대폰으로 제보한 사람과 통화한 선배는 휴대폰을 내려놓으며 그에게 말했다.

"너무 걱정하지 마. 별일이야 있겠냐? 제보자 만나 보고 일단 주변에 있는 모텔이나 여관을 좀 뒤지면 찾을 수 있을 거야."

"사람들은 왜 사라지는 거죠?"

"뜬금없긴."

피식 웃은 선배가 대답했다.

"지쳐서겠지. 매일 똑같은 시간에 일어나 직장에 가고, 집으로 돌아오고, 그러다 월급 받고, 다들 꿈도 있었을 테고, 희망도 가지고 있었겠지만 빌어먹을 세상이라는 게 말이야. 꼭 사람의 꿈을 잡아먹으면서 연명하는 것 같아. 너 일 년에 말도 없이 사라져 버리는 사람들이 얼마나 많은지 알면 기절할걸."

"다슬이도 지쳐서 사라져 버렸을까요?"

"누구? 아, 그 아줌마 딸. 글쎄다. 나중에 만나서 직접 물어봐."

인쇄단지는 자유로를 한참 타고 올라간 다음에야 나타났다. 휴대폰으로 위치를 물어보며 핸들을 이리저리 틀던 석환 선배가 차를 세운 곳에서 녹색 앞치마를 두른 뚱뚱한 남자가 기다리고 있었다. 차에서 내린 석환 선배를 보자마자 달려온 뚱뚱한 남자는 호들갑을 떨면서 다가와 악수를 건넸다.

"먼 데까지 오시느라 고생이 많으셨습니다. 길은 잘 찾으셨습니까? 기자님."

"덕분에 잘 찾아왔습니다. 윤석환이라고 합니다. 이쪽은 사진기자고, 여기는……."

조수석에서 내린 원준을 쳐다본 선배가 잠깐 주저하다가 입을 열었다.

"수습기잡니다."

"이쪽으로 오시죠. 일단 따뜻한 커피 한 잔 하시고 말씀들 나누시죠."

원준은 종종걸음으로 앞장선 남자를 뒤따라 넓은 로비로 들어섰다. 키보다 더 큰 통유리 앞에 다닥다닥 붙은 좌석에 사람들이 드문드문 앉아 있었다. 허리 높이의 나무문을 열고 바 안으로 들어간 남자는 묻지도 않고 아메리카노 세 잔을 뽑고는 설탕까지 넣어 버렸다. 커피가 담긴 종이컵을 집어 든 석환 선배가 물었다.

"그 사람 언제 왔죠?"

"금요일 저녁이요. 평일에는 아홉 시까지 하는데 문 닫을 준비를 하고 있을 때였으니까, 아마 여덟 시 반은 넘었을 거예요."

"혼자 왔던가요?"

"예, 옷이 좀 많이 지저분했고, 머리도 많이 헝클어져서 그 사람인지도 몰랐어요. 금방 문을 닫는다고 했는데도 조금만 있다 간다고 해서 주문을 받았어요."

"옷은 양복? 아니면 캐주얼이요?"

"양복 바지에 노타이 셔츠요. 그 차림으로 뭐 짐이라도 날랐는지 먼지랑 땀투성이더라고요."

"뭔가에 쫓기거나 불안해하지는 않던가요?"

"정신 줄을 좀 놓고 있는 것처럼 보였어요. 뭐라고 말을 하면 한 번에 알아듣지도 못했고요."

"어디 앉았는데요?"

"조기요. 저기 빨간 모자 쓴 커플 보이시죠. 그쪽 자리예요."

"뭐 특별한 말이나 행동거지는 없었나요."

"가만있자. 미친 사람처럼 좀 중얼거리다가 문 닫을 시간이라고 하니까 허둥지둥 일어나던데요. 샌드위치랑 머핀은 입도안 댔고 커피도 거의 다 남겼더라고요."

앞치마를 맨 남자는 자부심 넘치는 표정으로 입맛을 쩝쩝 다셨다.

"머핀이랑 샌드위치를 그냥 가져갔다고요? 포장도 안 뜯고요?"

"네. 허겁지겁 일어나던데요."

"여기서 나간 다음에는 어디로 갔는지 혹시 봤나요?"

"음, 가만있자. 차를 저쪽 쓰레기장 있는 데 대 놨더라고요. 문 닫고 나오는데 차에 타는 게 보였어요."

"까만색 제네시스 맞나요?"

"어두워서 색은 안 보였지만 제네시스는 맞는 것 같았어요."

"다른 사람이 타고 있던가요?"

"그런 거 같기도 하고, 너무 멀리 있어서요."

남자는 앞치마를 만지작거리며 대답했다.

"그 사람이 탄 차 어디로 갔는지 봤어요?"

"버스 시간이 늦어서 제대로 못 봤어요. 아홉 시 십 분 차 놓치면 다음 차가 열 시라서요."

남자는 마치 잘못한 아이같이 변명을 늘어놓았다. 어느 틈엔가 꺼낸 작은 수첩에 볼펜으로 끄적거리던 선배가 고개를 치켜들고 다시 물었다.

"이 근처에 모텔 같은 데가 많나요?"

"어디보자, 저 위쪽으로 가면 카페 촌이 있는데 그 근처에 몇 개 있다고 하던데요. 직접 가 보진 않았고요."

"더 북쪽으로요?"

"예, 그리고 신도시 쪽에 찜질방이랑 고시텔 같은 데가 몇 군데 있어요."

"음, 알겠습니다. 협조 감사드리고요. 필요한 거 있으면 다시 연락드릴게요."

"저, 제 이름은 기사에 나오나요? 아니면 이니셜로?"

"아직 기사가 나올지 모르겠어요. 취재한다고 다 기사에 실리는 건 아니라서요."

수첩을 접은 선배의 말에 남자는 얼굴에 아쉬움을 드러냈다.

"그래요? 차라리 더 크게 터졌으면 좋았을 텐데 아깝네요."

남자의 말에서 잔혹한 기대감이 배어 나왔다. 선배가 원준의 팔을 잡고 밖으로 끌고 나왔다.

"일단 근처 모텔부터 뒤져 보자. 먹을 걸 안 먹고 챙겨 갔다는 걸 보면 분명 서미진과 가족들한테 갖다 주려고 그랬던 것 같아."

원준은 서두르는 두 사람을 따라 차에 올랐다. 구겨진 앞치마 주머니에 두 손을 찔러 넣은 남자가 무표정한 얼굴로 이쪽을 쳐다봤다.

다시 파주로 가다

일요일 오후 1 : 47

IME SCENE   CRIME SCENE   CR

"네 실수가 뭔지 알아? 거기서 내 이름을 대 버린 거야. 곽 변이 무슨 일이냐고 나한테 전화했을 때 대충 짐작했지. 일단 붙잡아 놓으라고 하고는 바로 온 거야. 곽 변한테 시간 끌라고 말하고는 주변을 뒤지다가 차를 발견했어."

주도권을 잡았다는 사실에 신이 났는지 핸들을 잡은 서욱철이 연신 떠들어 댔다.

"밖에서 덮치면 사람들 눈에 띌까 봐 비상키로 들어가서 뒷좌석에 숨었지. 들키는 줄 알고 얼마나 조마조마 했는지 알아?"

뇌를 녹여 버릴 것 같은 통증이 사라졌지만 귀 안에서 사이렌 소리 같은 굉음이 울렸다. 소리가 죽기를 기다리던 강형모는 옆 자리의 성유란과 시답잖은 농담을 주고받던 서욱철에게 말했다.

"이제 누가 배후에 있는지 말해줄 수 있겠어?"

앞자리의 말소리가 뚝 끊겼다. 그 침묵 속에서 강형모는 서욱철과 성유란이 배후의 인물이 누구인지 똑똑하게 알고 섬뜩할 정도로 두려워한다는 사실을 짐작했다.

"알아서 뭐하게? 찾아가서 복수라도 하게?"

"그건 내가 알아서 할 테니까 신경 끄고 대답이나 해."

서욱철이 갑자기 핸들을 꺾고 차를 갓길에 세웠다. 앞으로 휘청거린 몸이 겨우 균형을 잡자 서욱철의 전기충격기가 눈앞에서 푸른 불꽃을 잘근잘근 뱉어 냈다.

"단단히 착각하는 모양인데 꿈도 꾸지 마. 만약 미진 씨가 널 죽이라고 하면 한 치의 고민도 없이 널 토막내 버릴 테니까 각오하라고."

"만약 미진이가 정말로 나를 사랑한다면?"

"그럴 리가 없잖아. 누가 널 사랑하겠어? 네가 누군가의 사랑을 받을 자격이 있다고 봐?"

"곽 변이 얘기 안 했나? 이번에는 정말로 사랑에 빠진 것 같다고 말이야. 안 그랬으면 네 녀석이 보낸 사진을 그렇게 묵히지도 않았을 거야."

"사진? 무슨 사진을 말하는 건지 모르겠지만 꿈 깨."

"그럼 만약 그녀가 날 정말 사랑한다고 하면 우릴 풀어 줄 거야?"

"그럴 리가 없다고 했어."

"자신 있으면 그까짓 약속이 뭐가 문제가 되지? 막상 대면했는데 그녀가 날 선택할 것 같아서 그런 거야?"

"미진이는 우릴 버리지 않아!"

"그럼 왜 그렇게 주저하는데? 만약 미진이가 거기서 날 선택하면 우릴 그냥 놔주겠다고 약속해."

"미진이는 너 따위를 사랑하지 않았어."

"정말 장담한다면 약속하는 걸 두려워할 이유가 없잖아."

장작불처럼 타오르는 푸른 불꽃이 눈앞까지 다가왔지만 강형모도 이판사판이었기 때문에 지지 않고 쏘아봤다. 조수석에 타고 있던 성유란의 손길이 눈앞까지 다가온 전기충격기를 거둬 갔다.

"일단 만나 보고 뭘 결정해도 늦지 않아요. 이러다 날 새겠어요."

성유란의 재촉에 마지못해 전기충격기를 치운 서욱철이 욕지거리를 뱉으며 카니발을 다시 출발시켰다. 강형모는 눈을 감고 필사적으로 빠져나갈 길을 찾아보려고 했다. 그의 바람과는 달리 속도를 높인 카니발의 조수석에 타고 있는 성유란의 목소리가 들려왔다.

"조금 있으면 이산포 인터체인지에요. 인쇄단지 근처 어디쯤이죠?"

"일단 안으로 들어가야 돼. 상가들 있는 사거리에서 오른쪽으로 빠지면 산이 보일 거야."

"사람들 많은 데로 일부러 가는 거 아냐? 다른 쪽 길 없어?"

의심이 잔뜩 묻어 있는 서욱철의 말에 강형모는 어깨를 으쓱했다.

"못 믿겠으면 내려서 산길을 직접 걸어 올라가든지."

진입로를 타고 들어간 인쇄단지는 이틀 전과 별반 달라 보이지 않았다. 쓰레기장에 버려둔 시신을 보여줄 수는 없는 노릇이지만 아무리 머리를 쥐어짜 봤자 빠져나갈 방법을 찾을 수 없었다. 텅 빈 도로를 질주하던 차가 상가 앞을 지날 때쯤 강형모가 소리쳤다.

"잠깐만 나 화장실 좀 갔다 올게."

"웃기고 있네. 그냥 옷에다 싸."

"작은 건 아까 옷에다 쌌어. 설사인가 봐."

"그냥 싸라니까!"

"바지에 실례를 하고 미진이를 만나라고? 좀 봐줘. 전기를 맞아서 그런지 뱃속이 장난 아니란 말이야."

살짝 인상을 구긴 강형모가 애걸하는 투로 말했다.

"너 뭐 뺑끼 쓰는 거 아니지?"

"내가 보기엔 네가 더 두려워하는 것 같은데? 미진이가 날 택하면 넌 정말 닭 쫓던 개 꼴이 되는 거잖아."

"자꾸 신경 긁으면 한 번 더 지진다. 싸든지 참든지 알아서

해! 어느 쪽이야?"

사거리에서 잠깐 카니발을 세웠다. 강형모는 다리로 유리창을 깨고 밖에 살려달라고 외칠까 생각해 봤지만 도와줄 만한 사람들이 눈에 띄지 않았다.

"오른쪽으로 꺾어서 산으로 올라가."

뒤뚱거리며 과속방지턱을 넘은 카니발이 오른쪽으로 꺾었다. 이틀 전에 본 산의 구겨진 능선이 한눈에 들어왔다. 산중턱을 성의 없이 깎아낸 산길에 접어들었다. 이제 정말 얼마 남지 않았다. 그때 차를 마신 카페가 있는 건물을 지나가자 비포장도로가 펼쳐졌다.

"정말 여기 맞아? 아니면 여기가 네 무덤이야."

그 순간 강형모는 온갖 공상을 했다. 갑자기 맞은편에서 덤프트럭이 나타나 카니발을 들이받아 버리거나 앞자리에 탄 서욱철과 성유란이 돈을 놓고 다투다가 핸들이 옆으로 꺾어지면서 길 옆으로 곤두박질치거나, 아니면 소매에 숨겨 둔 만능열쇠로 수갑을 풀거나. 하지만 오르막길 비포장도로에 다른 차는 얼씬도 하지 않았고, 둘이 싸울 기색도 보이지 않았다. 소매에 숨겨 둔 만능열쇠 따위는 애당초 없었다. 멀게만 느껴지던 파멸이 코앞으로 다가왔다는 생각이 강형모를 화나게 만들었다. 점점 가팔라지던 비포장도로가 산등성이를 따라 오른쪽으로 꺾어졌다. 털컹거리며 흔들리는 순간 강형모는 자신도 모르게 두 발로 운전석의 서욱철을 걷어찼다. 갑작스러운 발길질에 놀란 서욱철의 욕설이 터져 나왔다. 강형모의 발길질에 턱을 두 번이나 걷어차인 서욱철이 옆자리의 성유란에게 소리쳤다.

"야, 뭐해! 그걸로 지져버려."

"어딨는데."

강형모는 새된 비명을 지르며 허둥거리던 성유란에게도 발길질을 했다.

"씹할, 여기 있네."

한 손으로 강형모의 발을 밀쳐낸 서욱철이 사이드 브레이크 쪽을 더듬어 전기충격기를 집어 들었다. 푸른 불꽃이 맹수의 이빨처럼 번뜩이는 순간 강형모의 발이 손목을 걷어찼다. 전기 충격기는 성유란이 앉아 있던 조수석 쪽으로 날아갔다. 사람의 목소리 같지 않은 섬뜩한 비명이 터져 나왔다. 강형모는 두 발로 핸들을 잡고 있던 서욱철의 어깨를 있는 힘껏 밀쳤다.

"야! 가만 안 있어!"

핸들이 확 꺾이면서 카니발이 옆으로 꺾인 비포장도로를 벗어났다. 아주 잠깐 허공에 뜬 것 같은 느낌이 사라지고 차가 한쪽으로 기울어졌다. 그리고 천천히 세상이 뒤집혔다. 세탁기 안에 든 빨래가 이런 기분일까? 천정으로 떨어진 강형모가 중얼거렸다. 한 바퀴 뒤집힌 카니발은 흙먼지와 함께 주르륵 미끄러졌다. 앞자리에서 들려오는 비명과 아우성이 좁은 차 안에 미친 듯이 맴돌았다. 펑하는 소리와 함께 바닥에 끌려가던 유리창이 깨졌다. 흙 속에 숨어 있던 나무뿌리가 유리창을 뚫고 차 안으로 밀고 들어왔다. 나무뿌리에 걸린 차가 다시 한 번 뒤집혀 원래처럼 똑바로 섰다. 천정에서 시트로 떨어진 강형모는 숨이 막힐 것 같은 아픔에 꼼짝도 하지 못할 것 같았다. 겨우 몸을 뒤집은 강형모는 속이 뒤집힐 것 같은 어지러움에 못 이겨 헛구역질을 했다. 차 안은 으스스한 침묵이 흘렀다. 시트 사이로 힘없이 널브러진 팔이 보였다. 정신을 차린 강형모는 앞좌석 쪽을 쳐다봤다. 서욱철과 성유란 둘 다 의식이 없는 것처럼 보였지만 언제 깨어날지 몰랐다.

"수갑 먼저 풀어야 하는데."

몸을 뒤척거려 봤지만 구를 때의 충격 탓인지 손목만 시큰거렸다. 널브러져 있던 성유란의 팔이 꿈틀거렸다. 둘 중 한 명만이라도 먼저 깨어난다면 뒤쪽으로 수갑이 차인 상태에서는 저항할 수 있는 방법이 없었다. 강형모는 발로 금이 간 유리창을 깨기 시작했다. 운전석에 앉아 있던 서욱철까지 움직이려는 기척이 느껴지자 더 다급해졌다. 유리창을 깨서 밀어낸 강형모는 다리부터 밖으로 빼내려 했지만 몸이 뜻대로 움직이지 않았다. 결국 다리를 다시 집어넣고 머리부터 밖으로 빼냈다. 창틈에 낀 유리조각들이 뿌드득거리는 소리를 내며 다시 한 번 부서졌다. 팔다리가 없는 애벌레처럼 몸통을 꿈틀대면서 밖으로 절반쯤

나간 강형모는 발목이 턱석 잡히고 말았다. 순식간에 안으로 끌려들어간 강형모의 시야에 깨진 이마에서 흘러나온 피로 범벅이 된 서욱철의 징그러운 얼굴이 잡혔다.

"이 개새끼가 감히 날 속여."

강형모는 날아드는 주먹에 맞서 두 발을 휘둘렀다. 시트에 막혀 있는 좁은 차 안에서 두 사람은 발길질과 주먹을 주고받았다. 팔보다 긴 강형모의 다리에 연거푸 턱이 차인 서욱철이 갑자기 문을 열고 밖으로 나갔다. 씩씩대며 뒤쪽으로 돌아오는 모습을 본 강형모는 발치 쪽의 문이 열리는 틈을 노려 두 발을 모아 힘껏 발길질을 했다. 밖으로 끌어낼 속셈이었던 서욱철은 갑자기 날아온 발길질에 나뒹굴고 말았다. 낑낑대며 밖으로 나간 강형모는 일어서려는 서욱철의 턱에 발길질을 했다. 뿌드득 소리를 내며 서욱철의 턱이 휙 돌아갔다.

한 번 더 밟아주고 도망치려는 생각에 발을 높이 치켜든 강형모는 갈고리처럼 날아든 서욱철의 손에 발목이 잡히고 말았다. 서욱철은 휘청거리며 쓰러진 강형모에게 올라타서 닥치는 대로 주먹질을 했다. 강형모는 뒤로 결박된 손 때문에 고스란히 주먹질을 당해야만 했다. 칼날 같은 통증이 감각들을 베어 먹었다. 버둥거릴 힘마저 사라진 강형모는 날아드는 주먹에 몸을 맡긴 채 눈을 감아 버렸다. 그리고 침묵이 찾아왔다. 마지막이라고 생각하는 순간 숨넘어가는 듯한 비명과 함께 균형을 잃은 무너짐이 들려왔다. 눈을 뜨자 바로 옆에 쓰러진 서욱철의 부릅 뜬 눈이 보였다. 반쯤 벌린 채 뻐끔거리는 입으로 먼지가 스며 들어갔다. 눈으로 보이는 것을 이해하려 애쓰는 동안 하얀 손이 쓰러진 서욱철의 손을 더듬는 것이 보였다. 잠시 후 짤랑 하는 소리가 나는 것을 꺼낸 손이 그에게 다가왔다. 그리고 뭔가를 말하거나 느끼기 전에 수갑을 풀어 버렸다. 막힌 숨통이 터진 것처럼 온몸에 생기가 돌았다. 몸을 옆으로 돌려서 누운 강형모 는 수갑 열쇠를 들고 있는 성유란을 올려다보았다.

"왜? 날 풀어 준 거지?"

"미진이 언니가 부탁한 거예요."

수갑을 찼던 손목은 살갗이 벌겋게 벗겨져 있었다. 강형모는 손목을 주무르면서 물었다.

"미진이가 뭐라고 그랬는데?"

"욱철이 오빠와 오빠가 싸우면 오빠 편 좀 들어 달라고요. 욱 철이 오빠가 사고 칠 것 같다면서 몹시 불안해했어요."

"무슨 사고?"

"잘 모르겠어요. 그냥 오빠를 너무 미워하는 것 같다면서 요 즘 불안해했어요."

잔뜩 인상을 찡그린 그녀가 두 팔로 어깨를 감싸 안았다. 두 툼한 땀이 젖은 머리카락을 타고 눈으로 흘러내렸다. 갑자기 부 산스럽게 옷자락을 뒤적거린 성유란이 주머니에서 담배와 라이터를 꺼내 들었다. 찰칵거리며 라이터를 켜서 담배에 불을 붙인 성유란이 기운차게 연기를 내뿜었다.

"젠장, 뭐가 어떻게 돌아가는지 모르겠네. 주식이니 뭐니 하지 말고 그냥 장사나 하자니까, 욱철 오빠가 고집을 부려서 주식에 다 털어 넣었다가 알거지가 되어 버렸거든요."

"그 얘긴 들었어. 그런데 왜 하필 나야?"

강형모는 쓰라린 통증이 배어나는 손목을 매만지면서 물었다.

"저도 잘 모르겠어요. 뭐 나한테야 뭘 말하고 하진 않았으니까요. 언니 있는 데 가까워요? 얼른 가서 보고 싶어요."

그제야 강형모는 저기 산 아래쪽 쓰레기장에 버려진 미진의 죽음을 되새김질했다.

"나 좀 일으켜 줘."

강형모는 자연스럽게 손을 뻗었다. 담배를 입에 문 성유란이 그에게 손을 내밀자 강형모는 잽싸게 전기충격기를 낚아챘다. 그리고 놀란 성유란이 비명을 지르기 전에 그녀의 몸에 대고 힘껏 눌렀다. 지직거리는 떨림이 손잡이를 타고 흘러넘쳤다. 담배를 문 입을 딱 벌린 성유란이 눈을 부릅뜬 채 그대로 쓰러졌다. 성유란을 쓰러뜨린 전기가 손등을 타고 넘어왔는지 벗겨진 손목이 찌릿찌릿했다. 강형모는 쭈그리고 앉아 시체처럼 누워 있는 두 사람을 물끄러미 바라보다가 그들처럼 벌렁 누워 버렸다. 시체처럼 창백하던 세상이 불을 끈 것처럼 어두워졌다.

얼마나 그렇게 있었을까? 강형모는 보이지 않는 실에 끌어 당겨진 것처럼 상체를 번쩍 들었다. 아련하게 들려오던 사이렌 소리에 실려 온 알 수 없는 불길함 때문이었다. 서욱철과 성유란은 아직도 쓰러진 채 꼼짝도 하지 않았다. 전기충격기를 호주머니에 집어넣은 강형모는 비탈길을 천천히 걸어 내려갔다. 산 허리를 돌자 번뜩이는 불빛들이 가득 잡혔다. 불빛의 정체가 카메라 플래시와 경찰차와 앰뷸런스의 경광등이라는 사실에 철렁 내려앉은 가슴은 사람들과 차가 쓰레기장이 있는 공터에 모여 있는 걸 보고는 무너져 내렸다. 꼬물거리는 사람들이 뱉어내는 소리가 메아리처럼 들려왔다. 그 자리에 털썩 주저앉은 강형모는 두 손으로 얼굴을 가렸다. 시신이 발견되었다면 모든 게 끝이다. 아무것도 모르고 운반했다는 말을 대체 누가 믿을까? 저주받은 기분에 온몸이 축축해졌다. 우두커니 서서 아무것도 하지 못하고 있는 그를 움직이게 만든 것은 등 뒤편에서 들려오는 휴대폰 벨소리였다. 먼지를 흠뻑 뒤집어쓴 차 옆에 쓰러진 서욱철에게서 들려오는 휴대폰 벨소리는 한 번 끊어졌다가 다시 이어졌다. 휘청거리며 서욱철에게 다가간 강형모는 호주머니를 뒤져 검정색 휴대폰을 꺼냈다. 액정에 뜬 번호를 본 강형모는 이를 갈면서 휴대폰을 켰다.

- 이 새끼! 뒈질래? 나도 이제 이판사판이니까 경찰서 찾아가서 다 불어버릴 거야. 네 놈 얘기도 빼놓지 않고 해 줄 테니까 기대하고 있으라고, 알겠어? 얼굴을 못 들고 다니게 해 줄 테니까 각오해!"

강형모는 전화를 건 곽영철 변호사가 더듬거리며 하는 말을 사정없이 끊어 버렸다.

- 감히 뒤통수를 쳐! 거기 그대로 있어. 당장 가서 가루로 만들어 버릴 테니까. 미진이 아파트 실 소유자? 씹할, 다 끝났어. 이젠 필요 없다고!

쓰러져 있는 서욱철을 발로 꽉 밟은 강형모가 있는 대로 고함을 질러댔다. 이렇게 감정을 터트리지 않으면 폭발할 것만 같았다. 지글거리던 감정은 곽영철 변호사의 짧은 대답을 듣고 난 이후 순식간에 얼어붙었다.

- 뭐, 뭐라고? 그게 정말이야? 정말 그 사람 맞아? 혹시 동명이인 아냐? 그럴 리가 없다고. 그 놈이 왜 내 뒤통수를 치는데? 망할, 그 놈이 아닐 거야. 그치? 너 빠져나가려고 속임수 쓰는 거지? 그런다고 내가 속아 넘어갈 것 같아? 아니라고 말해. 아니라고 말하란 말이야! 제발, 제발 아니라고 해.

강형모는 손으로 머리를 감싸 안고는 흐느껴 울었다. 이름을 듣는 순간 답이 나왔지만 믿고 싶지 않았다. 걷잡을 수 없는 눈물을 참으려고 아랫입술을 터지도록 깨물던 강형모는 휴대폰의 다른 번호를 눌렀다. 터질 것 같은 숨소리가 통화 대기음을 뒤덮었다. 잠시 후 짤막하게 여보세요라는 말이 들리자마자 강형모는 말을 쏟아냈다.

– 야! 네가 감히 내 뒤통수를 쳐! 그래도 형님이라고 굽실거려서 거둬줬더니 이런 식으로 배신을 해? 야 인마! 내가 너한테 뭘 잘못해서 이런 짓을 저지른 거야? 돈? 씹할 놈아. 그때 내가 작정하고 불었으면 넌 모가지였어. 내가 다 뒤집어쓰고 살려 줬더니 이런 식으로 나와? 뭐라고 말 좀 해 봐. 서미진한테 목동에 있는 아파트 얻어 준 게 너잖아. 아파트 얻어 주고 날 꾀라고 했지. 대체 왜 그런 짓을 한 거야? 내가 망하면 넌 돈 못 받잖아. 서미진이랑 애새끼들도 네가 시켜서 죽인 거지? 그년이 말을 안 듣고 나한테 찰싹 붙어 버리니까 죽인 거잖아. 시체 발견됐어. 지금 경찰이랑 기자들이 난리 치고 있단 말이야. 내 발로 경찰서 찾아간다. 찾아가서 네 놈 얘기 다 불어 버릴 테니까 각오하는 게 좋을 거야. 나 강형모야. 죽어도 절대 혼자 죽지 않을 거란 말이야.

단숨에 말을 쏟아 낸 강형모는 헉헉대면서 휴대폰 너머의 자글거리는 말소리를 들었다. 불같이 뜨거웠던 숨결이 단숨에 차갑게 식어버렸다.

– 뭐? 그래서 이런 짓을 한 거야? 내가 불어 버릴까 봐? 씹할, 내가 툭하면 터트린다느니 하는 얘기 농담인 거 다 알잖아?

그 말이 겁나서 나를 옭아매려고 했던 거야? 유부녀랑 놀아났다는 약점 가지고? 나 약 처먹고 감방 갔다 온 놈이야. 그 정도 가지고 날 어떻게 해볼 수 있을 거라고 믿은 거야? 너 왜 그랬어? 응? 내가 너한테 서운하게 한 거 있었니? 돈이야 갚는다고 했잖아. 내가 그렇게 무서웠냐? 내가 떠벌리고 다닐까 봐? 내가, 이 강형모가 너한테 고작 그것밖에 아니었니?

휴대폰 너머에서 코웃음 치는 소리가 들려왔다. 넘을 수 없는 거대한 감정의 벽이라는 괴물이 높은 곳에서 내려다보는 것만 같았다. 잔뜩 막힌 코를 힘껏 푼 강형모는 허탈하게 웃으며 말했다.

- 나 꼼짝없이 엮이게 생겼다. 내가 달려 들어가서 다 불어버리면 너도 피곤해진다. 그때 일까지 같이 불까? 피해자 대책모임도 아직 그대로 있는 모양이던데? 뭐? 옥바라지? 씹할 너 그 기분 아냐? 조금씩 뭔가가 조여 오는 그 기분 말이야. 무궁화 꽃이 피었습니다 하고 돌아보면 조금씩 다가오는 뭔가 말이야. 잘 풀릴 거라고 생각했다. 그런데 말이야. 발버둥을 치면 칠수록 더 빠져드는 거야. 왜 그런지 영문도 모른 채 말이야. 두렵다는 말로는 설명이 안 돼. 어쩌면 지금이 차라리 마음 편할지 몰라. 그런데 난 안 죽였다고, 그러니까 누가 죽였는지만 말해. 내 손으로 대가리를 빠개 놓은 다음에 경찰서로 찾아갈 테니까, 이봐, 독거미, 너 지금 명함에 뭐라고 파 놨어? 무슨 개발 대표

이사? 금융 컨설턴트? 좋은 차 굴리고 다니지? 얘들은 조기 유학 보내 놨을 테고 말이야. 마누라도 같이 딸려 보내고 넌 상큼한 것들 처먹고 다니잖아. 근데 말이야. 다 포기해야만 하는 사태가 올지 몰라. 내가 입을 열면 말이야. 그러니까 누가 죽였는지 좋은 말로 할 때 말해.

강형모는 눈을 감은 채 휴대폰 너머의 침묵을 지켜보았다. 조마조마한 침묵이 꺼지고 상대방의 나지막한 대답에 강형모는 숨을 탁 내뱉었다.

- 몰라? 너 정말 나 폭발하는 거 보고 싶어? 씹할 네 밑에 있는 똘마니가 그런 거 다 알고 있어. 서미진이 나를 진짜로 좋아해 버리니까 계획이 틀어졌잖아. 거기다 걔가 나한테 다 털어놓을까 봐 없애 버린 거잖아. 응? 그건 맞는데 죽이지는 않았다고? 내가 뭣도 모르고 시체 운반했다가 꼼짝없이 덮어썼다고 하는 거와 뭐가 다른데? 너도 지금 내 말 안 믿잖아. 그런데 나보고 네 말을 믿으라고? 이 씹할 넌 피장파장이란 말도 몰라? 내가 아프면 너도 아파야지. 누군지 불면 그냥 내가 깨끗하게 안고 갈게. 그러니까 좋은 말 할 때 불어. 나도 이제 입 아프다.

엎어져 있던 서욱철이 짧은 신음 소리를 내며 몸을 뒤척거리는 게 보였다. 휘청거리며 그쪽으로 다가간 강형모는 한 손에 들고 있던 전기충격기를 등에 갖다 댔다. 파지직 하는 소리와 함께 펄쩍거리던 서욱철이 도로 잠잠해졌다. 휴대폰에서는 여전히 미적대는 대답이 들려왔다.

  - 좋아. 다 끝! 게임 오버. 경찰서 찾아가서 다 털어놓을 테니까 마누라랑 애새끼 있는 곳으로 튀든지 알아서 해. 야! 그러니까 서미진을 협박해서 나한테 자기 여행 가니까 대신 가방 좀 운반해 달라고 한 놈을 대라니까. 설마 맨 정신으로 자기가 죽어서 들어갈 가방을 운반해 달라고 하지는 않았을 거 아니야.

  고래고래 소리를 지르던 강형모는 갑자기 말문이 막혔다. 새까맣게 잊어버린 공간이 불쑥 머릿속으로 뚫고 들어왔다. 서미진은 카톡으로 경주로 여행을 갈 테니까 가방을 운반해 달라고 했다. 그리고 또 다른 누군가도 그가 말하기 전에 어디로 여행을 가는지 알고 있었다. 서욱철에게서 돌아선 강형모는 휴대폰을 떨어뜨렸다. 스쳐 지나갔던 죽음의 흔적이 황량한 산속에 버려진 그에게 다시 찾아왔다. 머리를 빠갤 것 같은 통증을 이겨내려면 이를 악물어야만 했다. 낯선 신음 소리가 꽉 다문 이빨 사이로 흘러나왔다.

  "돌아가야지. 돌아가서 결판을 내고 말겠어."

  만약 그가 뭔가를 알고 있다면 희망이 보였다. 그에게 자백을 받기만 하면 이 모든 난관에서 벗어날 수 있을 것만 같았다.

  "영화 같잖아. 망할."

  혼자서 피식 웃는 사이 시끄러운 경광등 소리가 뒤틀린 길을 따라 올라왔다. 깎아지른 것 같은 산허리를 돌아서 나타난 레카차는 강형모의 코앞에서 멈춰 섰다. 발목을 덮는 긴 장화와 큼지막한 선글라스로 무장한 기사가 껌을 질겅질겅 씹으며 차에서 내렸다. 메뚜기처럼 생긴 얼굴 윤곽에 잠자리 눈 같은 선글라스 조합을 본 강형모는 계속 키득거렸다. 침과 함께 씹던 껌을 뱉은 기사가 입을 열었다.

"많이 다쳤어요? 구급차 불러 줄까요?"

그리고 그의 대답을 듣기도 전에 훌쩍 지나가서는 길옆에 나뒹굴고 있는 카니발 쪽으로 걸어갔다.

"어이구, 안전운전 하셔야지. 어? 여기도 다친 사람 있네? 이 아가씨도 아저씨 일행이에요?"

강형모는 아무 대답 없이 손짓을 했다. 무슨 의미로 알아들었는지 모르겠지만 레카차 기사는 휴대폰을 꺼내들었다.

– 어이, 난데. 구급차 좀 이리로 보내. 사고 난 것 같다고 해서 왔는데 사람도 쓰러져 있네. 그래, 중상! 중상이야. 한 명은 멀쩡한 것 같고, 두 명, 그러니까 남자 하나 여자 하나는 인사불성이야. 그래. 내가 삼거리 병원에 먼저 전화하려고 하다가 네 생각나서 전화한 거니까 나중에 한 번 쏴라. 알았지?"

강형모는 시체처럼 널브러져 있는 서욱철을 지나쳐서 여전히 등을 보인 채 떠들고 있는 레카차 기사에게 다가갔다. 통화하느라 정신이 없던 레카차 기사는 강형모가 켠 전기충격기가 켜지는 소리를 듣지 못했다.

뜻밖의 만남

일요일 오후 3 : 44

IME SCENE   CRIME SCENE   CR

　전화를 받은 선배의 얼굴에 심상치 않은 표정이 떠올랐다. 원준은 톱날같이 생긴 모텔 주차장의 차양을 손으로 젖히고는 선배의 뒤를 따라 길가로 나갔다. 차분하던 선배의 목소리가 길 옆에 세워진 소나타에 도착할 무렵에는 걷잡을 수 없이 커졌다.

　"뭐라고요? 한양일보가 어떻게 알고요? 아니, 제가 그걸 미쳤다고 얘기하겠어요. 젠장, 알았어요. 선배. 지금 당장 갈게요."

　"무슨 일이에요."

　"한양일보 애들이 인쇄단지로 몰려왔대. 뭔가 찾은 거 같다는데, 너 혹시 그쪽에 얘기했냐?"

　"얘기 안 했어요."

　원준은 의혹이 가득한 선배의 눈길을 딱 잘라 냈다. 원준의 대답을 들은 선배는 뒤통수를 신경질적으로 긁었다.

"그럼 대체 누구야? 얼른 타. 일단 가 보자."

원준은 서둘러 운전석에 오른 선배를 뒤따라 차에 탔다. 급하게 출발한 소나타 옆으로 다다다닥 붙은 모텔의 네온사인이 쉴 새 없이 스쳐 지나갔다. 공사 중인 굴다리를 지나 인쇄단지 안으로 들어오자 심상치 않은 분위기가 단숨에 느껴졌다. 거친 숨소리로 불편한 속마음을 표현한 선배는 아까 커피숍 남자를 만난 큰 건물 앞에 다다다닥 모여 있는 차들을 보고는 몸을 움찔거렸다. 건물 구석에 내던지듯 차를 주차한 선배가 허둥지둥 차에서 내리고 뒷좌석에서 말없이 카메라를 만지작거리던 사진기자도 하늘색 비니를 푹 눌러쓴 채 뒤를 따라 내렸다. 통유리창을 방패처럼 두른 건물 앞에서 경찰차의 경광등이 클럽의 조명처럼 번쩍거렸다. 아까 본 그 뚱뚱한 남자가 유리문 앞에서 기자에게 둘러싸인 채 뭔가 떠드는 것을 본 선배가 나지막하게 욕설을 퍼부었다.

"어이, 왔어?"

갑자기 옆에서 날아든 손이 선배의 어깨를 쳤다. 무심코 고개를 돌린 선배의 얼굴이 찡그려졌다.

"어, 선배."

"야, 혼자 먹으려고 하니까 탈이 나지."

사각형 뿔테 안경을 걸친 동그란 얼굴이 선배의 얼굴을 향해 침을 튀기며 떠들어 댔다.

"대체 어떻게 된 거예요?"

"저기, 저 친구가 우리 신문사에 전화했어. 인터뷰를 시켜 주면 실종된 서미진의 행방을 알려 주겠다고 말이야."

두툼한 턱이 펑펑 터지는 플래시 한가운데 서 있는 뚱뚱한 남자를 가리켰다. 아까처럼 앞치마의 호주머니에 두 손을 찔러 넣은 남자는 가끔씩 고개를 끄덕거리며 입을 열었다.

"혹시나 하고 연락해 봤더니 우리가 가지고 있던 정보랑 일치한 게 많아서 당장 튀어왔지. 그런데 말이야."

잠깐 말을 끊은 동그란 얼굴의 두툼한 입술이 초승달처럼 휘어졌다.

"준척인 줄 알았더니 월척, 그것도 초대박 월척이지 뭐야."

"뭐, 서미진의 행방이라도 찾았답니까?"

선배가 쿵 하는 콧소리를 내며 물었다.

"그런 셈이지. 저기야. 저 친구 말이 퇴근하는데 쓰레기장 앞에서 얼쩡거렸대. 그래서 오늘 가 봤더니 말이야."

동그란 얼굴의 시선이 옆으로 흘러가서 사람들과 차들을 넘어 건너편 공터의 쓰레기장에 닿았다. 경찰이 쳐 놓은 노란색 접근 금지선이 바람에 위태롭게 펄럭거렸다. 원준은 가슴속 깊은 곳에서 쿵 하는 소리를 들었다.

"담배 있냐?"

동그란 얼굴이 재미있다는 듯 히죽거리며 손가락 두 개를 가

위 모양으로 펼치자 선배가 잠자코 주머니에서 담배를 꺼냈다.

"죽었어요?"

"응, 여행용 캐리어에 넣어져 있더라. 그거 가지고 어디 해외 여행이라도 가려고 그랬나 봐."

더 이상 말소리가 들리지 않았다. 아슬아슬하게 지탱되어 온 몸속의 무언가가 한꺼번에 끊어져 버리자 원준은 줄이 끊어진 인형처럼 털썩 주저앉았다. 옆에 있던 사진기자가 부축을 해 줬지만 두통까지 엄습해 와 그냥 드러누워 버리고 싶었다. 그제야 원준의 존재에 관심을 보인 동그란 얼굴이 선배에게 물었다.

"얘 뭐야? 수습이야?"

"그게 아니라."

원준을 흘끔거린 선배가 동그란 얼굴을 끌고 몇 발자국 옮겨 갔다. 선배의 귓속말을 들은 동그란 얼굴이 잠자코 고개를 끄덕였다.

"암튼, 안됐다. 좀만 잘 구슬렸으면 완전 대박이었는데, 너도 내공을 좀 쌓아야겠어."

"아이씨, 아까 인터뷰 언제 하느냐고 물어서 기사가 나갈지 안 나갈지 모른다고 했더니 삐졌나 봐요."

"거봐. 야, 일단 다해 주는 척 해야지. 너 언제 기자 될래?"

"그러지 말고, 뭐 나온 거 없어요?"

"됐네. 지는 입도 뻥긋 안 해 놓고서는."

옥신각신하는 두 사람의 소리도 천천히 사라져 갔다. 오직 허름한 움막처럼 보이는 쓰레기장만 보였다. 벌떡 일어난 원준은 후들거리는 다리를 움직였다. 옆에서 부축하려던 사진기자의 손길을 뿌리친 원준은 귓가에서 징징대는 소리에 얼굴을 찡그렸다. 사흘 전 다슬이의 마지막 모습이 고장 난 텔레비전 화면처럼 지직거렸다.

"다슬아. 다슬아. 왜 거기 있는 거야. 왜 거기 있냐고!"

사람들의 무심한 얼굴이 시선 밖으로 빨려 나갔다. 성난 얼굴, 지루한 얼굴, 담배를 힘껏 빠느라 쪼그라든 얼굴, 호기심이 흘러넘치는 얼굴을 지나자 노란색 테이프가 쳐진 쓰레기장이 보였다. 푸른색 셔츠를 입은 의경이 사진기를 들고 몰려든 기자들과 실랑이를 벌이는 중이었다. 벽처럼 단단한 사람의 벽은 헤집고 들어갈 틈이 보이지 않았다. 이리저리 사람들에게 밀리는 동안 앰뷸런스가 도착했다는 외침이 들려왔다. 시끄러운 사이렌 소리가 점점 가까워지고 누군가 그를 옆으로 밀어 버렸다. 방금 전까지 그가 서 있던 자리는 후진한 앰뷸런스가 차지했다. 뒷문이 열리고 오렌지색 유니폼을 입은 구급대원들이 바퀴가 달린 들것을 가지고 내렸다. 안경 쓴 의경이 테이프를 높이 들어 올린 공간으로 들어간 구급대원의 등 뒤로 플래시 불빛이 뒤따라 갔다. 원준은 울고 싶었지만 울음을 찾을 수 없었다. 슬펐지만, 한없이 슬펐지만 요동치는 세상 어디서도 슬픔을 토할 곳을 찾지 못했다. 어떻게든 사진을 찍으려는 기자와 막으려는 전경 사이에서 고성이 오고갔다. 원준은 아랫입술을 지그시 깨문 채 버텨 보려 애썼다.

"다슬이는 아닐 거야. 다슬이는 아닐 거야."

주문처럼 같은 말을 되풀이하다가 결국 울음이 터져 나오고 말았다. 옆에 있던 기자들은 오바이트라도 하는 줄 알았는지 옆으로 펄쩍 물러났다. 쭈그리고 앉은 원준은 참혹함에 못 이겨 오열했다. 그녀가 있던 공간이 말끔히 사라져 버렸다는 사실을 믿을 수 없었다. 주저앉아 울고 있던 원준을 호기심 어린 눈길로 바라보던 기자들은 구급대원들이 하얀 천이 덮인 들것을 가지고 나오자 그쪽으로 우르르 몰려갔다. 하얀 천 위로 번뜩이는 플래시의 잔상이 묻어났다. 몇 구냐는 외침에 마스크를 쓴 구급대원이 조용히 손가락 세 개를 폈다. 무심코 바라보던 눈동자 안으로 쓰라림이 몰려들었다. 미친 듯이 소리치고, 발버둥치고 싶었다. 두 번째 들것이 실려 나오자 결국 저지선이 무너져 버렸다. 흡사 몸싸움을 벌이는 것처럼 뒤엉킨 사람들 위로 쉴 새 없이 플래시들이 빗겨 지나갔다. 또 다른 앰뷸런스에 세 번째 들것이 실리자 기자들은 이제 두 대의 앰뷸런스에 파리 떼처럼 붙었다. 누군가의 죽음이 단지 호기심의 대상일 뿐이라는 사실이 무척 우스꽝스러웠다.

"괜찮니?"

물끄러미 흘러내린 손이 어깨에 닿았다. 어떤 말을 해야 할지 모르는 공허함이 눈물 대신 찾아왔다.

"어떻게 해야 하죠. 대체 왜 이런 일이 생긴 건가요?"

"나도 잘 모르겠다."

선배가 내민 손을 잡고 힘겹게 몸을 일으킨 원준은 멀어져 가는 앰뷸런스들을 물끄러미 바라보았다. 꽁무니를 향해 맹렬하게 플래시를 터트리던 기자들은 하나둘씩 차를 타고 앰뷸런스를 뒤따라갔다. 갑작스럽게 찾아온 죽음들이 서서히 받아들여지자 걷잡을 수 없는 눈물이 찾아왔다. 선배는 어린아이처럼 울어 대는 원준을 꼭 끌어안았다.

"그래 많이 울어라. 많이 울어."

"대체 왜 죽인 거죠? 대체 왜요?"

격한 분노가 터져 나왔다. 가슴을 쥐어뜯으며 미친 듯이 펄쩍 뛰었지만 슬픔은 악착같이 뒤쫓아 왔다. 제자리에서 맴을 돌며 울던 원준은 슬픔 같은 어지러움에 못 이겨 풀썩 쓰러지고 말았다. 씨근덕거리는 숨소리가 귀가 아플 정도로 울렸다.

"근데 말이야. 서미진이 살던 아파트에 가 본 적 있다고 했지?"

한쪽 무릎을 굽힌 선배가 조심스럽게 물었다. 원준은 눈물로 범벅이 된 얼굴을 가린 채 고개를 끄덕거렸다.

"거기로 한번 가 볼래?"

"네?"

고개를 든 원준의 반문에 선배가 눈동자를 굴려 시선을 피했다.

"병원이나 경찰 쪽은 취재하기가 너무 빡빡할 것 같아서 말이야. 눈앞에서 이렇게 특종을 놓친 걸 알면 부장이 날 갈기갈기 찢어 버릴지도 몰라. 제발 나 좀 살려줘. 아직 다들 집에서 살인이 벌어진 줄은 모르고 있을 거 아냐."

점점 차오르는 선배의 다급함 앞에서 원준은 고개를 절레절레 내저었다.

"경찰이 먼저 봐야 하는 거 아니에요?"

"보긴 뭘 봐. 어차피 범인이 뻔한데, 그리고 너도 들어가 봤다며? 제발 나 한 번만 살려줘라. 응?"

축축하게 젖은 눈시울이 따끔거렸다. 누군가는 죽고, 누군가는 슬퍼하고, 그리고 누군가는 그 죽음과 슬픔을 탐욕스럽게 맛보고 있다. 원준은 허리 뒤쪽으로 숨긴 주먹을 불끈 쥐었다. 죽음과 슬픔 앞에서도 태연할 수 있는 감정을 부수고 싶었다. 하지만 그것뿐이었다. 구부러진 숨이 고통스럽게 폐를 찔렀다. 서글픔이 분노를 누그러뜨리자 불현듯 그리움이 찾아왔다. 그녀가 머물던 그곳에 다시 돌아간다면 평생 남을 기억을 빨아들일 수 있을 것 같았다. 주먹을 푼 원준은 천천히 고개를 끄덕거렸다.

"잘 생각했어. 어서 일어나. 빨리 가자."

선배의 손을 잡고 일어선 원준은 차를 세워 둔 곳으로 걸어
갔다. 원준이 힘없이 조수석에 올라타자마자 차를 출발시킨 선
배는 산에서 내려오던 푸른색 레카차와 충돌할 뻔했다. 끼익하
는 소리와 함께 몸이 앞으로 기울어졌다. 운전석 창문을 내린
선배가 검게 선팅 된 레카차의 운전석을 향해 고래고래 소리를
질렀다.

"눈 좀 뜨고 운전해!"

선배의 욕설과 손짓에도 레카차는 별다른 반응 없이 가던 길
을 갔다.

"저런 미친 새끼!"

선배의 욕을 뒤집어 쓴 푸른색 레카차는 쏜살같이 서울 방향
으로 사라졌다.

진실로 향하는 길

일요일 오후 4 : 10

IME SCENE   CRIME SCENE   CR

레카차 안은 온통 무전기투성이였다. 60년대 영화에서나 본 듯한 낡은 무전기부터 반짝거리는 최신형까지 운전석과 조수석 정도를 제외하고는 벽처럼 쌓여 있었다. 강형모는 블랙핑크 사진이 대롱거리는 백미러로 뒤쪽을 연신 살폈다. 자유로에서는 사고만 아니라면 경찰한테 잡힐 일은 없었지만 뭔가 알 수 없는 불안감이 바로 등 뒤까지 다가온 것만 같았다. 벽돌처럼 쌓여 있는 무전기들에서 잡음 섞인 소리가 흘러나왔다. 무전기 뒤편에 어지럽게 꽂혀 있는 색색가지 선을 한꺼번에 툭 잡아 뽑자 시끄럽던 잡음이 사라졌다.

"그런데 왜 죽인 거지?"

아무리 생각해봐도 살인범이 그녀를 죽일 만한 이유가 떠오르지 않았다.

잡음이 사라진 차 안에는 엔진의 회전 소리와 타이어가 도로 위를 굴러가면서 내는 마찰음만 남았다. 차들은 여유롭게 질주하는 중이었다. 거울처럼 매끈한 임진강 위로 느지막한 햇살이 새처럼 질주했다.

"천천히 생각해 보자고, 놈이 미진이를 협박해서 나한테 카톡을 보내게 했어. 여행 가방을 운반하라고 말이야. 그리고 미진이랑 얘들을 죽여서 가방에 집어넣은 거야. 틀림없어. 그놈이 죽인 거라고⋯⋯."

쉴 새 없이 중얼거리던 강형모는 호주머니에 넣어 둔 전기충격기를 꺼내 조수석에 던졌다. 흙먼지에 전 철 지난 대나무 시트가 고단한 삶의 속살을 보여주는 것만 같았다. 거미줄처럼 엉켜 있는 교차로를 지나자 웰컴 투 서울이라는 큼지막한 글씨가 눈에 들어왔다. 강형모는 알 수 없는 추위에 온몸을 부르르 떨었다.

그녀의 집

일요일 오후 4 : 35

IME SCENE CRIME SCENE CR

- 그러니까 일단 강형모를 용의자라고 하고, 돈 문제가 살인의 이유인 것 같다고 얹어. 아직 정확한 거 아니니까 확정이라고 하지 말고, 그 다음에는 서미진이 돈이 많은 줄 알고 접근했는데 알고 보니까 꽃뱀이더라. 그래서 우발적으로 살인을 저지르고 시신을 슈트케이스에 넣어서 유기한 것으로 추정! 추정이야. 추정이라고 꼭 넣어. 본사의 거듭된 보도에도 불구하고 단순한 실종이라며 뒷짐을 진 경찰은 민중의 지팡이로서의 자질이 의심된다. 마지막에는 그렇게 마무리하라고, 지금 서미진의 아파트로 가는 중이야. 경찰서나 병원이야 다들 눈에 불을 켜고 있잖아. 진짜 뭐라도 하나 건져서 들어가지 않으며 난 죽는단 말이야. 아래쪽으로 삼 단 정도 비워 놔 봐. 집에 들어가든지, 안 되면 옆집 아줌마라도 붙잡고 인터뷰를 할 테니까 말이야. 오케이. 일단 네 시 반 마감은 넘기고 그 다음 판부터야.

원준은 고래고래 소리를 질러대는 선배의 따가운 목청을 피해 창밖을 바라봤다. 자유로 아래로 파인 토끼 굴 같은 터널을 빠져나온 소나타는 원형 철조망이 쳐져 있는 1차선을 따라 질주했다. 휙휙 지나치는 짧은 풍경 속으로 은색의 철조망과 중간중간 서 있는 빈 초소들이 보였다.

– 공개수사고 나발이고 인터넷에서 어제 난리 났잖아. 시체 발견되었다고 말 나오자마자 다들 벌 떼같이 달려들 거란 말이야. 아차 하면 낙종이니까 정신 똑바로 차려. 뭐? 제삼의 가설? 가설 같은 소리하고 있네. 그럼 서미진을 죽여서 거기다 갖다 버릴 사람이 누가 있는데? 일단 그건 내일 지나 생각해 보고 일단은 여기 집중해. 그리고 사진 말이야. 무슨 시상식에서 꽃 들고 활짝 웃는 거 말고, 좀 어두워 보이고, 우울해 보이는 걸로 해. 없으면 인터넷 뒤져서 영화 스틸 컷이라도 뽑아 봐. 개 뇌물 먹는 형사로 나온 영화 있잖아. 그래, 그거. 그리고 죽은 서미진네 집 가는 건 절대 비밀이니까 데스크 쪽에도 얘기하지 마. 탑한테는 내가 따로 얘기해 놨으니까.

원준은 탐욕스러운 목소리를 피하고 싶어서 손가락으로 귀를 막았다. 운명의 단절이 단지 뉴스거리로만, 호기심의 무게로만 측량되는 순간에서 한없이 도망치고 싶었다. 눈까지 질근 감아 버렸지만 머릿속에 들어온 이야기가 맴돌았다. 죽음, 죽음, 죽음, 그리고 죽음.

흘러가는 차들에 고함이라도 뱉어 내고 싶었지만 통화를 끝낸 선배가 그의 어깨를 치는 바람에 아무것도 할 수 없었다.

"그때 집 안에 어떻게 들어갔다고 했지?"

"경비 아저씨한테 얘기해서 열쇠 아저씨를 불렀어요."

"그럼 열쇠는?"

"제가 가지고 있어요."

원준은 아버지가 선물로 사준 불상 모양의 열쇠고리를 꺼내서 흔들어 보였다. 묵직한 금색 열쇠가 날렵한 열쇠들 사이에서 다른 울음소리를 냈다.

"좋아. 거기 경비 아저씨도 얼굴 알고 있다고 했지?"

"네. 근데 진짜 들어가 볼 생각이에요?"

"나 죽게 생겼다. 그 뚱땡이 새끼가 그런 잔머리를 굴릴지 어떻게 알았냐? 일단 건수만 잡고 나머지는 나중에 생각하자."

"열쇠 드릴 테니까 알아서 열고 들어가세요. 전 안 들어갈래요."

"여자 친구와 작별 인사는 해야지. 가서 방이라도 한 번 들어갔다 와. 안 그러면 평생 찜찜할 수도 있으니까."

선심을 베푸는 것 같은 선배의 말에 원준은 고개를 절레절레 저으며 말했다.

"선배, 괴물 같아요."

원준의 반격에 선배는 핸들을 잡지 않은 손가락으로 이마를 긁으면서 말을 이어갔다.

"내가 괴물처럼 보이니? 매일 사건에 치이다 보면 감정은 날아가고 껍데기만 남아. 누가 죽었다고 해도 왜 죽었는지보다 어떻게 죽었는지를 더 관심 있게 보게 돼. 이러다가 마누라가 죽어도 기사감인지 아닌지 간부터 볼까 봐 겁난다. 네가 이해해라. 다들 이렇게 살아."

세상에게 패배했다는 자조 섞인 말인지 괴물이 되어 버렸다는 자백인지 분간할 수 없는 대답을 한 선배는 입을 꾹 다물었다.

나에게로 향한 이야기

일요일 오후 5 : 39

아파트 입구의 과속방지턱을 뒤뚱거리며 넘어선 레카차에 사람들의 시선이 쏟아져 들어왔다. 강형모는 걸음을 멈춘 사람들의 시선을 무시하며 1342동 앞에 레카차를 세웠다. 먼 길을 실려 온 먼지가 주변에 자욱하게 번져 나갔다. 차에서 뛰어내린 강형모는 곧장 경비실로 걸어갔다. 그리고는 무슨 일인가 경비실 문 밖으로 고개를 내민 늙은 경비와 눈이 마주쳤다. 메마른 물기에 젖은 눈동자를 보는 순간 강형모는 단숨에 깨달았다. 주름살이 자글자글한 헐거운 피부와 충혈된 눈동자를 본 순간 강형모는 진실을 남김없이 깨달았다. 발길에 차일 것 같은 작고 나약한 존재가 희망을 물거품으로 만들어 버렸다는 사실이 그를 미치게 했다.

계단을 단숨에 뛰어 올라간 강형모는 기겁하며 문을 닫는 경비를 향해 발길질을 했다. 몇 번 깨진 적이 있었는지 청테이프와 유리테이프가 그물 모양으로 붙어 있던 경비실 유리문은 강형모의 발길질 한 번에 깡그리 부서져 나갔다. 유리문을 뚫고 들어간 발에 차인 경비가 숨넘어가는 소리를 내며 뒤쪽 벽에 부딪쳤다. 유리 조각이 너덜거리는 문을 거칠게 열어젖힌 강형모는 웅크린 경비의 멱살을 잡아 일으켰다. 화단 앞 보도블록을 걸어가던 아줌마들의 날카로운 비명이 들려왔다.

"너 이 새끼! 왜 죽인 거야?"

얼굴을 때리려고 뒤로 당긴 손이 걸릴 정도로 좁은 경비실 안은 증오로 후끈거렸다. 주먹에 얼굴을 정통으로 얻어맞은 늙은 경비는 쌓여 있는 라면 그릇 위로 쏟아졌다. 핏줄기가 붙어 있는 누런 이빨 하나가 푸른색 시트지를 댄 경비실 유리창에 달라붙었다. 강형모는 짐승 같은 소리를 내며 바닥으로 꺼진 경비에게 발길질을 했다. 메마른 살이 짓밟히면서 둔탁한 소리가 났다. 늙은 경비는 손으로 머리를 감싸 안을 뿐 아무 저항도 하지 않았다. 강형모는 너덜너덜해진 경비의 멱살을 잡아 일으켰다. 깊은 고랑처럼 파인 주름살을 따라 피가 흘러내린 얼굴에는 놀랍게도 미소가 가득했다.

"웃음이 나와? 이 살인자 새끼야!"

강형모는 버둥거리는 경비를 그대로 내던졌다. 유리창 옆으로 날아간 경비는 가득 쌓여 있는 방석 같은 것들과 함께 주르륵 흘러내렸다. 쓰러진 경비를 잡아 일으키려고 널브러진 방석을 집어든 강형모는 순간적으로 멈칫하고 말았다. 둥근 옥이 박혀 있는 방석이 그의 눈을 꼼짝 못 하게 붙들었다. 몇 년 전으로 돌아간 기억이 터질 것 같던 그의 증오에 찬물을 끼얹었다.

"다 끝나고 그거 남은 겨. 집에 한 이백 개쯤 있고, 옥장판은 팔십 개, 거 뭐냐 옥이 박혀 있는 돗자리도 한 백 개 정도 있지. 내 퇴직금에 마누라에 자식새끼까지 잡아먹은 거지."

눈물처럼 주룩주룩 흘러내리는 피가 꼴깍거리며 옥방석을 적셨다.

"몇 년 전에 아는 친척 손에 사업 설명횐가 뭔가에 끌려갔지. 설명만 들어도 선물세트를 준다고 해서 정년퇴직하고 심심한 차에 못 이기는 척 따라갔어. 거기서 당신을 첨 봤어. 문래동이었나? 옥의 효능 어쩌고 하는 얘기를 한참 하긴 했는데 그땐 그렇게 생각했지. 아, 얼굴로 먹고사는 유명한 사람이 말했으니 틀림없을 거라고 말이야."

강형모는 멱살을 쥔 손을 놓고 말았다. 방석에 걸린 다리가 휘청거리면서 그를 주저앉게 했다. 늙은 경비의 움푹 들어간 코에서 이상한 숨소리가 들렸다. 경비가 그렁그렁해진 눈으로 방석들을 물끄러미 바라보면서 말을 이어갔다.

"집에 돌아가서 마누라한테 얘기했는데 평생 군소리 없이 내 말을 듣던 마누라야 좋다고 하지 뭐라고 하겠어. 직장에 다니던 아들 녀석이 뭐라고 했지만 내 귀에는 안 들려왔어. 다음날 마누라 손목 잡아끌고 당장 센터에 갔지. 처음엔 좋았어. 예전에 다니던 학교 돌면서 몇 장씩만 팔아도 넉넉했으니까. 한 장 팔면 얼마씩 떨어지는 재미에 밤새 아는 전화번호 수첩 뒤져 가면서 열심히 팔았지. 금별인가 은별인가도 한 번 받고, 우수 판매사원으로다가 해서 온양 온천에도 한 번 갔다 왔지. 그때 온천에 따라왔던 거 기억나?"

응석받이 아들한테 차분하게 말하는 것 같은 경비의 말을 듣지 않으려고 강형모는 두 손으로 귀를 막았다.

"그러다 안면으로 팔 만한 사람들이 똑 떨어져 버리더라구. 워째겠어. 팔던 게 있어서 할당은 산더미처럼 받아놨는데, 첨엔 내 돈으로 먼저 사다가 쬐금 손해보고 팔지 뭐, 그랬어. 다들 그렇게 했으니까. 그렇게 차츰 쌓이다 보니까 첨에 벌었던 돈 다 까먹고 알토란 같은 퇴직금에까지 손이 가더라고, 마누라는 안 된다고 했는데 그땐 눈에 아무것도 안 들어왔어. 왜 그랬을까? 그러다 다단계 사기라고 신문하고 뉴스에 빵 터지고 센터장들이 다 없어지고 임자도 난 그냥 광고모델이었다면서 발 뺐지. 그때 온천에서 술 주면서 우리 회사라고 몇 번이나 말한 걸 똑똑히 들었는디, 거 참. 마누라는 시름시름 앓아눕고 아들 녀석은 대책회의인가 뭔가 쫓아다녔는데 한밤중에 술 먹고 무단횡단하다가 차에 치였지. 근데 아들 녀석이 사고 나기 직전에 나한테 전화해서 죽고 싶다고 했거든, 마누라는 지보다 먼저 아들

녀석이 저세상으로 간 걸 모르고 눈을 감았지. 이 대 독자였는
디······."

코를 킁 하고 푼 경비가 손을 뻗어서 옥방석을 집어 무릎에
올려놓았다.

"이 옥으로 말할 것 같으면 저기 중국 사천에서도 옥으로 유
명한 계금이라는 곳에서 캐내서 만든 거지요. 옥이 몸이 좋은
건 사천만 국민은 물론 옛날에 죽은 귀신들도 잘 알고 있습니
다요. 옛날에는 귀허디귀한 거라고 왕이나 귀족들만 허고 다녔
는디 세상이 좋아져서 이제 당신도 왕처럼, 귀족처럼 옥을 가지
고 놀 수 있습니다요. 이 옥방석을 깔고 앉으먼 변비, 치질은 물
론 허리도 좋아지고, 소화도 잘됩니다. 그래서 뭐 좀 아는 개인
택시 기사들도 다 하나씩 가지고 있죠. 아마 택시 타면 볼 수 있
을 겁니다요."

"그만, 그만해. 그래 내가 잘못했어! 그러면 날 죽이든지 해
야지 왜 애꿎은······."

"나처럼 희망 없이 살아가게 하고 싶었어."

느슨하던 경비의 말에서 광기가 묻어 나왔다.

"죽으면 그냥 끝이여. 아들 녀석도 이 꼴 저 꼴 안 보려고 그
냥 차들이 쌩쌩 달리는 도로에 뛰어든 게지. 조각난 아들 시신
을 보고 뭔 생각이 들었는지 알어? 이 비겁한 놈아. 네가 이렇
게 가 버리면 내가 못 가지라는 생각부터 들었어. 어쩔 때는 말

이여. 낮과 밤이 뒤바뀌는 것처럼 사는 거와 죽는 게 뒤바뀔 때가 있어. 살아도 사는 게 아니라는 말 이해해?"

"그래서 그녀를 죽인 거야? 내 희망의 싹을 잘라 버리려고?"

"그려. 맞어. 발바닥에 뭐 묻은 강아쥐 모냥 뻔질나게 드나드는 걸 보면서 그런 생각을 했지. 만약에 그 아줌씨가 갑자기 죽어 버리면 넌 닭 쫓던 개꼴이 될 거 아니냐고 말이여. 허허, 나도 참 미쳤지. 미쳤어. 살다 보니 이런 일도 있네. 내가 그래도 고등핵교 수학교사였어. 그런디, 그런디 이게 뭘까? 대체 왜 여기까지 왔는지 나도 수없이 물어봤는데 답이 없드라고."

늙은 경비의 눈에서 솟구친 눈물이 핏줄기 위로 흘러내려 갔다. 주저앉은 채 늙은 경비의 울먹거림을 지켜보던 강형모는 갑자기 치밀어 오르는 구역질에 못 이겨 깨진 유리 조각이 수북한 유리문을 밀고 고개를 밖으로 내밀었다. 아무리 뱉어 내도 뱃속에 똬리를 튼 덩어리는 나오지 않았다. 시큼한 눈물이 이슬처럼 눈썹 끝에 매달렸다. 잘게 부서진 유리 조각 위로 각기 다른 모양의 얼굴이 비쳤다. 아우성치던 얼굴들, 돈을 날렸다며 머리를 쥐어뜯던 모습들. 강형모는 그런 그들을 비웃었다. 자기 돈 하나 건사하지 못하는 바보들, 더 많은 돈을 벌 욕심에 뻔히 보이는 거짓말을 진짜라고 믿어 버리는 멍청이들. 강형모는 유리 조각에 비친 얼굴들을 피해 고개를 들었다. 걸음을 멈춘 구경꾼들이 계단 밑에서 웅성대는 중이었다. 강형모는 온몸을 채

찍질해 대는 웃음에 못 이겨 눈을 질끈 감고는 낄낄거렸다.

"그래, 결국 나 때문이었어. 내가 날 죽인 거야. 내가 날 죽인 거라고."

몸이 제멋대로 일어섰다. 제멋대로 일어선 몸은 마음대로 움직여 계단을 내려갔다. 지켜보던 구경꾼이 숨을 죽이며 옆으로 물러섰다. 강형모는 의지 없이 움직이는 발을 따라 먼지투성이 레카차로 걸어갔다. 로봇처럼 뻗은 손이 차문을 열고, 몸이 운전석으로 불쑥 들어갔다. 시동이 꺼지지 않은 레카차는 그가 엑셀을 밟자 마치 살아 있는 것처럼 스르륵 움직였다.

진실 앞에 서다

일요일 오후 6:05

정문을 지나 들어서는데 아까 봤던 것과 비슷하게 생긴 푸른색 레카차가 스쳐 지나가는 바람에 원준은 잠시 움찔했다.

"왜 이렇게 다들 난리야? 혹시 누가 먼저 온 거 아니야?"

핸들을 꺾으며 아파트 단지 안을 천천히 운전하던 선배가 중얼거렸다. 아파트로 들어서는데 선배의 말대로 사람들은 한곳으로 뛰어가는 중이었다.

"어느 쪽? 저쪽? 사람들이 가는데? 아씨, 정말 누가 온 모양인데?"

당장이라도 울 것 같은 선배가 차도로 내려온 사람들에게 신경질적으로 클랙슨을 울려댔다. 1342동 앞은 사람들로 인산인해였다. 빈 주차장 자리에 소나타를 세우고 밖으로 나온 선배가 냅다 뛰기 시작했고, 원준과 사진기자도 뒤따라 차에서 내렸다. 사람들을 헤치고 들어가서 본 광경에서 피비린내가 물씬 풍겼

274

다. 폭탄이라도 터진 것처럼 산산 조각난 경비실 유리문 앞 계단에 피투성이 늙은 경비가 앉아 사람들을 내려다보는 중이었다. 경비를 알아본 원준이 소리쳤다.

"어? 아저씨 무슨 일이에요?"

바로 옆에 서 있던 노란색 티를 입은 뚱뚱한 아줌마가 불쑥 끼어들어서 말했다.

"그게, 어떤 사람이 와서는 다짜고짜 유리문을 부수고 들어가서는 개 패듯이 팼어요. 어유, 조용하다고 해서 이사 왔는데 밤에는 도둑고양이가 울지, 백주 대낮에 싸움이나 벌어지고, 우리 아들 이제 고삼이란 말이에요."

원준은 웅성거림을 뿌리치고 계단 위로 올라갔다.

"아저씨, 괜찮아요?"

"내가 죽였어."

늙은 경비는 이빨이 몇 개 사라진 입을 움직였다. 끈적거리는 피가 이빨이 사라진 입 안에서 뚝뚝 흘러내렸다.

"예? 뭐라고요?"

"내가, 내가 죽였다고, 천사백오 호 아줌마."

피를 흠뻑 뒤집어쓴 늙은 경비는 웃는 건지 우는 건지 알 수 없게 찡그린 얼굴로 계속 중얼거렸다.

"어쩌다 보니 그렇게 됐어. 난 죽이고 싶지 않았는데, 어쩌다 그렇게 됐는지 나도 모르겠어."

"잠깐만, 이 아저씨가 무슨 소리를 하는 거야?"

어느 틈에 올라왔는지 선배가 원준의 등 뒤에서 물었다.

"잘 모르겠어요. 일단 구급차를 좀 불러 주세요."

"알았어. 내가 전화할 테니까 잘 지켜보고 있어."

몇 계단 아래로 내려선 선배가 휴대폰을 열고 '거기 일일구죠' 하고 묻는 소리가 들렸다. 함께 내린 사진기자가 긴 렌즈가 달린 캐논 카메라로 산산 조각난 경비실을 향해 셔터를 눌러댔다.

"구급차 불렀으니까 잠깐만 기다리세요."

"내가 죽였다니까."

가만히 웅크리고 있던 늙은 경비가 버럭 고함을 지르며 그의 팔을 움켜잡았다. 앙상한 노인의 힘이라고는 믿겨지지 않을 만큼 거세게 원준의 팔을 움켜쥔 늙은 경비가 다시 천천히 속삭였다.

"희망을 없애버리고 싶었어. 그놈이 나한테 그랬던 것처럼 말이야."

"무슨 말씀인지 모르겠어요. 일단 피부터 닦아요."

"마누라 보고 싶어. 아들 녀석도, 허허, 다 내 욕심이었지. 부질없어. 이런다고 달라질 건 아무것도 없었는데."

그 말을 끝으로 늙은 경비는 석고상처럼 굳어 버렸다. 붙잡혀 있던 팔을 조심스럽게 푼 원준은 늙은 경비가 흘리는 눈물이 시커멓게 눌어붙은 피 위로 굴러가는 걸 말없이 지켜봤다.

"구급차 왔다. 원준아. 일단 내가 이 아저씨랑 병원에 갈 테니까 넌 김 기자 데리고 그 아줌마네 집으로 들어가."

"집에 안 들어가 봐요?"

"얘기하는 거 못 들었어? 진짜일지도 모르잖아. 그게 아니라고 해도 목격자 인터뷰는 딸 수 있는 거잖아. 아줌마들이 그러는데 경비 아저씨를 때린 게 강형모래. 여기에요. 여기!"

속사포처럼 말을 쏟아 낸 선배가 앰뷸런스를 향해 손을 흔들었다. 그러고는 늙은 경비의 겨드랑이에 팔을 끼워 일으켜 세웠다. 매미가 벗어 놓은 허물처럼 껍질만 남은 늙은 경비는 선배의 팔에 이끌려 계단을 내려갔다. 구경꾼의 시선이 모두 쏠리는 사이 사진기자가 그의 어깨를 쳤다.

"얼른 올라가죠. 사람들이 들이닥치면 귀찮아져요."

원준은 사진기자의 재촉에 못 이겨 시끄러운 싸이렌 소리와 사람들의 웅성거림을 뒤로 하고 아파트로 들어섰다. 엘리베이터를 타고 14층으로 올라가는 내내 불편한 진실이 꾸역꾸역 삼켜졌다.

"그 사람이 죽었대요. 겁 많고 친절한 아저씨였는데."

중얼거림인지 질문인지 모를 원준의 말에 사진기자가 카메라 렌즈를 만지작거리며 대수롭지 않게 대꾸했다.

"취재하다 보면 별의별 꼴 다 봐요. 아마 잠들어 있는 뭔가

가 자극을 받고 깨어나면 통제 불능의 살인마가 되는 거죠. 여긴가요?"

1405호 앞에서 멈춰선 사진기자가 원준을 돌아봤다. 원준은 열쇠고리에 달린 비상열쇠로 문을 열었다. 끼익 하는 소리를 내며 문이 안으로 열렸다.

"오우, 피 냄새가 심상치 않은데, 들어갈 거죠?"

"아뇨, 밖에 있을게요."

"왜요? 들어가 보고 싶지 않아요?"

"무서워요. 그냥 여기 있을게요."

딱 자른 원준의 대답에 사진기자는 고개를 갸우뚱 하더니 안으로 들어섰다. 셔터 누르는 소리와 플래시에서 나온 빛이 반쯤 열린 문 밖을 향해 껌뻑거렸다. 주머니에 손을 넣은 채 죽음이 담겨지는 광경을 훔쳐보던 원준은 갑자기 엄습해 온 현기증에 못 이겨 한쪽 손으로 벽을 짚었다. 텅 빈 것 같은 마음으로 그녀에 대한 슬픔, 그리움, 그리고 기억 덩어리가 밀려 들어왔다.

세상 끝까지

일요일 오후 7 : 02

IME SCENE   CRIME SCENE   CR

쉴 새 없이 쏟아져 나온 눈물 탓에 세상이 온통 젖어 있는 것처럼 보였다. 아무리 닦아 내도 금세 돋아난 눈물이 빈자리를 차지했다. 빠개질 것 같은 가슴속에서 응어리진 것들이 아우성을 쳤다.

"씹할, 결국 이렇게 될 줄 알았어. 내가 나를 죽인 거야. 강형모, 결국 이렇게 될 줄 알았어. 이렇게 될 줄 알았다고!"

목청이 터져라 고함을 질렀지만 아무것도 들리지 않았다. 헉헉거리며 쏟아진 눈물이 운전석 안을 뿌옇게 만들어 버렸다. 묵직한 것이 놓인 것처럼 더없이 무거워진 어깨가 떨려 왔다.

"강형모, 이제 어디로 가야 하지? 너 평생 여유 만만했잖아."

주위에 오고가는 차들은 어디론가 목적지를 향해 쉴 새 없이 바퀴를 굴리는 중이었다. 그런 그들을 물끄러미 바라보던 강형모는 쓰디쓴 웃음을 흘렸다. 문득 목소리가 듣고 싶어졌다. 강형모는 주머니를 더듬거려 휴대폰을 꺼내들었다. 익숙한 번호를 누르고 기다리는 동안 쉴 새 없이 숨을 뱉어 냈다.

－ 여보세요. 나야. 우리 자기 뭐하고 있어? 빨래? 내 옷? 우리 자기는 참 좋은 사람인 것 같아. 나? 지금 어디로 가는 길이야. 여긴 자유로, 어디더라? 그냥, 머리가 좀 복잡해서 바람 좀 쐬러. 저녁? 미안, 너무 멀리 왔어. 너무 멀리 와서 돌아갈 수가 없겠어.

태연한 척하려고 애쓰던 강형모는 결국 꺽꺽거리는 울음을 힘겹게 삼켰다.

－ 아니야, 아무것도 아니야. 그냥 우리 슬기한테 미안해서, 해 준 것도 없고 만날 받기만 했잖아. 그럼, 내가 모를 줄 알았어? 다 알지. 근데 꼴에 남자라고 어깨에 힘준 거지. 내가 다 갚으려 그랬어. 나 나쁜 놈이긴 해도 은혜까지 모르는 배은망덕한 놈은 아니야. 아냐, 우는 거 아냐. 그냥 코감기 때문에 훌쩍거린 거야. 너 내가 우는 거 봤어? 안 봤으면 말을 하지 마세요. 진짜 우는 거 아니라니까! 야! 너 까지 왜 내 말을 안 믿는 거야? 내가 언제 거짓말한 거 본 적 있어? 난 아니라고! 미진이가 부탁했어. 자기 여행 가니까 자기 대신 가방을 좀 옮겨 달라고 말이야. 난 가방 안에 시체가 들어 있는 줄 몰랐어. 정말 몰랐다고, 난 정말 아니란 말이야. 이 씹할, 난 아냐. 난 잘못한 거 없어.

한순간 폭발한 감정은 휴대폰 너머의 울음소리를 듣자마자 서글픔으로 변해 버렸다.

- 너도 봤니? 난 정말 그 여자 안 죽였어. 애들도 손 안 댔어. 난 그냥 돈을 빌려줄 테니까 가방을 좀 옮겨 달라고 해서 그렇게 한 것뿐이야. 근데 씹할 다들 안 믿겠지? 하긴 나도 믿기지 않아. 미안하다. 너한테 정말 미안해. 자수? 난 다시는 감방 안 가. 수갑 찬 채 사람들 앞에 서기도 싫고, 그냥 달릴 거야. 씹할! 세상 끝까지 말이야.

흐느적거리는 말을 닫은 강형모는 휴대폰을 끄고 운전석 창문을 반쯤 열어서 밖으로 던졌다. 더 이상 세상이 보이지 않았다. 단지 빛과 빛의 조각이 결합된 걸쭉한 덩어리로 보일 뿐이었다. 강형모는 옆으로 난 진입 램프를 향해 충동적으로 핸들을 틀었다. 거의 뒤집어질 것처럼 휘청거리던 레카차는 겨우 균형을 잡으며 오른쪽으로 꺾어지는 진입램프를 탔다. 뒤쪽에는 급정거한 차들의 굉음과 신경질적인 클랙슨 소리가 남았다. 오른쪽으로 한참을 꺾인 램프는 곧 허공에 뜬 고가로 접어들었다. 철제 가드레일은 색색가지 플라스틱으로 만든 여러 겹의 가드레일로 변했고, 도로의 방향을 알려주는 화살표가 그려진 표지판들이 무한 반복되는 것처럼 펼쳐졌다. 그리고 그 아래는 어둠을 품은 임진강이 보였다. 순간 강형모는 목적지를 찾았다. 안쪽으로 기울어진 도로는 핸들을 더 오른쪽으로 꺾어야 한다고 말없이 지시했지만 강형모는 핸들을 더 이상 꺾지 않았다. 힘껏 밟은 엑셀이 호응이라도 하듯 속도가 얹어진 레커차는 플라스틱 가드레일을 뚫고 허공으로 날아갔다. 눈을 감고 아주 짧은 체공을 만끽한 강형모는 저도 모르게 중얼거렸다.

"씹할, 바람 좋네."

잠시 동안 허공을 날려고 애쓰던 레카차는 어둠이 비늘처럼 돋아난 임진강을 향해 곤두박질쳤다.

에필로그 :
한 달 후

따사로운 햇살이 남양주의 산기슭에 자리 잡은 납골당 안으로 밀려 들어왔다. 미술관이나 백화점처럼 텅 비어 있는 건물 가운데에 유리로 만든 천정을 타고 죽음이 삶을 맞이하는 광경을 훔쳐보았다. 원준은 유독 추워진 날씨와 맞서 싸우려고 입은 검은색 윈드점퍼 주머니에 손을 찔러 넣은 채 빛이 바다처럼 펼쳐진 우윳빛 대리석 위를 가로질러 갔다. 입구에 있는 스피커에서 독경 소리가 들리는 듯싶더니 중간쯤 와서는 찬송가 소리로 바뀌었다. 매끈한 대리석 계단을 천천히 걸어 올라가자 번호가 새겨진 방들이 줄지어 서서 그를 기다렸다.

마음속에 새겨진 번호를 찾아 방들을 지나쳐 가던 그는 네 번째 방 앞에서 걸음을 멈췄다. 엷어진 담배 냄새 같은 향 냄새가 코끝을 자극했다. 문 옆에 세워진 긴 전신 거울 안에 비친 모습을 물끄러미 바라보다가 안쪽에서 들려오는 익숙한 목소리에 끌려 걸음을 옮겼다. 검은 대리석이 기둥처럼 서 있는 방 안에는 군데군데 길을 잃은 것같이 우중충해보이는 사람들이 있었다. 때로는 울고, 때로는 귀찮아하는 사람들 옆을 지나자 목적지가 눈앞에 펼쳐졌다. 눈앞에 펼쳐진 번호는 우연인지 아니면 신의 농간인지 모르지만 1400번대였다. 원준은 1404번을 지나쳐 걸음을 멈췄다. 투명한 유리 안에는 죽은 자의 육신을 담은 유골 항아리가 자리 잡고 있었다. 항아리 주위에는 그들의 사진과 말라붙은 꽃, 그리고 스쳐 지나간 사람의 기억이 묻어 있는 물품이 자리 잡았다. 누구 것인지 모를 휴대폰을 본 원준은 피식 웃고 말았다.

"왔구나."

빛이 들어오는 창가 쪽에서 걸어온 선배가 조심스럽게 말을 건넸다.

"오셨어요?"

"네 호출인데 와야지. 근데 여긴 왜 오라고 한 거야?"

"이따가 알려 드릴게요. 어느 쪽이에요?"

"저쪽. 저기야."

선배의 손끝을 따라 시선을 돌린 원준은 마스크를 낀 사람들과 검은 옷을 입은 사람들을 발견했다.

"누구누구 왔어요?"

"옛날에 난리 치면서 이혼한 부인 이예지랑 아들내미가 잠깐

왔다 갔어. 친척들도 몇 명 왔다가 금방 가 버렸어."

그동안 하이에나 같은 언론이 강형모의 과거를 낱낱이 뜯어먹었다. 피라냐 같은 언론에 뜯어먹힌 그는 죽어도 싼 사기꾼이라는 타이틀을 달았다. 그렇게 물어뜯긴 강형모는 영원히 계속될 휴식을 취하러 이곳에 온 것이다.

"저기 저 여자가 네가 말한 박슬기야. 강형모의 여인이라고 내가 인터뷰 한 거 읽어 봤니?"

"예. 사진 얘기는 기사에 난 그대론가요?"

"맞아. 근데 그건 왜 그렇게 자꾸 캐묻는 거야?"

"확인할 게 좀 있어서요. 그 사진기 잘 나와요?"

"성능은 끝내주지. 왜?"

"여기 잠깐만 계세요."

원준은 어리둥절해하는 선배를 뒤로 하고 강형모의 유해가 안치돼 있는 곳으로 걸어갔다. 유리창 안에 갇혀 있던 죽음이 산 자의 파동을 탐욕스럽게 뒤쫓는 것이 느껴졌다. 마스크를 쓴 채 유골 항아리를 안치하던 납골당 관계자는 어느 틈엔가 사라져 버렸고, 남아 있던 사람들도 주변의 눈치를 보는지 몇 발자국 떨어진 곳에서 타인 같은 시선을 둘렀다. 원준은 검은 원피스에 선글라스를 쓴 여인 곁으로 다가갔다. 긴장감에 젖어 든 심장이 몸 밖으로 튀어나올 것처럼 펄떡거렸다.

"박슬기 씨죠?"

어젯밤에 외삼촌과 함께 연습한 대로 최대한 태연하게 입을 열었지만 상대방의 무반응에 잠깐 주춤해야 했다.

"몇 가지 여쭤 보고 싶은 게 있어서요. 전 경민일보에서 수습기자로 일하는 최원준이라고 합니다."

선배에게 부탁해서 만들어 놓은 명함을 지갑에서 꺼내 건넸지만 여전히 상대방은 무반응이었다.

"서미진 씨가 가지고 있던 두 사람 사진, 박슬기 씨가 보낸 거죠?"

단도직입적인 원준의 말에 상대방이 처음 반응을 보였다. 분홍색 립스틱이 발라진 입술이 초승달처럼 휘어졌다. 휘어졌던 입술이 다시 펴지면서 열렸다.

"재미있군요. 요즘 기자들은 소설도 쓰나 봐요. 글쎄요. 누가 보냈는지는 모르겠지만 난 아니에요. 아마 그 사람에게 원한을 가진 사람 짓이겠죠."

"원한을 풀려고 했다면 강형모 씨에게 직접 위해를 가하는 방법을 썼겠죠. 사진을 찍고 그걸 서미진 씨에게 보냈다는 건 그게 얼마나 큰 타격을 주는 일인지 알아야만 가능한 일입니다."

"나는 두 사람 관계를 나중에 신문을 보고 알았어요."

"그럼 서미진 씨 앞으로 온 사진의 발신처가 당신이 일하는 우편취급소라는 건 우연의 일치겠군요."

"무슨 말인지 모르겠지만 더 듣고 싶진 않군요."

원준은 그녀가 몇 발자국 걷도록 기다렸다. 그리고는 마침내 그녀의 걸음이 멈칫했을 때 외쳤다.

"당신의 인터뷰 기사를 보면 강형모 씨는 죽은 서미진 씨의 부탁을 받고 가방을 운반했다고 말했다던데요."

"나한테 전화로 그렇게 말했어요. 자긴 부탁을 받고 운반해 준 것밖에는 없다고요. 경비 아저씨가 죽여서 가방에 넣은 것 아닌가요?"

팽팽한 긴장감이 묻어나오는 그녀의 대답에 원준은 차분하게 대꾸했다.

"경비 아저씨가 우발적으로 살인을 저질렀다고 수차례 자백을 했습니다. 그런데 말이죠. 앞뒤가 안 맞는 게 우발적으로 살인을 저질렀다면서 어떻게 시신을 가방에 넣고 그 가방을 강형모에게 운반하게 해서 살인 누명을 씌울 생각을 했을까요? 그것도 카톡을 보내서 말이죠."

"진작부터 살인하기로 결심했나 보죠."

"그러기 위해서는 최소한 두 가지 조건이 충족되어야 해요. 서미진과 강형모의 관계를 알고 있어야 하고, 강형모의 휴대폰 번호를 알고 있어야 했죠. 경비 아저씨는 두 번째 조건이 맞지 않아요."

"서미진을 협박해서 알아낸 게 아닐까요?"

그녀의 물음에 원준은 고개를 저었다.

"경비 아저씨는 그냥 강형모에게서 삶의 희망을 빼앗아 버린 것으로 만족했어요. 그래서 제가 찾아갔을 때도 열쇠를 만들어 준 거였어요. 그래서 전혀 의심하지 않았지만 사실, 경비 아저씨는 할 일을 다 했기 때문에 언제 잡혀도 개의치 않았던 거였어요."

그녀가 별다른 반응을 보이지 않자 원준은 말을 이어갔다.

"당신은 사진을 보내면 두 사람 관계를 망가뜨릴 수 있다고 믿었어요. 그런데 서미진 씨는 그 사진을 받고도 묵살해 버렸죠. 보낸 사람이 당황스러울 정도로요. 들리는 말에 의하면 서미진 씨는 강형모 씨를 진심으로 사랑했다고 하던데요."

"그런 쓰레기 같은 계집이 무슨 사랑을 했다는 말이에요?"

카랑카랑한 그녀의 목소리가 죽음들 사이로 쩌렁쩌렁 울렸다.

"그렇죠. 그러니까 행동에 나선 겁니까? 사랑을 빼앗길까 봐?"

"말도 안 되는 소리!"

"당신은 그때 거기 있었죠? 아파트 씨씨티브이에 당신 모습이 잡혔어요."

원준의 얘기를 들은 그녀는 부들부들 떨었다.

"그이는 항상 그랬어. 손에 잡힐 것 같으면서도 늘 거리를 뒀지. 항상 망가지고 부서진 다음에야 날 찾아왔지. 어쩔 수 없었어. 그러지 않았다면 내 곁에 올 사람이 아니었으니까. 또 다른 여자가 생겼다는 걸 알았지만 신경 쓰지 않았어. 어차피 형모 씨가 빈털터리라는 사실을 알면 떨어져 나갈 테니까."

눈물처럼 뚝뚝 떨어지는 그녀의 얘기를 들은 원준이 말했다.

"그게 안 되면 둘이 있는 사진을 찍어서 보냈겠죠. 그러면 상대방이 알아서 떨어져 나갔으니까요. 그런데 이번은 좀 달라서 당황했을 겁니다. 직접 찾아가서 담판을 지으려고 했는데 상대방이 만만치 않게 나오니까 당황스러움이 살의로 변해버린 거죠."

"코웃음을 치더군. 형모 씨랑 결혼할 거니까 끼어들지 말라고 내 눈 앞에서 형모에게 보낸 카톡을 보여줬어. 경주로 여행을 가니 어쩌니 둘러대긴 했지만 내 눈 앞에 불러다 놓고 비웃을 심산이었겠지. 가증스러운 것, 화장실을 가는 척 하면서 부엌에 가서 칼을 집어 들고 나왔어. 그년의 머리채를 움켜잡았지. 죽일 생각까지는 없었는데 그년이 날 밀치고 방으로 도망가는 걸 보니까 그냥 저절로 손이 움직였어. 너무 능숙해서 나조차 놀랐어."

"그리고 나머지 가족을 죽인 겁니까?"

뜨거움이 목구멍에서부터 치밀어 올라오면서 눈시울이 뜨거워졌다.

"비명을 듣고 방에서 뛰쳐나온 딸이랑 마주쳤어. 방으로 도망치는 걸 뒤쫓아 가서 죽였지. 아들이 하나 더 있는 걸 알고 있어서 다른 방을 열어 봤더니 게임을 하느라 뭔 일이 벌어진지도 모르던 뚱보가 있더군. 뒤늦게 알고 도망치려고 해서 베란다까지 가서 죽였지. 그리고 도망쳐 나오려다가 생각해 보니까 형모 씨가 온다는 생각이 들었어."

"그래서 시신을 여행 가방 속에 넣을 생각을 했군요."

"아니, 집에 들어오면 그냥 보여 줄 생각이었어. 그걸 보고 놀라서 충격에 빠지는 걸 보고 싶어서 말이야."

"그런데 왜 생각이 바뀐 겁니까?"

원준의 물음에 그녀가 잠시 뜸을 들였다가 대답했다.

"언제 들어왔는지 경비가 현관문 앞에 서 있더군. 너무 놀라서 어쩔 줄 몰라 하고 있는데 그 사람이 성큼성큼 들어와서는 시신을 숨기자고 하더라고, 문 밖에서 다 들었다고 하면서 말이야. 왜 그러냐고 했더니 자기도 갚을 빚이 있다면서 헤벌쭉 웃었어. 지문은 자기가 닦을 테니까 염려 말고 돌아가라고 하면서 말이야. 갑자기 불안하고 무서워서 그냥 시키는 대로 했어."

맥이 탁 풀린 것 같은 그녀의 말에 원준은 서글픔을 느꼈다. 선글라스를 벗은 그녀의 붉어진 눈동자가 불안감에 휘둘려 이리저리 흔들렸다.

"난 그냥 사랑하고 싶었고, 사랑받고 싶었을 뿐이야. 그 사람의 상처를 보듬어 주면서 그냥 지내고 싶었을 뿐이야. 그런데 나보다 더 강형모 씨를 사랑하는 사람이 있다는 사실을 인정하고 싶지 않았어."

"그래서 죽인 건가요? 그 탓에 사랑하는 사람이 죽고 말았어요."

"사실대로 털어놓으면 날 떠날 것 같았어. 그이한테 멀리 시골로 내려가서 살자고 했는데 그이는 이 시궁창이 좋다고 했어. 가질 수 없다면."

잠깐 말을 끊은 그녀가 밖에서 흘러들어 온 햇살을 응시했다. 그리고 깊은 한숨과 함께 말을 이어갔다.

"차라리 기억 속에 남겨 놓는 게 좋지 않을까 했어. 그 사람은 너무, 항상, 멀리 떨어져 있어서 잡을 수 없었거든. 내가 나쁜 짓을 한 걸까?"

"어쩌면요. 아니, 저도 잘 모르겠어요."

그녀가 괴롭다는 듯 얼굴을 찡그리며 말했다.

"난 아직도 그이가 돌아올 것 같아. 여기 누워 있는 시체는 가짜고, 그래서 난 아직도 그이 옷을 빨고, 그이가 좋아하는 미역국을 끓여 놔. 너무 오랫동안 그렇게 해서 뭘 어떻게 해야 할지 모르겠어."

"경찰서로 가세요. 가서 다 털어놓으면 어떻게 해야 할지 방법이 떠오를 거예요."

"싫어. 내가 감방에 가면 누가 형모 씨를 기다리는데? 어차피 증거도 없잖아."

앙칼지게 으르렁거린 그녀가 도로 선글라스를 꼈다.

"서미진 씨는 강형모 씨를 진심으로 사랑한 게 아니었어요. 삼 년 전 강형모 씨가 연루된 다단계 사기사건 기억하시죠?"

그녀가 대답 대신 고개를 끄덕거리자 원준은 말을 이어갔다.

"그 다단계 사기 사건의 진짜 배후는 독거미라는 사채업자예요. 강형모 씨가 자신이 연루되었다는 사실을 발설할까 봐 서미진 씨를 이용한 거고요."

"이용했다고?"

"네, 독거미는 지금 다른 건으로 경찰 조사를 받고 있는 중인데요, 서미진 씨를 이용해서 강형모 씨의 입을 다물게 하려고 했던 것 같아요. 이런 식으로 옭아매 놓고 외국으로 밀항하라고 권유한 다음 쥐도 새도 모르게 없애 버릴 속셈이었겠죠. 유명했던 사람이라 그냥 조용히 사라지게 할 수는 없었나 봐요."

"정말이니? 진짜로 사랑했던 게 아니었어?"

원준은 들뜬 목소리로 되묻는 그녀에게 고개를 끄덕거렸다.

"서미진 씨는 독거미의 부탁을 받고 강형모 씨를 만난 거였어요. 그래서 당신에게는 강형모 씨를 사랑한다고밖에는 말하지 못했던 거죠. 그러니까 이대로 놔두면 죽은 서미진 씨는 강형모 씨를 너무나 사랑했던 나머지 죽은 비운의 여인이 될 겁니다."

"그럴 수는 없지. 형모 씨는 내 남자야."

단호하게 대답한 그녀가 뭔가를 결심한 표정으로 말했다.

"알았어. 시키는 대로 할게."

"저 궁금한 게 있는데요. 강형모 씨에게 다른 여자들이 있는 건 어떻게 알았죠?"

"그거? 몸에서 나는 다른 향수 냄새가 짙어지면 다른 여자가 생겼다는 뜻이지."

"그럼 다른 여자들한테 사진은 어떻게 보낸 거예요? 주소가 없으면 못 찾잖아요."

"강형모 씨가 몰던 제네시스에 있는 블랙박스를 보면 돼. 그거만 있으면 하루 종일 어디를 돌아다니는지 누구랑 만나는지 알 수 있지."

죽음 따위는 깨끗하게 잊어버렸다는 듯 활짝 웃는 박슬기가 대수롭지 않게 대꾸했다. 그리고는 문 쪽을 향해 걸어가면서 깔깔거렸다. 그러다가 걸음을 멈춰 서서 다시 그를 쳐다봤다.

"그런데 어떻게 그걸 알아차렸니? 정말 똑똑한데?"

"제가 아니라 외삼촌이 맞혔어요. 전 그냥 외삼촌이 조사해 보라고 한 것만 조사해 본 거죠."

"외삼촌? 경찰이니?"

"아뇨. 은퇴요."

"은톨이?"

"은둔형 외톨이요. 소설 쓴다고 몇 년째 방 안에만 처박혀 계세요. 풀리지 않는 문제가 있어서 혹시나 하고 물어봤더니 대뜸 책장에서 뭘 꺼내더라고요. 예전에 썼던 소설과 설정이랑 내용이 너무 비슷하다면서 줄거리를 얘기해 주는데 막혔던 부분이 술술 풀리더라고요."

알겠다는 듯 고개를 끄덕거린 박슬기가 선글라스를 도로 쓰고는 빛이 쏟아지는 홀을 향해 천천히 걸어 나갔다. 홀가분한 기분이 든 원준은 휴대폰을 꺼냈다. 바탕화면에는 다슬이랑 찍은 셀카 사진이 있었다.

"다슬아. 잘 지내고 있지? 벌써 보고 싶어지네. 다들 보고 싶다고 안부 전해 달래. 사랑해."

다정하게 얘기한 원준은 휴대폰의 화면을 소매로 한 번 닦고는 도로 집어넣었다.

- END -